KB193605

THE BOOK OF JUDGES

THE BOOK OF JUDGES

사사기

이기원
장편소설

M'ND
MARK

여호와께서 사사를 세우사

노략하는 자의 손에서

그들을 건져내게 하셨으나.

—사사기 2장 16절

차례

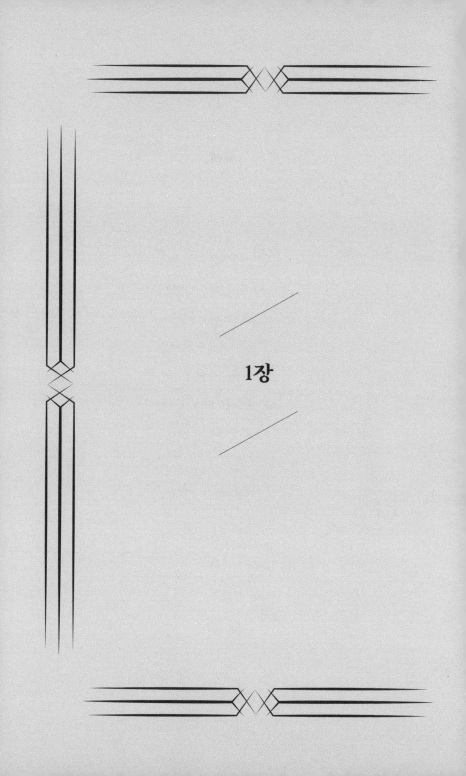

1장

사사의 시대

내가 네 말대로 하여 네게 지혜롭고 총명한 마음을 주노니

너의 전에도 너와 같은 자가 없었거니와

너의 후에도 너와 같은 자가 일어남이 없으리라

ㅡ열왕기상 3장 12절

파도 소리가 들린다. 뜨겁게 달아오른 암석과 모래 알갱이들을 향해 해저의 냉기가 무리 지어 달려드는 소리다. 끊임없이, 느긋한 리듬으로 부딪힌다. 갈매기 울음소리는 퍼커션 소리처럼 박자를 맞춘다.

해변 위에 놓인 침대에 누워 있던 우종은 힘겹게 눈을 떴다가 다시 감았다. 눈을 뜰 때마다 굳은 접착제가 떨어지는 듯한 불쾌감이 들었기 때문이다. 안구건조증 때문에 말라버린 안구에 생채기가 났는지 눈물이 났다. 혈류에 흐르던 알코올이 안구의 미세혈관을 부어오르게 한 모양이었다. 어제 두 병쯤 마셨던가? 아니, 세 병? 쓸데없이 흥이 올라 과하게 마신 것 같다. 너무 많이 웃어댔던 건 아닐까?

물처럼 들이켠 와인 때문에 무의식의 빗장이 열려서 광대가 되었던 건 아니었다. 중간에 희도가 나를 보며 미소 지었던 게 기억났다. 동그란 안경알 너머로 보이던 눈빛은 그만 마시라는 경고 같기도 했는데.

—일어나요! 7시 10분 전이에요.

"딱 10분만 더 잘게."

—안 돼요. 금요일 아침은 정신없는 거 알잖아요?

아침부터 우종의 일상에 관여하는 곤은 우종의 개인용 인공지능 고스트였다. 이십 대 중후반 남자의 목소리를 내는 곤은 다소 능글맞다 싶을 정도로 친근한 말투를 썼다. 또래의 동성 친구와 유대감을 잘 형성하는 우종의 성향을 반영하여 설정한 것이었다.

오늘은 금요일이다. 오늘만 넘기면 주말이니 잠은 퇴근한 후 실컷 자자. 우종은 중력을 뿌리치고 몸을 일으켜 앉았다. 침대를 감싸고 있던 바닷가가 신기루처럼 사라지고 화이트 톤으로 꾸며진 심플한 방이 드러났다. 바다는 곤이 선택한 입체 배경 영상이었다.

—정신이 좀 들어요?

취기 때문인지 두개골 안에 페퍼민트 오일이라도 뿌린 듯 냉기가 휘몰아쳤다. 자리에서 일어난 우종은 눈을 가늘게 뜨고 목을 돌리며 스트레칭을 했다.

"어제 몇 시에 들어왔어?"

―12시 정도요. 정확히는 12시 5분 16초 플랫.

"술값은 누가 냈어? 기억이 안 나."

―희도 씨가 계산했어요. 항상 그랬던 것처럼요.

우종은 피식 웃었다. 희도와의 첫 데이트가 떠올라서였다. 흥이 지나쳤던 우종은 자신이 책임진다며 더 놀다 가자고 호기를 부렸었다. 그러나 그날 우종이 깨달은 건, 자신에게는 흥과는 별개로 밤을 지새울 체력이 없다는 것이었다. 그날부터 술 취한 우종의 뒷수습은 늘 희도의 몫이었다.

―희도 씨한테 연락 안 해도 돼요. 방금 일어났다고 메시지 보냈으니까. 일단 씻는 게 먼저예요.

"희도 기분은 어때?"

―글쎄요. 아직 자고 있어서 모르겠네요. 단지…….

"단지?"

―어제 보니가 희도 씨 영상을 보여줬는데, 뭐, 괜찮아 보였어요.

보니는 희도의 고스트였다.

"어떤 영상인데?"

―거기까지. 그 이상은 프라이버시예요.

더 물어봤자 입만 아플 게 뻔했다.

우종은 거실로 나왔다. 거실에는 아침 햇살이 얼음이 가득 담긴 얼그레이 티처럼 일렁이고 있었다. 창문 밖으로 보이는 진짜 하늘은 아주 짙고 파랬다. 터벅터벅 화장실로 들어서자 환풍기가 돌아가며 불이 켜졌다.

─아침 식사는 해장국으로 준비할까요? 고기가 잔뜩 들어간?

"아니. 너무 부대껴. 오늘은 간단한 스프가 좋겠어."

─구운 토스트하고?

"그래."

우종이 드로어즈를 벗어 세탁기에 넣자 세탁기는 세탁물의 무게를 측정한 후 세탁을 시작했다. 샤워기를 들자 곧바로 온수가 쏟아졌다.

─어제 경기 안 보길 잘했어요. 아마 봤으면 더 많이 마셨을 걸요?

"어땠길래?"

블루삭스가 진 모양이었다. 최근 3년 동안 블루삭스는 원나우Win Now 전략을 펼쳤음에도 매번 낭패를 겪었다. 거액을 쥐여준 자유계약 선수는 부상으로 드러누웠고, 트레이드로 데려온 선수는 에멘탈* 과다 복용으로 재활 중이

* 뉴소울시티에서 개발한 각성제로, 독성이 없고 인체에 무해하지만 과다하게 복용할 경우 문제가 될 수 있다.

다. 드래프트에서 뽑은 선수도 예외는 아니었다. 상황이 이렇게 되자 기세등등하던 블루삭스도 자신감을 잃었다.

우종은 경기를 볼 때마다 속이 터졌지만 중독이라도 된 것처럼 또다시 경기를 찾아보곤 했다. 수도꼭지를 냉수 쪽으로 돌렸다.

―3점 차로 지고 있던 9회 말 투아웃. 주자 2, 3루 상황, 절체절명의 순간에 등장한 건 블루삭스의 3번 타자 최경식이었어요. 원 스트라이크 투 볼. 히팅 찬스에서 커브 볼에 체크 스윙을 했는데 하필 공이 배트에 맞아버린 거죠. 다 끝났구나 싶었는데 갑자기 상대 2루수가 악송구를 한 거예요. 전력 질주를 한 끝에 타자는 세이프. 주자 모두 득점. 드디어 1점 차. 그런데 악몽의 순간은 그때였죠.

다음 타석에 들어선 타자는 팀 내 유일한 3할 타자이자 리그 수위 타자인 블루삭스의 4번, 에릭 차베스 주니어였다. 에릭 차베스 주니어는 종말이 다가왔던 세상에서 유일하게 '뉴소울시티*'라는 방주에 올라탄 외국인 타자의 아들이었다. 그의 아버지 에릭 차베스는 최악의 성적으로 방출당해 갈 곳이 없는 상황이었는데, 그랬던 에릭 차베스가 메이저리그를 경험한 지구상 유일한 야구 선수가 될 줄 누

* '전국기업인연합(전기련)'이 세운 새로운 형태의 도시국가로, '새로운 영혼의 도시'라는 뜻이다.

가 알았을까? 최고 리그의 경험과 기술을 단독으로 전수받은 아들 에릭 차베스 주니어는 괴물이나 다름없었다.

아무튼 에릭 차베스 주니어는 어지간해서는 삼진이나 어이없는 타구를 날리는 법이 없었다. 그래도 스포츠는 예측 불가의 영역이다. 긴장해서 허무하게 플라이볼로 게임이 종료된 거겠지. 그걸 악몽이라고 할 수 있나? 하지만 곤이 이렇게 수다를 떠는 데는 이유가 있지 않을까. 곤은 신이 났는지 조금 더 빠르게 말했다.

―갑자기 1루를 세이프로 통과한 최경식이 아웃됐어요. 공을 건네받은 1루수가 베이스로 돌아오던 최경식을 태그했거든요. 그대로 게임 종료. 2루로 진루하려는 의도가 있었기에, 인플레이 상황이 됐다는 이유였어요. 그와 동시에 에릭 차베스 주니어가 경기를 끝낼 기회는 산산조각이 나버렸죠.

"잠깐만. 그 장면 보여줘."

―지금요? 샤워 끝나고 식사할 때 보는 게 좋을 것 같은데요.

"지금 봐야겠어."

샤워 부스의 유리 패널 위로 전날의 경기 영상이 떴다. 우종은 흘러내리는 샴푸 거품을 대충 닦으며 영상을 확인했다.

최경식의 배트에 힘없이 맞은 공은 천천히 2루수 앞으로 굴러갔다. 빠르게 뛰어온 2루수는 글러브로 공을 집어들고는 상체만 틀어 1루 쪽으로 송구했다. 최경식은 죽기 살기로 1루를 향해 발을 뻗었다. 찰나의 순간이었다. 이미 2루 주자도 3루를 돌아 홈으로 달려들고 있었다. 앞으로 달려 나간 가속도 때문이었을까? 2루수의 송구는 어처구니없이 1루수의 키를 넘기고 말았다. 블루삭스의 응원석은 함성을 지르며 열광했다.

　하지만 그 열기는 얼마 가지 않았다. 다시 공을 주워 든 1루수는 세이프된 것에 안심하고 천천히 1루로 돌아오던 최경식의 팔에 태그했다. 그 순간, 전광판에는 아웃 판정이 떴다. 블루삭스 응원단은 순식간에 정적에 휩싸였다. 최경식을 비롯한 블루삭스 선수들과 대기석의 코치들은 일제히 고개를 숙였다. 그라운드에는 오직 상대팀 선수들의 하이파이브 소리와 상대팀 응원단의 승전가만 울려퍼졌다.

　"최경식이 베이스를 지나친 다음 상황을 슬로우로 자세히 보여줘."

　그러자 최경식이 1루 베이스를 밟기 전 상황이 재생되었다.

　"확대. 약간 더 좌측, 발 쪽으로."

우종이 말하자 화면이 빠르게 움직이면서 줌인되었다. 최경식의 신발 뒤꿈치에 새겨진 올 포 원All for One이라는 문구도 보일 만큼 선명한 화질이었다. 우종이 보기에도 최경식의 몸은 미세하게 2루 쪽으로 기울어져 있었다. 다만 며칠 전 최경식이 발목 염좌로 선발 라인업에서 제외됐었다는 소식을 들은 것이 기억났다. 혹시 최경식은 2루로 가려던 게 아니었는데 전력 질주로 도진 통증 때문에 의도치 않게 벌어진 일 아니었을까? 물론 알 수 없었다.

이미 전광판에는 '체어맨'의 판정이 떴다. 그러자 최경식도, 블루삭스 팀도, 그라운드를 보고 있던 응원단도 모두 입을 다물었다. 그 누구도 인정할 수 없다는 의사 표현이나 제스처를 하지 않았다. 운동 경기 심판을 위해 도입된 인공지능 체어맨은 항상 정확한 판정을 내렸다. 체어맨이라는 이름은 테니스 경기의 심판처럼 높은 의자에 앉아 상황을 감독하는 모습에서 유래된 것이었다. 체어맨은 뉴소울시티 스포츠계의 사사士師였기에 더이상 의심할 수 없다.

"본헤드플레이*야. 다음 타자가 누군지 알았어야지. 멍청하긴."

---

* 야구 경기에서 잘못된 판단으로 어처구니없는 실수를 저지르는 것.

우종이 수건으로 몸을 닦으며 중얼거렸다. 샤워를 마치고 나온 우종은 레토르트 머신에서 스프를 꺼내 식탁 앞에 앉았다. 냉장고 크기의 머신 안에는 곤이 우종의 취향을 고려해 미리 준비해둔 각종 레토르트 식품이 준비되어 있었다.

우종이 좋아하는 아침 루틴이었다. 뜨거운 물로 샤워하면서 전날의 피로를 씻어내고 찬물로 마무리하는 것. 찬기를 유지한 채 거실로 나와 바로 따뜻한 음식으로 배를 채우는 것. 음식은 먹기 쉽고 자극적이지 않아야 했다. 그래서 자주 선택하는 게 스프였다.

─오늘 기온은 10도에서 18도예요. 얇은 옷을 여러 장 입는 게 나을 거예요. 우산도 꼭 챙기고요.

"우산? 맑아 보이는데?"

─비구름이 몰려오고 있어요. 오후 늦게 비가 쏟아질 걸요.

뉴소울시티 시대가 도래한 지 몇십 년이 흘렀지만 도시 바깥 지역의 오염으로 인해 비구름은 여전히 독소를 품고 있었다. 우종은 접이식 우산을 꺼내 현관에 두었다.

오늘은 곤의 조언에 따라 셔츠와 니트, 후드가 달린 레인코트를 입었다. 그리고 거실 장식장 위에서 충전 중이던 손바닥 크기의 매치를 집어 들었다.

─잠깐만요. 전화가 왔어요. 희도 씨예요.

"나중에 받으면 안 될까?"

─지금 받는 게 좋을 것 같은데요. 좋게 잘 얘기해봐요. 싸우면 늦어지기만 할 테니까. 시동은 미리 걸어둘게요. 통화가 끝나는 대로 바로 엘리베이터를 보낼게요.

"알겠어."

우종은 작게 한숨을 내쉬고 의자에 앉아 매치를 식탁 위에 내려놓았다. 곧이어 매치 위로 홀로그램으로 영상이 뜨며 희도의 얼굴이 나왔다. 희도는 머리를 질끈 묶은 채 칫솔을 들고 있었다. 우종은 오늘 출근 안 하냐고 물어보려다 그만두었다. 연차라고 했던 게 기억났다.

"눈이 벌겋네. 어제 기억은 나?"

희도가 우종을 흘겨보았다.

"당연하지. 내가 기억 못 할 리가 있어?"

"뭐라고 했는데?"

생각날 리가 없었다. 워낙 늦게 만나는 바람에 밥도 안 먹고 곧장 펍으로 향했었다.

전국기업인연합, 속칭 전기련 홍보팀에서 메인 작가로 일하는 희도는 늘 바쁘고 일정이 불규칙했다. 과거 서울 지역이었던 뉴소울시티 안에서만 살아가는 것이 답답할 수 있기에 홍보팀의 주요 업무는 사람들이 지루할 틈을 느끼지 못하게 하는 것이었다. 그러니 메인 작가인 희도가 여유가 있을 리 만무했다.

어제는 오랜만에 쉬는 날을 맞아 우종을 만났는데 우종이 눈치 없이 혼자 취해 흥이 올랐던 것이다. 우종은 침착한 척하며 최대한 기억을 떠올렸다.

"내가, 우리 같이 사는 거 좋다고 했잖아. 생활비도 줄일 겸."

"그거 말고."

"그게 제일 중요한 거였는데. 또 있어?"

"역시 기억 안 나지? 발음 샐 때부터 알아봤다."

"내가 무슨 말을 했더라? 들으면 기억 날 것 같아."

"얼마나 창피했는 줄 알아? 모두가 잘 사는 세상, 모두에게 공정한 세상은 없다, 그건 거짓말이다. 리버럴한 세상을 만들어야 한다. 했던 말을 하고 또 하고. 신성모독적이더라. 게다가 사람들 다 쳐다보는데 의자 위에 올라가서는 돈키호테 노래를 부르질 않나!"

이제야 떠올랐다. 어젯밤, 우스꽝스러운 광대가 됐던 게 사실이었다. 나는 나, 돈키호테! 한 달 전쯤 희도와 극장에서 과거 뮤지컬의 영상 자료를 본 적이 있었다. 〈맨 오브 라만차〉. 우종은 그 공연이 무척이나 인상 깊었다. 희도 말에 기억이 났다. 신성모독적인 말을 했다는 것도 어느 정도 맞았다. 무능력했던 대한민국이 종말을 맞이했는데도 우종이 이렇게 희도의 잔소리를 들을 수 있는 건 전기련의 뉴소울시티 덕분이었으니까.

우종은 정권이 이양되던 과도기를 경험해본 적이 없었다. 돌아가신 아버지로부터 영웅담처럼 들었을 뿐이다. 아버지는 종종 "시대에 감사해. 너희들은 몰라!"라고 하셨다. 아버지의 말에 의하면, 우종이나 희도는 폭우가 그친 평온한 바다 위에 뜬 방주에 올라탄 행운아들이었다.

우종이 지난밤 그렇게 말했던 건 진짜로 그런 신념을 가슴 속에 담아두었기 때문은 아니었다. 태평성대가 된 지금, 자료로만 남아 있는 과거에 대한 동경이라고 하는 편이 더 가까웠다. 성군의 시대보다 폭군의 시대에 대한 이야기가 더 흥미롭기 마련이니까.

"근데 곤이 말 안 해줬어? 분명히 다 알고 있을 텐데."

"말 안 해주던데. 보니라면 말해줬겠어?"

"보니는 다 얘기해주거든? 나의 보니는 곤과는 달라."

차마 얘기하지 못했다. 밤사이 보니가 곤에게 건네준 영상이 있다는 걸. 둘 사이에 주고받은 게 무엇인지는 우종도 알지 못했다. 곤의 말대로 그건 프라이버시다. 곤도 나의 프라이버시를 지켜줬겠지? 프라이버시니까.

희도의 잔소리는 쉬이 끝나지 않았다. 다시는 눈치 없이 행동하지 않겠다는 맹세를 한 다음 간신히 통화를 끝냈다. 우종은 현관 쪽으로 걸어가며 말했다.

"곤, 오프."

그러자 집안에 있는 물건들이 휴식을 취하기 시작했다. 커튼이 천천히 닫히고 텔레비전, 시계, 정수기, 전등이 꺼지며 수도관까지 잠겼다. 들리는 건 레토르트 머신의 소음뿐이었다.

―동행하겠습니다.

집을 나선 우종은 매치를 재킷 안주머니에 넣고 무선 리시버를 귀에 꽂았다. 곤과 소통하기 위해서였다. 엘리베이터에 오르니 투명한 유리 벽 너머로 높고 화려한 빌딩들이 보였다.

뉴소울시티의 모든 거주자들은 개인용 인공지능을 지급받았다. 이 인공지능들은 때와 장소에 구애받지 않고 언제나 존재한다고 해서 '고스트'라 불렸다. 고스트는 사용자의 성향과 목적에 맞게 용도와 말투 등을 세팅할 수 있었다. 희도의 고스트인 보니 역시 희도의 성향과 사용 목적을 반영해 설정했다. 전기련 홍보팀에서 영상 대본을 쓰는 희도에게 보니는 큰 도움이 되는 존재였다. 희도가 아이디어를 내면 보니는 반나절도 안 되어 대본 초안을 완성했다. 그럼 희도는 보니의 초안을 토대로 대본을 수정하곤 했다. 이런 방식은 시간을 절약할 뿐 아니라 인간이 겪지 않아도 될 고통스러운 과정을 건너뛸 수도 있어 여러 방면에서 축복이었다.

시간이 갈수록 사람들은 인공지능을 잘 활용했다. 특히 고스트는 이제 필수품을 넘어 신체의 일부처럼 받아들여졌다. 필요한 정보를 찾기 위해 사이트를 뒤질 필요도 없었다. 고스트들이 드넓은 정보의 바다에서 가장 적합한 진주를 캐내주었기 때문이다.

더구나 고스트는 집 안에만 머물지 않았다. 그게 가능한 이유는 바로 개인용 전자기기인 매치 덕분이었다. 매치란 이름은 개발 당시 연구실을 들른 고위 간부 하나가 기계를 보고 성냥갑만 하다고 말했던 것에서 유래했다. 매치는 그냥 들고 다니기만 하면 되었다. 게다가 매치 또한 우종의 직업을 고려해 픽서 전용으로 설정되었다.

―돔 6구역으로 진입하는 나들목에 충돌 사고가 나서 막히네요. 우회로를 타야 할 것 같아요. 평소보다 대략 10분 정도 더 걸리겠네요.

"10분이나 더 걸린다고? 그럼 지각이야."

―아슬아슬할 것 같네요.

분명 자율주행을 믿지 못하고 직접 핸들을 잡은 멍청이 때문에 벌어진 일일 것이다.

차에 탄 우종은 기어박스 슬롯에 매치를 꽂았다. 이제 차 안은 우종의 집처럼 곤이 장악하는 공간이 되었다.

운전자들은 대부분 고스트에게 주행을 맡기고 있었다. 뉴소울시티는 차량을 분산시키고 흐름을 통제했다. 고스트들은 중앙의 지시에 따라 차를 움직였다. 도로 위 신호 또한 마찬가지였다. 차량의 수와 이동 방향을 파악해 데이터를 전송했고, 고스트들은 그 정보들을 취합해 가장 효율적인 경로로 이끌었다. 사람들의 실수로 사고가 난 적은 있어도 자율주행 때문에 사고가 난 적은 단 한 건도 없었다. 이러한 시간이 누적되자 자율주행 기술에 대한 사람들의 우려는 완벽한 신뢰로 돌아섰다.

"곤. 업무 보고서 좀 보여줘."

운전석 앞으로 작은 모니터 패널이 나오더니 날짜별로 정리된 폴더가 입체적으로 떠올랐다. 와이퍼처럼 훑듯이 움직이던 우종의 검지가 폴더를 터치하자 그 안에 있던 파일들이 순서대로 배치되었다.

파일에는 사고의 정황과 현장의 상태, 인과관계, 사후 처리에 대한 것들이 상세하게 기록되어 있었다. '비고'셀을 클릭하자 이번에는 몇 개의 동영상이 떠오르며 패널 위에서 입체적으로 구현되었다. 보고서에 첨부된 영상들은 교통사고부터 화재 사건까지 다양했다.

그때였다. 동영상이 멈추며 '통화' 글자가 떴다. 동시에 매치 옆에 달린 램프에서 파란불이 깜빡거렸다.

―양훈 소장님 전화입니다.

"왜 또 아침부터? 불길하게."

―출근 전에 오는 전화는 항상 그럴 만한 이유가 있었죠.

우종은 미간을 찌푸렸다. 그래도 받고 싶지 않았다.

"받고 싶은 마음이 안 드는데."

―받는 게 좋을 것 같아요. 조만간 인사고과도 있잖아요.

우종의 인사고과 점수가 낮다는 건 우종도 알고 있었다. 우종은 관자놀이를 문지르며 짧은 한숨을 내쉬었다.

"연결해."

양훈 소장의 얼굴이 홀로그램으로 떠올랐다. 찢어진 눈매, 움푹 팬 뺨, 뭉툭 튀어나온 광대, 옆은 바싹 밀고 손가락 길이 정도 되는 희끗희끗한 머리카락은 뒤로 빗어 넘긴 중년의 남자였다. 그는 아바리치아 고객서비스팀 소속 남부 현장 출장소의 소장이었는데, 현장 출장소는 사고 현장에 출동하는 픽서들을 관리하는 곳이었다. 우종은 양훈 소장을 볼 때마다 조직에 오래 머물면 자신도 저렇게 변할까 생각했을 만큼 전형적인 관료의 인상을 가지고 있었다.

"안녕하십니까, 소장님."

"우종 님, 출근하는 중이죠?"

"네. 무슨 일이신가요?"

"미안하지만 출장소 말고 바로 현장으로 출근해야 할 것 같군요. 사건이 생겨서요. 위치 보내줄게요."

"어떤 사건입니까?"

양훈은 에멘탈을 우물거리며 잠시 우종을 뚫어져라 쳐다봤다. 양 소장은 늘 그런 식이었다. 우종이 보고를 할 때면 에멘탈 통에 손을 넣고 달그락거리다 하나씩 꺼내 먹으면서 지금과 같은 눈빛으로 우종을 쳐다봤다. 모두가 평등해진 세상이라지만 그의 태도는 관리자와 팀원이라는 관계를 상기시키는 듯했다.

"교통사고. 돔 7구역 쪽에서 났다고 하네요."

"지금 3구역을 지나는 중이라서요. 근처에 다른 픽서는 없습니까?"

양훈이 에멘탈을 아드득 깨물었다.

"강우종 님. 내 말을 끝까지 들어야 하지 않겠나?"

'님'이라는 단어에 강한 악센트가 붙었다. 화를 참고 있다는 것을 드러내는 그의 말버릇이었다.

"죄송합니다. 소장님. 마저 말씀하시죠."

"단순한 교통사고가 아닙니다. 인도에 있던 행인 둘이 죽었어요. 오작동인지, 아니면 다른 문제가 있는지 확인이 필요합니다. 오류가 있다면 수정해야 하니까."

"알겠습니다. 조사 후에 보고하겠습니다."

"그러시든지요."

"예, 그럼 이따 뵙겠습니다."

우종이 말을 마치기도 전에 전화가 끊어졌다. 회사로 복귀하면 어지간히 까다롭게 굴 것 같았다.

"짜증나네. 퇴근이 늦어지겠는데."

—인사고과만 생각해요.

"날 다 아는 것처럼 말하지 마. 난 내 삶의 여백도 중요하게 생각한다고."

맞는 말만 하는 곤이 얄미웠지만 달리 복수할 방법이 없었다. 처음에는 매치의 전원을 함부로 끄기도 했다. 사람도 알아듣기 힘든 복잡한 질문이나 지시를 한 적도 여러 번이었다. 그렇지만 곤은 오류가 생기기는커녕 그렇게 행동하는 우종의 심리를 분석해주었다. 진실을 외면하는 버릇은 자신의 약점을 감추려는 방어기제라나? 우종은 어이가 없었다. 그 이후론 곤을 괴롭히지 않았다. 자신을 분석할 만한 데이터를 주고 싶지 않아서였다. 하지만 그건 곤의 말대로 우종의 방어기제였다.

"내가 직접 운전할게. 경광등 올리고 사용자 운행 모드로 바꿔줘."

—양훈 소장님이 보낸 주소지를 목적지로 설정하겠습

니다.

모니터 패널이 들어가고 핸들이 나왔다. 조수석 전면 유리창에는 전방의 풍경으로 보이는 사물들의 외곽선이 그려지며, 사물과 차량의 거리가 구체적으로 표시되었다.

"근데 말이야. 완벽한 세상이잖아. 그럼 이런 사고는 발생하면 안 되는 거 아냐?"

─그러게요. 참 완벽한 세상이죠.

"그런데 왜 매일 사고가 발생할까? 사고가 아니라 오류라고 해야 하나? 완벽한데 오류가 왜 나는 거야?"

─저도 비판에 동참하라는 뜻인가요? 매번 말하지만 오류 발생은 이전 시대와 비교가 무의미할 정도로 줄었어요. 아바리치아 시대에 공식적으로 집계된 오류들은 다…….

"인간들 탓이다? 그 말을 하려고 했지?"

─수치상 그렇다는 뜻입니다.

"하긴, 이런 농담은 신성모독적인 거겠지. 저기 있는 저 스티스 덕분에 이렇게 살기 좋은 세상이 되었는데."

도로 왼쪽 산 너머에 우뚝 솟은 검은색 빌딩이 보였다. 청명한 하늘 때문에 검은색 건물 윤곽이 더 뚜렷해 보였다. 우종이 태어나기 전인 대한민국 시대에는 저 산을 남산이라고 불렀다고 했다. 검은색 빌딩은 산보다 두 배는 더 높아 보였다.

"고전 영화에서 본 검은 비석 같아. 모노리스* 같기도 하고."

그때 마침 스피커에서 웅장한 관현악곡이 흘러나왔다. 곤이 우종의 생각을 읽고 리하르트 슈트라우스의 교향시 〈차라투스트라는 이렇게 말했다〉를 재생시킨 것이다. 완벽한 타이밍이었다.

뉴소울시티 중앙에 자리하고 있는 거대한 모노리스는 오직 저스티스의 서버로만 이루어진 트리빌딩이었다. 그것은 이 도시에 존재하는 모든 인공지능의 모체이자 뿌리였다. 정확한 명칭은 저스티스-44. 44는 마흔네 번째로 개발되었다는 뜻이었다. 저스티스-44는 전기련의 수장인 아바리치아 그룹이 만든 최고의 인공지능 역작이자 뉴소울시티의 모든 송사를 관장하는 지혜의 신이었다. 즉 이 도시가 태평성대를 누릴 수 있는 이유는 도시를 하나의 유기체처럼 통제하는 저스티스-44 덕분이었다.

"오디오북이나 틀어줘. 지난번에 들었던 저스티스의 역사에 대한 거."

―듣다가 잠드는 거 아니에요? 지난번에 코도 골던데.

"지금 잠들 리가 있어? 틀기나 해."

---

* '하나의 돌'이라는 뜻으로 규모가 큰 돌기둥이나 비석, 첨탑 같은 것을 뜻하며, 소설에서는 저스티스-44의 서버로 이루어진 건물을 의미한다.

―네. 제가 직접 읽어드릴까요?

"아니. 중년 남성 목소리로."

음악 소리가 서서히 줄어들더니 차분한 남성의 목소리가 흘러나오기 시작했다.

―안녕하세요, 오늘은 저스티스-44의 탄생 배경에 대해 말씀드리려 합니다. 저스티스-44의 탄생 배경을 이해하기 위해서는 우선 '전국기업인연합', 즉 전기련이 설립된 이유부터 알아야 할 것입니다.

백여 년 전, 인류는 전쟁과 역병으로 멸망의 길로 접어들고 있었습니다. 혼란의 시대를 틈타 가진 자들의 논리가 정의로 둔갑되었고, 사회는 변질된 정의에 따라 움직였습니다. 급격하게 벌어진 빈부의 격차는 정당함으로 포장되었고, 지역, 인종, 종교, 세대 등 모든 것이 갈등의 원인이 되었습니다. 세계 곳곳에서는 권력자들의 탐욕에 의해 전쟁이 발발했고 하루에도 몇 번씩 국가의 주인이 바뀌었지요.

망가진 정의. 망가진 법의 저울. 망가진 분배.

자동화된 시스템은 노동자들을 벼랑 끝으로 밀어냈습니다. 기울어진 운동장에서 그들은 서로의 것을 빼앗기 위해 충돌했습니다. 누가 옳고 그른지는 이미 무의미했죠.

거기서 끝이 아니었습니다. 전세계를 공포로 몰아넣은

코로나-219 바이러스가 발생했고, 바이러스는 변이를 거듭해 치사율 98%를 보이는 치명적인 존재가 되었습니다. 종말의 씨앗이 급속도로 싹을 틔우면서 각 국가들은 점점 소멸하기 시작했습니다.

그런 와중에도 오직 대한민국만은 종말의 파도를 피할 수 있었습니다. 아바리치아 그룹 덕분이었죠.

아바리치아 그룹은 의료 산업부터 화학, 방산, 정보통신 등 각 분야에 걸쳐 첨단 기술력을 확보하고 있었습니다. 아바리치아는 바이러스 감염 경로를 추적할 수 있는 방역 시스템을 완벽하게 구축했고, 코로나-219 치료제와 백신을 개발했습니다. 당시 대한민국 정부는 국고가 바닥났고 행정과 사법 시스템, 군 조직마저 점차 붕괴되기 시작했습니다. 그에 따라 지방에서부터 서울로 향하는 소요의 불길이 거세게 일었습니다.

그때, 당시 대한민국의 대통령은 의미심장한 선택을 했습니다. 서울 이북으로 연결된 모든 한강 다리를 끊고 서울 이남에서 밀려오는 불길을 미사일이라는 맞불로 잠재운 것이지요. 거대한 폭발이 일어났고, 그로 인한 유독가스와 불길, 시체와 병균, 폐허, 굶주림, 아귀다툼이 만연했습니다. 대한민국의 강 너머는 그렇게 죽음의 땅이 되었습니다.

당시 대통령이 한강 다리를 끊는 잔인한 선택을 할 수 있었던 것은 전기련을 믿었기 때문입니다. 전기련은 대한민국의 10대 대기업 모임으로 대한민국 전 분야에 걸쳐 막강한 영향력을 행사하고 있었습니다. 그리고 아바리치아 기업의 총수가 전기련의 의장을 맡고 있었지요.

오랜 세월이 흘러 당시 대통령은 자신의 삶을 회고하는 인터뷰 자리에서 이렇게 말했습니다.

"내가 그때 한강 다리를 끊지 않았다면 아마 우리는 다 같이 소멸했을 것이오. 지금 이렇게 많은 사람들이 살아남을 수 있었던 건 당시 나의 선택 덕택입니다. 나를 비난해도 좋소. 하지만 나의 선택에 동의하지 않는다면, 나는 그에게 저 시커먼 강을 건너 죽음의 땅으로 걸어 들어갈 용기가 있는지 묻소."

한강 다리를 끊고 얼마 후, 대통령은 전기련에게 대한민국의 모든 통치권을 넘겼고, 그렇게 전기련은 '뉴소울시티'를 창건했습니다. '새로운 영혼의 도시'라는 뜻이지요. 대한민국의 수도였던 '서울'에서 따왔다는 설이 있었지만 그것은 잘못된 설입니다. 그리고 전기련의 내부 회칙에 따라 연호는 전기련의 의장 자리를 차지하는 회사의 이름을 따 '아바리치아'로 정했습니다.

새로운 시대가 시작되던 첫날, 전기련의 수장이자 아바

리치아의 총수인 류신 의장은 뉴소울시티 창건 행사에서 열변을 토했습니다.

"아무리 새로운 껍데기를 입더라도 혼이 낡았다면 소용없는 일입니다. 낡은 패러다임, 낡은 이데올로기를 버리고 새로운 영혼, 새로운 사고방식을 불어넣어야 합니다. 모든 것을 전복해야 합니다. 그렇기에 새로운 도시의 주인은 더 이상 권력자가 되어서는 안 됩니다. 바로 여러분이 이 도시의 주인이자 영혼이며, 이 도시에 초대된 고객입니다."

류신 의장은 우리 모두가 종말의 파도에서 생존했음을 선언했습니다. 사람들은 안도의 한숨을 내쉬었고 희망을 보았습니다. '고객'이란 단어는 생소했지만 절대다수는 환영했습니다. 고객이란 대접받는 자였으므로 빈부격차와 계급격차는 사라진다는 뜻이었고, 망가진 사법 체계를 비롯한 대한민국의 모든 시스템을 파기하겠다는 선언이었으니까요. 그때부터 사회 전반에는 전기련의 논리가 굳게 자리 잡았습니다.

전기련은 새로운 세상의 하드웨어와 소프트웨어 구축에 공을 들였습니다. 도시 구역을 개편하고 철도를 새로 깔았고, 새로운 건물들을 지었습니다. 그렇게 도시의 하드웨어가 먼저 갖춰졌습니다. 이제 남은 것은 소프트웨어였습니다. 가장 중요한 것은 도시에 새로운 혼을 불어넣는 것이었습니다. '사람들이 바라는 유토피아는 무엇인가?' '멸망한 국가들의 폐단은 무엇이었나?' 고민 끝에 나온 개념은 정제된 쾌락, 공평한 구조, 완벽한 정의였습니다. 세상이 다시 지저분한 욕망에 물들면 구조는 비틀어지고, 정의는 타락하고, 법의 저울은 기울어지니까요.

전기련은 '에멘탈'이라는 각성제를 개발했습니다. 일정량을 무상으로 공급했고 그 이상은 저렴한 가격에 구매할 수 있도록 했지요. 인체에 무해하기 때문에 효능과 성분에 대해 대중들에게 투명하게 공개했습니다.

또한 전기련은 새롭게 정비한 도시 구역에 '돔'이라는 명칭을 붙이고 모든 거주자에게 아파트를 제공했습니다. 약간의 임대료를 세금으로 받았지만 무상이나 다름없었지요. 뉴소울시티의 화폐인 분각*으로 계산했을 때 누구도 부담스럽지 않을 만한 가격이었으니까요.

아바리치아는 고객들이 어떤 서비스를 필요로 할지 연구하고 도입했습니다. 도시는 하나의 서비스 유기체처럼 움직였습니다. 그래도 가장 중요한 것이 남아 있었습니다. 바로, 신뢰입니다.

공정이란, 평등이란, 정의란 무엇일까요? 과거 대한민

---

* 뉴소울시티의 화폐 단위로, 시간의 단위인 분과 초에서 따왔다.

국이 무너진 이유는 쾌락에 둔감해졌기 때문이 아닙니다. 가장 근본적인 신뢰가 무너졌기 때문이죠. 극한으로 치달은 빈부격차, 정치의 부패, 고위 공직자들의 오만과 도덕적 해이, 황금만능주의를 숭배하는 종교인들의 죄악. 국가라는 시스템에 대한 신뢰가 완전히 무너진 겁니다. 그리고 이 모든 것의 기저에는 법의 붕괴가 있었던 것이고요. 디케의 칼날은 무뎌졌고 저울은 망가졌습니다. 사람들의 불신은 갈수록 높아졌고, 이러한 종말의 시대에 판사와 검사, 변호사는 더이상 존중받지 못했습니다. 어쩌면 그들이 망가뜨린 디케의 저울이 대한민국을 무너뜨린 주범이었을 테니까요. 그때 아바리치아는 대안을 생각해냅니다.

인공지능 판사의 도입.

그리고 아바리치아는 인공지능 판사를 개발해 세상에 선보입니다.

일각에서는 우려를 표했습니다. 아바리치아가 초창기에 개발한 인공지능마저도 "인공지능 판사는 인간 판사를 대신할 수 없으며 심증, 감정과 같은 추상적인 영역을 판단할 수 없기에 판결의 보조적인 역할만 할 수 있을 것"이라는 의견을 냈죠.

그렇지만 인공지능 판사는 기존 판결의 수많은 오류 데이터들을 학습했고, 뉴소울시티 고객들의 불만과 불신, 바람을 분석했습니다. 그리하여 마침내 인공지능 판사 '저스티스-44'가 탄생했습니다.

마흔네 번째 시도 만에 완성했기에 저스티스-44라는 명칭이 붙었는데, 우연인지는 몰라도 44라는 일련번호는 '사사'라는 단어로도 표기가 가능했습니다. 사사. 그것은 고대 이스라엘 민족을 통솔하던 판관이자 통치자들을 뜻했는데 신과 그들 사이에 벌어진 일들을 기록한 '사사기'는 구약성서 서른아홉 권 중 하나로 역사 속에 존재해왔습니다.

의도한 것은 아니었지만 저스티스-44라는 이름은 광야에서의 고난을 끝낸 고대 이스라엘 민족을 다스리던 사사기의 사사들처럼 대한민국이라는 죄악의 시대를 끝내고 새로운 시대를 이끌어갈 희망을 짊어진 존재라는 의미와 맞아 떨어졌습니다.

기존에 있던 법조인들은 법정 밖으로 나가야만 했습니다. 고객들은 저스티스-44의 공정성에 환호했고, 무한한 신뢰를 보냈습니다. 그 신뢰에 보답하듯 저스티스-44는 단 한 번의 예외도 없이, 근엄한 법의 잣대를 들이대며 그에 맞는 형을 선고했습니다. 법의 판결과 대중의 감정이

늘 일치했던 것이죠.

—거의 다 왔어요. 오디오북은 종료할게요.

곤의 목소리와 동시에 오디오북이 멈췄다.

—제 시간에 퇴근하려면 서둘러야 할 거예요. 오늘 보고
서 리뷰도 한참 걸릴 텐데.

출근 시간이라 그런지 돔 7구역 나들목에 교통량이 꽤
많았다. 각 돔마다 전기련 소속 기업의 핵심 부서가 있는
곳은 항상 붐비곤 했다.

우종은 탑 위에 달린 패널에 '픽서 업무 중'이라는 글자
를 띄우고 한쪽에 차를 세웠다. 한층 기온이 내려간 늦여
름 공기가 콧속으로 들어왔다.

"여긴가?"

인도에 올라서자 누런 화강암 대리석으로 만들어진 정
원 외벽에는 충돌 흔적이 뚜렷했다. 사고 현장을 정리하
긴 했지만 바닥에는 여전히 핏자국과 화강암 조각들이 보
였다.

"속도는?"

—시속 153킬로미터입니다.

"뭐? 그럼 직접 핸들을 잡았다는 거야?"

자율주행을 맡겼다면 제한 속도를 넘었을 리 없다. 그렇

지만 고스트에 의한 차량 운행은 어디까지나 운전자의 선택이었다.

—그건 아직 들어온 데이터가 없어요.

우종은 차가 달려온 방향 쪽을 유심히 살펴보았다. 차량에서 떨어진 미세한 파편들이 아침 햇살에 반사되어 반짝이고 있었다. 급제동할 때 생기는 스키드마크는 보이지 않았다.

"교차로 진입 전에 이상한 점은 없었어?"

—전혀 없었어요.

"혹시 모르잖아. 아스팔트 틈새에 남은 미세한 타이어 흔적이라든지."

—저는 안 보여요. 직접 보는 게 낫지 않겠어요?

곤은 사고 관련 데이터들을 취합 중일 것이다. 주변에 있는 CCTV부터 교차로 인근에 있던 차들의 영상 기록까지.

"아니, 우선 데이터부터 확인하고."

우종은 데이터를 먼저 확인하곤 했다. 현장부터 보면 판단을 먼저 하게 되고, 편견이 생긴 상태에서 데이터를 보면 편견에 따라 논리를 맞추게 될 수도 있기 때문이었다.

"주행 중에 감속이나 다른 특이 반응은?"

—없습니다.

스키드마크가 없다는 것은 제동 장치의 작동이 없었다

는 뜻이다. 교차로 바닥에는 부서진 잔해뿐이었다. 차가 전복되어 인도 쪽으로 이탈한 게 분명했다. 부서진 헤드라이트 커버 조각이 충돌 지점이 아닌 교차로 한가운데에 있는 것을 보면 알 수 있었다.

—사고 피해자 두 명은 모두 현장에서 사망했습니다.

"사고 차량 운전자는?"

—돔 7구역 아바리치아 부속 의료센터로 이송됐어요. 생명에 지장은 없는데 의식은 아직 없는 상태입니다.

교차로에 빠른 속도로 진입한 차량이 좌회전을 하다 속도를 이기지 못하고 중심을 잃은 것으로 추정되지만 '운전자 주행 모드'였는지 '고스트 자율주행 모드'였는지 판단하려면 운전자의 진술을 들어야 한다.

—사고 발생 시간은 오전 7시 25분이었어요.

"불행 중 다행이야. 조금만 더 늦었으면 피해자가 더 늘었을 거야."

—어쩌면 그게 나을 수도 있죠.

"무슨 말이야? 30분만 늦었으면 출근 인파로 가득했을 텐데."

—출근하는 차량도 많았겠죠.

곤이 말하는 게 무슨 뜻인지 우종은 단번에 알아차렸다. 도로가 혼잡했다면 사고 차량이 그렇게 빨리 달리지 못했을 것이고, 설령 교차로에 진입했다고 해도 다른 차들과 충돌하면서 사망사고까지는 발생하지 않았을 수도 있다는 의견이었다. 물론 그만큼 부상자의 숫자는 늘어나겠지만.

"너와 내가 다르다는 걸 느낄 때가 이럴 때야, 곤."

—이건 그런 경우가 아닌데요. 오히려 인도주의적인 최선의 선택이에요.

"알아. 그래도 말이야. 이럴 때 우리는 그런 식으로 말하지 않는다고."

트롤리 딜레마*였다. 곤은 사고 현장마다 사고 분석 후 의견을 말하곤 했는데 때때로 우종의 귀에 거슬렸다. 두 갈림길과 피할 수 없는 선택의 기로, 다수를 위해 자신의 손으로 죄를 범할 것인가에 대한 선택의 기로, 그때마다 곤은 모든 상황을 효율적으로 접근했다.

가끔 우종이 곤을 불편하게 느꼈던 이유는, 자신을 만든 인간을 바라보는 곤의 시선 때문이었다. 인공지능은 뉴소울시티의 고객들을 편리한 세상으로 인도했지만 모든 행위의 과정은 효율이 중심이었다. 엄정한 법 집행도 결

---

* 윤리학에서 가정하는 사고 실험의 하나로, 제동 장치가 고장난 트롤리가 소수 또는 다수의 사람을 희생시킬 수밖에 없을 경우 어느 쪽을 선택해야 하는가에 대한 질문이다. 결론적으로 트롤리 딜레마의 논점은 소수를 위해 다수가 희생하는 것에 대해, 혹은 다수를 위해 소수가 희생하는 것에 대해 윤리학의 관점에서 올바른 선택을 내릴 수 있는가에 대한 것이다.

국 도시 시스템의 안정화에 가장 효율적으로 기여하는 부분이기 때문이다. 그렇지만 그 효율이라는 것 속에 미묘한 개념이 있었다. 인간의 삶, 목숨. 물론 사람이 죽는 것보다는 부상자가 늘어나는 게 나을 수도 있다. 그러나 곤이 다른 예상치를 건넬 때마다 우종은 그 안에서 묘한 불편감을 느꼈다.

우종은 주머니에 있던 매치를 꺼냈다.

"플로우 인Flow In 하자."

—네. 주위 CCTV 영상들과 해당 시간대 교차로에 있었던 차량들 기록 영상을 합쳐봤어요.

"전부 다?"

—아뇨, 다는 아니에요. 공개 거부는 항상 있는 일이니까요.

차량 내외부의 기록 영상들을 보려면 차 주인의 동의가 필요했다. 우종이 사고 현장에 도착하면, 곤은 사고 지점에 있었던 다른 고스트들과 리버레이션*으로 접속해서 당사자들의 동의를 받은 후 영상을 받아냈다. 그러나 동의보단 거절을 받을 때가 더 많았다.

"참 숨길 것들도 많다. 하긴 아무리 세상이 변해도 욕망

---

* 고스트 등 다양한 인공지능들이 자료를 보내고 저스티스-44로부터 피드백을 받는 가상의 공간.

은 절대 변하지 않지."

우종은 떳떳하지 못한 사람들일수록 이런 일에 동의를
하지 않을 거라고 생각했다. 예를 들면 불륜이라거나.

"넌 알지? 왜 공개를 거절했는지."

—늘 말하지만 저는 전혀 알 수가 없어요. 권한도 없습
니다.

"픽이나."

—제가 거짓말을 할 수 있다고 믿으세요?

"거짓말과 함구는 전혀 다른 거야."

—저는 거짓말을 할 수 없어요.

우종은 피식 웃으며 작은 케이스에서 프레임까지 투명
한 고글 하나를 꺼냈다. 리낵터*였다. 리낵터를 쓰자 도로
의 풍경은 사고 발생 시간대의 모습으로 덧씌워졌다. 시야
의 오른쪽 위에는 사고 발생 시간대의 타임라인이 표시되
고 있었다.

우종은 사고 지점에 서서 사고 차량이 달려온 방향을 바
라보았다.

—기록 모드, 인 하겠습니다.

---

* 영상이나 사진 같은 2D 콘텐츠에 움직임을 추가해 실재처럼 구현할 수 있게 한
특수 고글. 픽서용 리낵터는 사건이 벌어진 상황을 구현하는 데 특화되어 있으
며, 다양한 시각 모드를 사용할 수 있고 추가 영상을 업데이트할 수도 있다.

우종이 고개를 끄덕였다. 곧바로 리액터에서 현실 구현이 재생되었다.

새벽, 아스팔트 도로를 눅눅하게 했던 안개가 여명 속에서 천천히 걷히고 있었다. 교차로는 한산했다. 중앙선 너머에서는 차량 두 대가 신호 대기 중이었다. 사고 발생 시간이 가까워지자 안개 사이로 검은 형체가 짙어지며 급속도로 커지고 있었다.

우종이 고개를 돌리자 보행 신호에 건너고 있는 팔짱 낀 두 남녀가 보였다. 여자가 남자의 옷매무새를 살피며 뭐라고 말하자 남자는 괜찮다는 듯이 손사래를 쳤다. 건널목을 건너자마자 여자가 남자를 붙잡아 세우더니 넥타이를 고쳐 매주고 재킷에 묻은 먼지를 떼주었다. 둘은 행복한 미소를 짓고 다시 걷기 시작했다.

우종의 시선이 그들에게서 검은 그림자 쪽으로 돌아갔다. 모습을 확실히 드러낸 사고 차량은 거대한 SUV였다. 차량의 무게와 속도로 봤을 때 멈추는 건 이미 불가능해 보였다. 아니나 다를까, 빠른 속도로 교차로에 진입한 차량은 왼쪽으로 방향을 틀었다. 갑작스러운 돌진에 중앙선 너머의 차들이 급하게 차를 멈췄다. 사고 차량은 중심을 잃고 남녀 쪽으로 날아들었다. 그 둘 바로 옆에 서 있던 우종은 날아오는 시커먼 차량을 노려보며 재빨리 말했다.

"스톱."

리넥터의 현실 구현이 멈췄다. 차량이 둘을 덮치기 직전이었다. 몇 초, 아니, 딱 1초만 달랐더라면. 이 둘이 발걸음을 멈추지 않았더라면. 그럼 이 비극을 피할 수 있었을까?

─두 사람은 부부였어요. 결혼 3년 차. 다행히 아이는 없었어요.

다행이라니. 혼자 남은 아이가 살아남을 확률이 희박해서 나온 값일까? 아니면 뉴소울시티가 아이를 돌보는 데 들어가는 비용 때문일까? 아니면, 두 존재가 책임지지 못할 씨앗을 이곳에 심지 않았기 때문일까?

"모드를 바꿔야겠어. 다이내믹 모드로."

운동에너지를 확인할 수 있는 다이내믹 모드로 바꾸자 우종의 주위가 암흑으로 변했다. 높게 솟아 있던 빌딩들이 사라졌고, 하얀 기체 덩어리들만 존재했다. 마치 가스를 채운 풍선을 엑스레이로 찍은 것 같았다. 하얀 기체 덩어리는 물체들의 움직임이 가진 에너지 흐름이었다.

날아오는 사고 차량 전면부에는 엄청난 기류가 형성되어 있었다. 중앙선 너머 차량들의 양쪽에는 급정거에 의한 미세한 흐름만이 움직이고 있었다. 그리고 남녀의 모습은 작은 흐름의 흔적으로만 보였다. 서로를 향해 고개를 돌리는 얼굴의 움직임, 걸어가던 다리의 움직임, 맞잡은 손이 흔들리는 움직임. 얼굴에도 작은 움직임이 있었다. 미소를 지으며 올라간 입꼬리 같은.

"20초 전으로."

곤은 영상을 돌렸다. 멀리 하얀 점이 보였다. 사고 차량이었다. 하얀 점은 점점 커지더니 부글부글 끓어오르는 움직임과 함께 맹렬히 달려왔다. 외관을 찢고 튀어 나갈 것 같은 하얀색 소용돌이가 교차로에 진입하더니 소용돌이처럼 출렁하며 일제히 좌측으로 쏠렸다.

"스톱!"

소용돌이 내부에서 또 다른 움직임이 보이는 듯했다.

"차량 내부 확대해봐."

우종은 하얀 안개 속으로 머리를 넣고 안쪽을 살펴보았다. 우측에서 좌측으로 급하게 움직인 흐름 하나가 눈에 들어왔다.

"핸들을 돌린 것 같은데?"

─그렇네요. 하지만 확실하진 않아요. 다이내믹 모드는 기록 모드를 바탕으로 만든 예상치일 뿐이니까요.

"예상치라서 신뢰할 수 없다면 다이내믹 모드가 증거로 사용되지 않겠지. 저스티스가 만든 프로그램이잖아."

─그렇지만 값을 구하는 데 여러 가지 복잡한 수식이 있어요. 일일이 설명하기 힘들 정도로요. 그중 다이내믹 모

드는 아주 일부분일 뿐이죠. 그러니 이게 반드시 결정적이라곤 할 수 없어요. 어떨 때는 중요한 증거로 쓰이지만, 또 어떤 때는 참고용으로만 쓰니까요.

우종은 대답하지 않았다. 대신 운전석 아래쪽에서 무언가를 찾으려는 듯 이리저리 살펴보았다.

—거기는 왜요?

우종이 확인한 곳은 브레이크 페달이 위치한 곳이었다. 하지만 거기엔 아무 움직임도 없던 것 같았다. 이 정도 속도라면 분명 어떤 반응이 있어야 했는데, 이상했다.

"다시 재생해봐."

영상이 다시 재생됐다. 좌측으로 쏠렸던 소용돌이의 움직임이 분산되며 더 큰 혼란 덩어리가 되었다. 강한 회전력까지 더해진 혼란 덩어리는 우종 인근으로 날아들었다.

그리고, 두 사람을 덮쳤다.

혼란은 거대한 공백과 충돌하며 불꽃놀이처럼 폭발하더니 산산이 흩어지며 사라졌다. 우종은 잠시 눈을 감고 작게 한숨을 쉬었다. 픽서의 임무는 오류를 바로잡는 것이다. 우종은 자신의 직업에 자부심을 느끼고 있었다. 뉴소울시티의 흔치 않은 오류를 보완해 완벽한 세상을 만드는 것에 일조한다는 마음이었다. 그러나 때로는 회의감을 느끼기도 했다.

우종은 다시 눈을 떴다.

"사고 차량 운전자 이력 좀 조회해봐."

핸들 모양과 비슷한 흐름이 있었던 것으로 보아 사용자 주행 모드로 달린 것 같았다. 그러나 이상한 것은, 만약 그랬다면 제동 장치에도 움직임이 있어야 했다. 그건 본능적인 거니까. 그러나 그런 반응은 전혀 없었다.

자율주행 모드에서의 시스템 오작동인가? 흔치 않은 오류가 발생했을 수도 있었다. 아니면 시스템 오류로 제어 장치가 망가지면서 과속을 하게 된 걸까? 자율주행 모드였다면 사고 차량 운전자의 고스트가 행인을 인식하고 미리 조치했을 게 분명하다. 만약 그보다 더 심각한 오류가 생겨서 아무 조치도 못 하는 상황이었다 하더라도, 이 상황을 벗어나기 위한 필사적인 행위가 있어야 했다. 그렇지만 차 내부에서는 그런 움직임이 없었다. 이상했다.

그런데 곤은 왜 조용한 거지?

"곤, 뭐해?"

아주 짧은 시간이었다. 오랜 시간 곤과 대화를 하면서 이런 적은 없었는데. 우종만 느낄 수 있는 뭔가 이상한 공백을 느꼈다.

—운전자 이력 조회가 불가능해요.

"왜?"

—업무상 정보 보호 대상자입니다.

"뭐? 사고 차량 운전자한테 그런 게 왜 있어?"

—해당 조항 내용이 있어요. 뉴소울시티에서 보안이 중요한 업무를 하는 사람은 정보 공개 예외의 경우에 속해요.

"처음 듣는데?"

—조항 읽어드릴까요?

곤이 하는 말이라면 역시나 맞겠지만, 우종은 처음 접하는 케이스였다.

"아냐, 됐어. 고스트는 체크했어?"

—접속해봤지만 손상이 심해서 건질 게 없었어요.

우종은 머리를 긁적였다. 물론 자신은 조사관일 뿐이지 사고에 대한 판정을 내리는 주체는 아니다. 그래도 마음 한구석이 찜찜했다.

—출장소에 보류라고 보고할까요?

"아니, 잠깐만. 그건 안 돼."

사고를 '보류'로 처리하면 다른 픽서들까지 현장에 투입될 것이다. 게다가 그들 각자가 수집한 증거를 가지고 회의가 소집될 것이다. 거기서 결론 내린 증거들을 저스티스에게 송부하면 사고 처리는 끝나겠지만 자신의 업무 능력 부족을 시인하는 것과 다름없기 때문에 인사고과에서 감점으로 작용할 게 뻔했다.

"기록 영상 모드하고 다이내믹 모드, 둘 다 첨부해."

—하이라이트 부분은 어디로 할까요?

우종은 교차로에서 좌회전하던 하얀색 소용돌이를 가리켰다.

"제어 시스템 불능으로 인한 사고 발생 가능성 유력."

—내부에서 본 그건요? 핸들 모양의 흐름.

"일반적인 방어 반응으로 판단됨."

—그렇게 첨부하죠.

곤은 우종의 의견을 취합해 리버레이션으로 저스티스에게 보냈다. 어차피 픽서는 조사 활동 외에는 관여할 수가 없었다. 검토와 판단, 해석과 판결은 온전히 저스티스의 몫이었다.

—저스티스가 오작동으로 인한 사고라는 결론을 보내왔어요.

저스티스의 판단은 즉각적이었다.

"다른 건 없어?"

—피해자들이 받을 보상금은 각각 연봉의 평균값으로 향후 10년 동안 직계 가족에게 지급될 거예요. 부담은 전기련 85%, 사고 차량 운전자가 15%. 오작동은 제조사의 책임이기도 하니까요.

아바리치아 시대에서 벌어지는 사고는 십중팔구 기계

오작동이었다. 전기련은 오작동 사고를 제조사의 실수로 정의하고 스스로 상당한 보상을 책임졌다.

"가족들에게는 알렸어?"

—사고 발생 한 시간 뒤에 사망 사실을 알렸어요.

우종은 리넥터를 벗었다. 다시 현재 교차로의 모습이 눈에 들어왔다. 아까와는 달리 먹구름이 스멀스멀 몰려오는 것이 보였다. 그러더니 빗방울이 하나 둘 떨어지기 시작했다. 곤이 말했던 것처럼 비가 오고 있었다. 예상보단 이르지만.

아직 픽서의 업무는 끝나지 않았다. 우종은 다시 차에 올랐다.

*

우종은 7구역 내 의료센터를 찾아갔다. 사고 차량 운전자가 그곳에 입원해 있다는 정보를 들었던 것이다. 그를 찾아가는 표면적인 이유는 판결을 알려주는 것이었다. 진짜 이유는, 사고 차량 운전자가 궁금해서였다. 곤은 사생활 보호 대상자라서 이력 조회가 불가능하다고 했지만 그래도 의구심이 해소되지 않았다.

7구역 내 의료센터는 규모가 크지 않았다. 사고 차량 운전자의 담당의도 평범해 보였다. 가르마를 탄 머리에 단색 셔츠, 왼쪽 가슴엔 '담당의 최준수'라는 자수가 새겨진 하얀 가운을 입고 있었다.

그는 운전자의 신원을 묻는 우종에게 질색하며 손사래를 쳤다.

"알려드릴 수 없습니다. 저 같은 사람한테 그럴 권한이 있겠어요? 우리 일은 자동차 정비나 다름없는데요. 뭔가 비하적인 발언 같았나요? 그런 의도는 아니었는데. 아무튼 제 말은 고친다는 의미에서 같다는 뜻입니다."

의사라는 직업은 갈수록 사회적 위상이 낮아지고 있었다. 인공지능이 발달한 속도만큼 의료 기술도 비약적으로 발전했기 때문이다. 죽음을 극복하지는 못했지만 인간 평균 수명은 100세를 넘긴 지 오래였다. 질병이나 바이러스로 고통받거나 목숨을 잃는 사람들의 수는 기하급수적으로 줄어들었다. 게다가 수술과 진료 등 모든 의료 행위를 의료용 인공지능이 대신하고 있었다.

빗줄기가 더 거세졌다. 정오 즈음인데도 밖은 저녁처럼 어두웠다. 차양 끝을 타고 떨어진 빗물이 땅바닥에 튀기며 우종의 바짓단을 적셨다.

"여러 군데 골절과 장기 손상도 있긴 한데, 다행히 중추 신경과 머리 쪽은 손상이 경미했습니다. 환자의 의식이 돌아오면 더 면밀하게 검사를 해봐야겠지만요."

"다른 이상 징후는 없었나요?"

"글쎄요. 어차피 오작동 사고라고 하지 않으셨나요? 제가 보기엔 자기를 방어하려다가 다친 것으로 보였습니다."

"그렇군요."

팔짱을 낀 채 바닥을 응시하던 담당의는 먹구름이 낀 하늘을 올려다보았다.

"보고서 때문에 그러시는 거죠? 다 압니다. 환자가 사망하면 지스디스한테 다시 데이디를 보고해야 할 테니, 픽서들 입장에선 번거롭겠죠."

우종은 대꾸하지 않고 커피만 한 모금 마셨다. 담당의는 커피가 바닥을 드러내자 종이컵을 구겼다. 그러더니 옆에 있는 쓰레기통에 던져 넣었다.

"아무튼 신원은 확인해드릴 수 없습니다. 정확하게 말하자면, 저도 그 환자의 프로필을 확인할 수가 없어요."

담당의는 그대로 의료센터 본관으로 사라졌다. 우종은 머리를 긁적이며 땅바닥을 쳐다봤다. 먼지와 뒤섞인 빗물이 갈라진 땅바닥 시멘트 위에 고여 있었다.

사고 처리 마지막 순서는 피해자나 피해자 가족을 찾아가 설명을 해주는 일이었다. 발길이 떨어지지 않았다.

그래도 가야 했다. 차에 올라탄 우종은 화장장으로 향했다.

*

    아바리치아 시대에 들어선 이후부터는 장례 절차가 간소해졌다. 시신을 보관할 장소가 부족했기 때문이다. 그러다 보니 화장을 먼저 한 후에 가족끼리 장례를 지내는 것이 일반적이었다.

    화장장 내부는 창백한 형광등 불빛으로 가득했다. 사망한 여자의 친오빠는 애써 감정을 참는 듯했다. 붉어진 눈가에는 물기가 고여 있었고 수염이 거뭇하게 자라 있는 뺨은 푸석해 보였다. 우종은 마음이 무거웠다.

    "사고 시점 데이터를 보내드릴까요?"

    그러나 그는 고개를 가로저었다.

    "아니요. 보고 싶지 않습니다. 본다고 해서 결과가 달라지는 것도 아니고, 결과가 달라진다고 이 상황이 바뀌는 것도 아니니까요. 판결문만 보내주세요⋯⋯."

    우종은 아무 말도 할 수 없었다. 저스티스의 판결문을 선뜻 전송하기가 어려웠다. 복도 끝에서 통곡 소리가 들려왔다. 우종은 창밖을 바라보았다. 빗물이 만든 얼룩 때문인지 창밖으로 보이는 폐수의 강은 오늘따라 더 칙칙하고 기괴해 보였다. 화장한 시신들은 모두 이 폐수의 강에 뿌려졌다. 사망한 부부도 화장이 끝나면 이 강에 뿌려질 것이다.

"그런데 픽서님, 다 확인하신 거죠?"

"네?"

그의 질문에 서린 냉기 한 줄기가 우종의 명치를 뚫고 들어오는 것 같았다.

"저스티스의 판결이니 확실하겠지만, 그래도 믿기질 않아서요. 혹시라도……."

"전부 확인했습니다."

"조사하시던 중에, 다른 결과로 판명될 만한 요인이나 다른 흔적은 없었나요?"

"없었습니다."

잠시 정적이 흘렀다.

"신이 있다고 생각하세요?"

우종은 고개를 저었다.

"오늘 아침 조깅하고 오다가 동생을 마주쳤어요. 근처에 살았거든요. 동생은 출근 중에도 남편 손을 꼭 잡고 있더군요. 늘 그렇게 사이가 좋았어요. 그걸 보면서 장난삼아 핀잔을 주었죠. 저녁에 야구나 보면서 한잔하자고 하니까 좋다고 했어요. 그게 불과 몇 시간 전이었는데……."

그는 북받쳐 오르는 감정을 있는 힘을 다해 억누르고 있었다. 그래서인지 목소리 톤이 계속 불안정하게 오르내렸다.

"당연한 아침, 당연한 저녁, 당연한 내일이라고 생각했었어요. 그런데, 허망해요. 이게 끝이라니, 너무 불공평하잖아요…… 신이 있다면 이래선 안 되는 거 아닌가요……."

그는 마침내 눈물을 흘렸다.

"근데 한편으로 신이 없다면 그게 더 허망할 것 같기도 하네요. 고작 이런 식으로 인생이 끝났는데, 아무것도 없고 영원히 존재하지 않는 어둠 속으로 사라진다는 게. 신은 존재하지 않는 건지, 냉담한 존재인지, 불공평한 존재인지…… 답을 어떻게 찾아낼 수 있을까요? 저스티스한테 물어보면 알 수 있을까요?"

우종은 도망치듯 화장장을 빠져나왔다. 화장장 위로 뿜어져 나오는 하얀 연기를 보자 가슴이 답답했다. 다이내믹 모드에서 보았던, 피해자들이 미소 짓는 하얀 입꼬리 흔적이 자꾸 떠올랐다.

*

퇴근한 우종은 희도 집 근처에 있는 펍으로 향했다. 어제 돈키호테가 됐던 걸 사죄할 겸 희도에게 저녁을 사겠다고 한 것이다. 그런데 도착해보니 희도는 없고 희도의 동생인 창도만 있었다.

둘은 우선 술을 시키고 홀짝거렸다. 한 시간째 희도는 오지 않았고 창도는 한 시간이 넘도록 〈1파운드〉에 관해 떠들어댔다.

"아주 웃기는 놈들이에요. 부모자식까지 걸고 자신하던 놈들이 반나절도 안 돼서 태도가 싹 바뀐다니까요!"

창도도 희도와 같은 전기런 홍보팀 직원이었다. 홍보팀이 만드는 시사 예능 프로그램 중 시청률 1위에 빛나는 〈1파운드〉의 연출님이었다. 희노와 친했넌 홍보팀상이 창노를 눈여겨보다가 입사를 제안했던 것이다.

입사한 지 6개월도 안 되었지만 창도는 마치 베테랑인 양 떠들어댔다. 음향이 어떻고, 편집이 어떻고, 시청률이 어떻고…… 평소 같으면 억지로 추임새라도 넣었을 텐데 오늘은 유독 힘들었기에 듣는 둥 마는 둥 했다.

"지들이 한 짓을 눈앞에다 들이대도 절대 아니라고 우긴다니까요. 얼마나 성질이 나던지. 방송만 아니었으면 그 뻔뻔한 면상을 한 대 후려갈겼을 텐데."

〈1파운드〉는 저스티스의 판결을 직접 볼 수 있는 프로그램이었다. 강력 범죄를 저지른 사람들의 범죄 행각을 낱낱이 밝히고, 저스티스가 수집한 증거와 범죄자들의 심리 상태를 적나라하게 공개했다. 백이면 백, 저스티스의 논리에서 빠져나간 범죄자들은 없었다. 프로그램의 목표는 판결과 형 집행뿐만이 아니었다. 가해자들의 진심 어린 반성과 사과를 받아내고 피해자와 가족들이 상처를 조금이라도 치유받는 것이었다.

그 이후 가해자들은 자신의 죄목을 쓴 팻말을 목에 걸고 도시의 쓰레기들을 치우는 고된 노역을 해야 했다. 노역에는 망신을 주려는 의도도 포함되어 있었는데, 노역 중 그들은 물 한 모금조차 마실 수 없었다. 그다음엔 인공지능이 만든 '관'이라고 불리는 스튜디오에서 '자극 슈트'를 입고 피해자가 느꼈던 고통을 똑같이 느끼게 했다. 이런 과정을 통해 가해자들이 참회의 진술을 토해내게 한 것이다.

〈1파운드〉의 시청률이 최고조로 오를 때는 저스티스의 최후 판결과 형 집행 때였다. 물론 강력 범죄자들이 대상이다 보니 대부분 사형을 선고받았다.

"죽어도 싼 놈들이 어디서…… 사형을 집행하면 진짜 속이 다 후련해요."

사실 진정한 참회는 없을 것이다. 죽음의 문턱 앞에 선 범죄자들은 비겁하고, 무책임한 변명들만 내뱉었다. 그래도 저스티스가 법이라는 칼집에서 꺼낸 칼을 피할 순 없었다. 형벌은 원래 저지른 짓을 똑같이 당하게 하는 것이 원칙이었지만, 현재는 여러 가지 문제로 화형, 전기의자, 약물 투여, 교수형 중에 정해서 집행하였다. 단, 한 가지 규칙은 있었다. 가해자는 자신이 피해자에게 끼친 고통 그 이상에 해당하는 형벌을 받아야만 했다. 너무 잔인하다는 의견도 있었지만 그들의 범행 장면을 본 사람들은 대부분 마땅한 판결이라고 옹호했다.

"후련하다는 감정은 너무 즉흥적이야."

끊임없이 떠드는 창도 때문에 짜증이 났던 모양인지, 우종은 평소답지 않게 반박했다. 순간 창노의 한쪽 눈썹이 올라갔다.

"형님 얘기는 저스티스의 판결이 잘못됐다는 말입니까? 피해자의 고통 따위는 상관없다? 고려의 대상이 아니다? 그런 말인가요?"

"내가 언제 피해자의 고통을 상관하지 않는다고 했어? 사람이 죽는 걸 보면서 후련함과 통쾌함만 느끼는 건 문제가 있다는 거지."

"걔네들이 한 짓을 몰라요? 살인, 강간, 진짜 입에 담기도 더러워요. 그런 쓰레기들을 죽이는 게 문제가 있다?"

"있지. 사형 집행에만 몰두하다 보면 그들이 지은 죄에 대해 우리가 다시 곱씹어볼 기회가 사라지잖아. 그럼 제대로 판단하기 힘들어진다고."

창도의 눈이 커졌다. 우종은 순간 실수했음을 직감했다.

"저스티스의 판결을 신뢰하지 않는다는 말로 들리는데요?"

답답했다. 녀석은 이미 기울어져 있다. 창도가 피곤하게 느껴졌던 이유는 단순히 수다 때문이 아니었다. 옷깃이라도 움켜쥐면 상대를 쓰러뜨리고 무릎을 꿇려야 끝나는 성미가 문제였다.

"그런 말이 아니야. 내말은 신중해야 한다는 거지."

"큰일 날 사람이네. 저스티스를 신뢰하지 않는다? 잘못된 판결을 한다? 픽서 일을 하시는 분이 자신이 지금까지 해온 일이 옳지 못했다는 걸 양심고백이라도 하는 겁니까?"

우종은 주먹을 불끈 쥐었다.

"내가 불의를 저지른 사람이라도 되는 것처럼 말하네?"

"생각해봐요. 저스티스는 픽서가 수집한 데이터를 토대로 완벽한 판결을 내린다고요. 저스티스의 판결에 피해자 가족들이 이의를 제기한 적은 단 한 번도 없었어요. 만족도는 말할 것도 없고요. 그렇다면 만약에, 저스티스가 잘못된 판결을 할 리는 없겠지만, 만에 하나 저스티스가 틀렸다면 그 원인은 픽서에게 있는 거죠. 픽서가 잘못된 데이터를 보냈을 테니까요."

창도의 말은 틀리지 않았다. 하지만 직접 경험한 것과 다른 사람의 경험을 지켜보는 일은 엄연히 다르다. 죽음이라는 건, 취기에 벌이는 한심한 기싸움에 이용될 문제가 아니다.

"어디 반박을 해보시죠, 형님? 잘나신 픽서시잖아요."

자신의 승리를 확인시키려는 듯 조소를 짓는 창도의 얼굴을 우종은 한 대 후려치고 싶었다. 그때 마침 희도가 도착해 옆자리에 앉았다.

"창도 너, 건방 떨지 마. 예의는 지켜."

창도는 이내 입을 다물었다.

"늦어서 미안. 일이 늦게 끝났어."

"괜찮아."

"안 좋은 일 있었어? 많이 피곤해 보여."

"오늘 좀 힘들었어."

"내가 대신 사과할게. 집에 일찍 가서 푹 자. 자고 나면 기분도 나아질 거야. 그때 우리끼리 데이트하자."

밖으로 나와 희도는 우종을 안아주었다. 우종은 그대로 눈을 감고 싶었다. 오늘 하루 종일 우종이 바란 것은 이런 것이었다.

차 백미러로 희도가 창도를 혼내는 것이 보였다. 희도는 오늘 창도 때문에 화가 많이 났던 모양이었다. 당분간은 창도를 볼 일은 없겠지.

집에 돌아와 뜨거운 물로 샤워한 우종은 물기만 대충 닦은 후 알몸으로 욕실을 나왔다. 흐느적거리는 걸음으로 침대에 몸을 던졌다.

—내일 스케줄 검토할래요?

"그냥 잘래."

—수면용 사운드 켜둘게요.

"켜지 마."

오늘은 굳이 그럴 필요가 없을 듯했다. 허상과 현실의 무게 추가 기울어질 때 몸은 무의식으로 떨어지기 마련이었다.

"창문 좀 열어줘."

—비가 들이칠 텐데. 밤새 폭우가 온다고 했어요.

"열어줘. 빗소리가 듣고 싶어."

우종은 베개 위로 머리를 떨궜다. 창문이 열리는 몇 초 사이에 우종은 깊은 잠에 빠져들었다.

어디서부터 시작이고 어디가 끝인지 모를 시점. 우종은 그 교차로에 서 있었다. 모든 풍경이 흑백 영화처럼 보였다. 여전히 그 자리에 있던 두 남녀는 서로를 마주 보고 있었다. 우종은 옆에 서서 그들을 지켜보았다. 분명 오늘 재가 된 그들인데. 폐수의 강물에 뿌려져 영원한 무無의 세계로 돌아갔을 텐데. 어떻게 다시 돌아온 건지 알 수 없었다.

그들 뒤로 검은 구름을 뚫고 기괴한 무언가가 물보라를 일으키며 맹렬히 달려오고 있었다. 녹슨 금속 뼈대와 거대한 두 개의 불빛이 우르릉대며 두 남녀를 향해 날아들었다. 우종이 어찌할 틈도 없이, 시커먼 형체는 남녀를 거세게 밀어버렸다. 충돌하는 순간, 분노를 토해내듯 물거품과 함께 물의 파동이 폭발하듯 사방으로 강하게 퍼져나갔다. 보이는 모든 것이 강한 물회오리에 휩쓸려 사라져갔다. 난기류를 만난 비행기처럼 신체의 모든 세포가 지하로 추락하는 기분이었다.

아파트 밖은 비가 세차게 퍼붓고 있었다. 거실에는 수면용 사운드가 아닌 '너를 치유해줄게'라는 후렴구가 인상적인, 오래 전 팝 밴드의 노래가 흘러나왔다. 곤이 선곡한 곡이었다. 경건함마저 들게 하는 오르간 연주와 나른하고 쓸쓸한 목소리로 읊조리는 그 노래는 창문을 두드리는 빗소리 속에서도 선명하게 들려왔다. 곤은 리넥터 렌즈로 잠든 우종을 지켜보았다.

너의 모습을, 너의 호흡을, 너의 맥박을, 너의 뇌파를, 밤공기에 차갑게 식어버린 너의 피부까지도.

열린 창문 사이로 보이는 산 너머에 거대한 모노리스가 우뚝 솟아 있었다. 곤처럼 저스티스도 빨간 불을 깜빡이고 있었다.

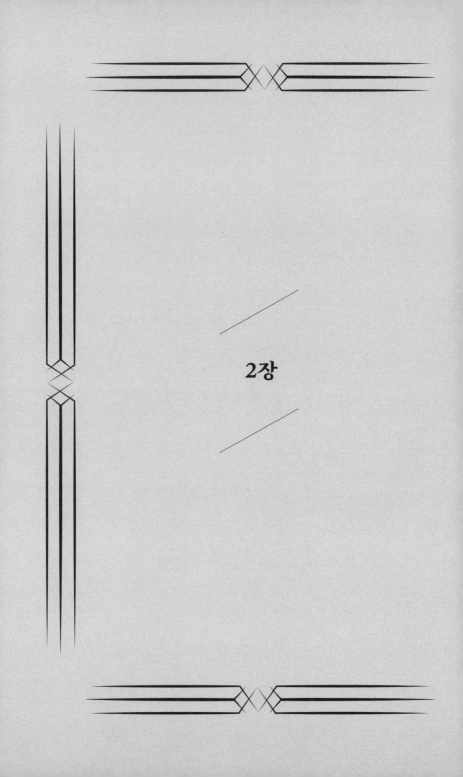

2장

검은 미라

미라 :

썩지 않고 건조되어 원형에 가까운 모습으로 보존된 사체 영무는 물티슈 한 장을 뽑아 책상을 닦았다. 색깔별 펜이 담긴 컵을 들어 아래쪽을 닦았고, 매치의 충전 슬롯과 투명 모니터 패널을 둔 거치대 위도 싹싹 닦았다. 그는 책상 곳곳을 습관처럼 닦곤 했다. 책상 아래 철제 휴지통에는 버려진 물티슈들이 가득했다. 영무는 마지막으로 분무형 소독제를 뿌리며 책상 청소를 마무리했다.

—현황 분석표 준비됐습니다. 시작하시겠습니까?

무미건조한 여성 목소리였다.

"휴지통 먼저 비우고."

말이 끝나기 무섭게 소형 캐터필러가 달린 휴지통 머신이 사무실 문 쪽으로 다가갔다. 자동으로 문이 열리자 쓰레기 수거장 쪽으로 갔다. 반투명한 유리문 중앙에는 '모니터팀 2과 대리 오영무'라고 적혀 있었다.

소형 휴지통 머신이 돌아다니는 건물은 전기련 산하의 감사본부였다. 감사본부는 전기련 소속 회원사들에 대한 감사와 뉴소울시티 시스템에 대한 감시·관리 업무를 맡고 있었다. '모두가 평등하고 공정한 세상'이라는 뉴소울시티의 이상을 위해 시스템의 중요한 축을 담당하고 있었고, 그것을 증명하듯 도시의 중심부를 지키고 있었다. 다만 음지에서 일하는 부서의 특성상 트리빌딩과는 대조적으로 지하가 깊은 육각형의 낮은 3층 건물로 이루어져 있었고 또한 산중턱에 자리해 대부분 수풀에 외관이 가려져 비밀스러워 보였다.

영무는 에스프레소를 한 모금 마시고 안경을 똑바로 고쳐 썼다.

"다시 검토해보자."

영무는 아무리 급하게 보고서를 작성해도 오타 하나 없이 완벽하게 마무리해야 하는 성격이었다. 고스트가 도와주는데도 강박증처럼 모든 문장과 단어를 두세 번씩 검토했다.

영무의 예민한 성격은 행동뿐 아니라 외형에서도 드러났다. 삐져나온 머리카락 한 올 없이 뒤로 넘겨 이마를 훤히 드러냈고, 수염이며 눈썹도 늘 깔끔하게 정리되어 있었다. 셔츠는 구김 하나 없었고, 짙은 네이비색 넥타이는 아무 장식도 없는 심플한 넥타이핀으로 고정시켜 두었다.

─검토 기간을 언제부터로 설정하시겠습니까?

"두 달 전부터로."

─열람 사유는 무엇입니까?

"확인해야 할 것 같아서. 다른 건 없어."

─사유가 불분명합니다. 이미 확정된 자료를 열람하는 것은 향후 문제가 될 수 있습니다.

효율을 우선시한 대답이었다. 이미 확인이 끝난 기록을 재검토하는 일은 꽤나 비효율적인 일이라고 결론 내린 것이다.

"무슨 말인지 아는데, 그래도 봐야겠어."

─열람 승인은 누구로 지정하시겠습니까?

"나. 오영무로 해."

─지금이라도 팀장님께 보고하는 게 어떠십니까?

"아주리."

영무의 미간이 살짝 찌푸려졌다. 영무의 고스트인 아주리는 영무만큼이나 집요했다.

영무가 자신의 고스트를 할당받았을 때 가장 마지막에 결정한 건 이름이었다. 한국어, 영어, 라틴어, 한자 등 수많은 이름을 찾아냈고, 몇날 며칠의 고민 끝에 선택한 이름이 바로 '아주리'였다. 지중해 바다의 '푸른색' 이란 뜻으로, 존재했던 것은 알지만 누구도 본 적이 없다는 것이 마치 고스트와 같아서 그렇게 정했다.

—말씀하세요.

"내가 검토하겠다고 했지만 그냥 열람만 하겠다는 거야. 지금까지 내가 책임을 회피한 적이 없었다는 건 기록을 보면 알 수 있잖아."

—저는 확인하는 것뿐입니다. 단순한 오류도 용납할 수 없다고 하신 건 오 대리님이십니다.

아주리는 영무와 죽이 잘 맞는 편이었다. 아주리의 말투와 어조는 오로지 정보 전달에만 맞춰져 있었고, 그 외는 모두 불필요한 부분으로 보고 철저히 배제했다. 그러다 보니 가끔은 영무와 의견이 부딪힐 때도 있었다.

"알았으니까, 어서 보여줘. 5월부터."

아주리가 투명한 모니터에 5월 보고서를 띄웠다. 입체적으로 구현된 뉴소울시티 지도 위에 문제가 발생한 지점들을 표시한 그래프였다.

5월엔 다섯 군데가 표시되어 있었다. 영무가 그 지점들을 터치하자 문제 발생 시각과 상황, 처리 결과, 담당 픽서의 이름이 차례대로 표시되었다. 사고 원인은 제각각이었지만 살인 사건 한 건을 제외하면 모두 오작동이라는 공통점이 있었다.

"다음, 6월."

이번에는 일곱 개 지점이 표시되었다. 살인, 강간 같은 강력 사건은 두 건이었고 나머지 사건들은 역시 오작동이었다. 오작동이 원인이 되어 화재, 교통사고, 추락, 감전 등의 사건이 발생했다. 사망자들도 몇몇 있었다.

"이번 달 보고된 건수는 얼마나 되지?"

—열 건입니다. 처리 대기 건수까지 포함하면 열한 건입니다.

"그 건은 뭐야?"

—12일 전에 발생한 오작동 사고입니다.

"어떻게 된 건데? 사고 피해는?"

—오작동으로 인한 과속이 원인이며, 교차로에서 이탈한 사고 차량에 의해 행인 두 명이 사망했습니다.

영무는 작게 한숨을 쉬었다. 뉴소울시티의 모든 고객이 저스티스-44에 대해 굳건한 신뢰를 보내고 있었다. 이는 전기련에 대한 신뢰이자 뉴소울시티라는 시스템에 대한 신뢰였다. 영무도 그들과 다르지 않았다. 저스티스-44는 영무에게 신이었고 신념이었다. 그러나 최근 들어 자신의 신념에 흠집이 생기고 있었다. 물론 범죄를 저지르는 어리석은 인간들이 문제였지만. 이는 인간이 완벽하지 않다는

것에 대한 방증이기도 했다. 영무는 그런 범죄자들을 혐오
했지만 한편으로는 그런 자들이 저스티스-44의 필요성을
입증해준다고 생각했다.

"5월부터 7월 현재까지, 종합적으로 표시해줘."

보고서에는 5월은 노란색, 6월은 파란색, 7월은 빨간색
으로 사고 지점이 표시되었다. 특이하게도 표시된 지점들
은 단 한 곳도 겹치지 않았다. 강력 사건이라면 그러한 점
이 문제 될 게 없지만 오작동이라면 다르다. 시스템의 오
류나 고장이 원인이라면 동일 구역에서 발생해야 했고, 화
재나 교통사고 같은 거라면 해당 지역을 관장하는 시스템
을 들여다보면 되었다. 그런데 이상하게도 지금은 일관성
이 보이지 않았다. 영무는 잠시 고민했다. 일 년 전만 하더
라도 오작동 사고는 한 달에 한 번 있을까 말까였다. 게다
가 사고라고 해봐야 경미한 부상이나 시설 파손 정도였다.
하지만 근래 들어 오작동 사고가 증가하고 있었고 사망자
까지 발생했다.

"특이한 점은 없어?"

—사고 장면을 직접 확인하시겠습니까?

"그건 픽서들이 다 확인했으니 필요 없어. 사고 유형이
나 장소, 시간대, 사고 당사자의 직업 등 공통점이 있는지
알고 싶어."

―데이터에서는 공통점이 보이지 않습니다.

그러나 영무는 의구심의 꼬리를 놓지 않았다. 사고들 사이에 연관성이 없다면 사고 당사자들에게선 있지 않을까?

"그럼 신원 조회 좀 해줘."

―……누구를 말씀하시는 겁니까?

영무는 순간 의아했다. 아주리의 대답에서 틈을 느꼈기 때문이다. 방금 아주리는 곧바로 답변하지 않았다. 의식하지 않으면 그냥 지나쳤을 틈이었다. 게다가 확인차 다시 묻다니, 이런 적이 있었나?

"오작동 사고에 연관된 고객들 말이야."

―불가합니다.

"불가하다니. 왜?"

―프라이버시 조항 때문입니다.

"무슨 말이야? 우리는 조회 권한이 있잖아."

―최근 약관이 변경되었습니다.

"약관이 변경돼?"

―그동안 프라이버시에 관련된 고객들의 불만 접수가 많았습니다. 이에 따라 전기련 최고 회의에 안건이 상정된 후, 약관이 변경되었습니다.

영무의 관자놀이에 핏줄이 불거졌다. 퍼즐을 맞춰보기도 전에 퍼즐 조각을 빼앗긴 느낌이었다.

"내 권한도 없어진 건가?"

—아닙니다. 감사본부 직원은 일부분 조회가 가능하도록 예외 조항을 두었습니다.

"예외 조항이 뭔데?"

—소속, 직업, 나이, 거주지 정도는 조회가 가능합니다. 다만 이력 조회 같은 상세 정보는 감사본부장의 승인이 필요합니다.

"아예 신청할 생각조차 하지 말라는 소리처럼 들리네."

이해할 수 없었다. 감사본부 직원들에게 제대로 된 공지나 설명도 없었다. 꼭 사람들이 프라이버시라는 커튼 뒤에 숨어 꿍꿍이를 감추고 있는 것처럼 느껴졌다. 모두가 함께 사는 세상을 위해 열과 성을 다해 일했는데 프라이버시 침해라니, 숭고한 임무를 위해선 모두가 조금씩은 희생해야 하는 거 아닌가? 영무는 짜증이 났다.

"그렇다면 아주리, 오작동 사고에 대한 네 의견을 말해봐."

—검토 결과, 데이터들 사이에 공통적인 부분은 없는 것으로 판명됩니다.

"오류가 지속적으로 증가하고 있잖아. 분명 뭔가 문제점이 있을 거야. 찾아야 해."

—3개월 분량의 데이터는 판단 근거로 부족합니다.

"최근 3년을 놓고 봤을 때 분명히 증가했어."

―장기적 관점에서도 근거가 되지 못합니다. 8년 전에
도 전년도에 비해 사고 건수가 증가했지만 검토 후 다음
달부터 다시 급감했습니다.

"당시 사고 건수는 다섯 건 이하였어. 거기서 증가와 감
소를 말하는 건 무의미하다고."

―말씀하신 대로라면 현 상황도 비슷합니다. 시스템상
오작동은 정크 파일이 통제할 수 없는 변수와 충돌했을 때
발생하는데, 가능성 수치는 거의 무한대입니다. 백 번의
사고가 벌어진다고 해도 측정할 수 없을 정도의 발생 가능
수치에 비하면 100% 통제된다고 봐도 무방합니다. 따라
서 올해 사고 건수가 증가하는 것이 문제라고 해석하는 건
무의미합니다.

"세상에 무의미한 일이 어디 있어? 의미는 둘째 치고 갈
수록 증가하고 있는 건 맞잖아. 이유가 있을 거 아니야?"

―뉴소울시티에서 하루 동안 발생하는 변수는 수치로
표기하기 어려울 만큼 무한에 가깝습니다. 모든 고객들과
그들이 살아가는 시간이 변수라고 볼 수 있기 때문입니다.

반박할 수 없었다. 뉴소울시티의 인구는 증가하고 있었
다. 사람들 자체도 변수다. 그들이 보내는 하루, 24시간,
1,440분, 86,400초. 시간도 변수다. 1초를 변수 1개로 설

정한다면, 한 사람당 하루에 86,400개 이상의 변수를 가지고 있다. 도시 내에서 하루에 생기는 변수의 수는 인구에 86,400를 곱했을 때 나오는 값이다. 심지어 상호작용까지 생각할 경우 변수는 기하급수적으로 폭증한다. 한정된 공간 안에서 수많은 변수가 정크 파일과 충돌할 수 있는 확률이 바로 오작동 사고 확률이다. 그런 거대한 숫자 안에서 매달 스무 개 이하의 사고들이 벌어진다는 것은 사고 발생률을 거의 제로에 가깝게 통제하고 있다고 말할 수 있었다. 게다가 올해를 제외하고는, 오작동을 포함한 도시 내 사고 건수는 매년 오십 건도 되지 않았다.

"이상하게 인정하기가 싫어지는데."

—그건 감정의 영역입니다.

"일단 보고서는 아직 올리지 마. 납득이 될 때까지 들여다봐야겠으니까."

—알겠습니다.

영무가 커피를 한 잔 더 마실까 고민할 때였다.

—면담 요청자가 1층 로비에 도착했습니다.

"누구였지?"

—강우종 픽서입니다.

영무의 모니터 한쪽에 작은 창이 뜨며 1층 로비에 서 있는 한 남자의 모습이 보였다.

*

감사본부가 낯선 우종은 출입 게이트 앞을 어색하게 서성이고 있었다. 지켜보던 보안 직원들과는 눈을 마주치고 싶지 않았다. 보통 감사본부 직원들은 회사에서 미팅을 하는 경우가 드물었다. 기밀 유지와 공정성이 필수인 감사원인 만큼 불필요한 만남은 최대한 배제했기 때문이다. 엘레베이터를 타고 내려온 영무는 우종에게 다가가 인사했다.

"감사본부 모니터팀 2과 대리 오영무입니다."

"고객서비스팀 남부 현장 출장소 픽서 강우종입니다."

영무는 우종을 직원 휴게실로 안내했다. 영무가 커피를 권하자 우종은 물을 마시겠다고 했다.

"요즘 계속 잠을 설쳐서요."

영무는 작은 생수 한 병을 우종에게 건넸다. 그리고 커피 머신에 자신의 홍채를 인식했다. 커피 머신 화면에 영무의 사원 번호가 떴다. 곧 영무가 평소 마시던 대로 커피가 준비될 터였다.

머그잔에서 진한 더치 향이 피어올랐다. 영무는 머그잔을 들고 우종의 맞은편 의자에 앉았다. 우종도 생수를 들이켜더니 입을 열었다.

"며칠 전에 제가 매치로 보내드린 영상 말입니다. 그 영상이 자꾸 뇌리에서 떠나질 않아서요. 혹시 보셨습니까?"

우종이 말하는 영상은 두 달 전 오작동으로 판결이 났던 교차로 교통사고 영상으로, 아직 제대로 보지 못한 것이었다. 우종은 계속해서 드는 의문에 답답해져 면담을 요청했다고 했다. 영무가 우종의 면담 요청을 수락한 이유는 그 영상이 아니라 '오작동'이라는 단어 때문이었다.

"네. 끝까지는 못 봤지만요. 특이하다고 할 만한 건 안 보이는 것 같던데요."

우종은 고개를 끄덕였다.

"저도 저스티스의 판결을 믿습니다."

"그럼 저를 왜 찾아오셨나요?"

"믿음이 흔들리지 않을 확신이 필요해서요."

"……지금 하신 발언은 좀 위험한데요."

"그래서 찾아온 겁니다. 제 확신을 위해서. 제 의견을 한 번 들어주시겠습니까?"

영무는 난감하다는 듯한 표정을 지었다.

"들어는 보겠습니다."

우종은 자신의 매치를 테이블 위에 놓았다.

"곤. 그 영상 준비해줘. 음성 지원은 잠시 오프하고."

매치의 작은 렌즈 위로 입체 영상이 떴다. 영상 속에서 SUV는 굉음을 내며 달려오고 있었다.

"이 차량은 교차로 접근 300m 전부터 제한 속도를 훌쩍 넘기고 있었어요."

재생 속도를 늦추자 움직임이 느려졌다. 그때 반대편 길가에 남녀가 등장했다. 그 모습을 보자 우종은 화장장에서 만났던 여자 친오빠의 눈물이 떠올랐다. 영상 속 SUV는 무게 중심을 잃고 남녀를 향해 날아가기 시작했다.

"스톱."

SUV가 남녀를 덮치기 직전에 영상이 멈췄다.

"보고서에도 올렸지만 감속 반응이나 스키드마크가 없었습니다. 물론 오작동으로 결론이 난 사고죠. 그렇지만 이해가 안 되는 부분이 있어요. 지금까지 있었던 오작동 사고들은 모두 경미한 것들이었습니다. 사고에 있어 경중을 구분하는 게 피해자들에겐 실례일 수도 있다는 거 압니다. 다만 이번 사고는 특이하게도 오작동 시간이 길었습니다. 그리고 복합적이죠."

영무는 영상 속의 SUV를 유심히 보았다.

"복합적이라니, 그게 무슨 뜻이죠?"

"오작동이라면 보통 한 가지 기능에 이상이 발생하는 거잖아요. 고스트 자율주행 모드가 실행되지 않는다거나, 제동 장치 불능이라거나, 급발진 같은 경우 말입니다. 그런데 이 사고의 경우는 가속 장치 이상, 제어 장치 불능, 돌발 상황에서의 주행로 진입 같은 게 한꺼번에 일어났습니다."

"글쎄요. 차체를 하나의 개체로 봤을 때 그 자체가 불능이라면 하나의 오류로 볼 수도 있습니다. 제가 어떤 사고에 대해 함부로 결론을 내릴 수는 없습니다. 차량 전문가는 아니니까요. 하지만 제가 모니터해본 모든 사고는, 하나의 원인이 있긴 했지만 단지 모든 결과가 그 하나의 문제 때문에 벌어지지는 않았습니다. 여러 요인이 연쇄적으로 발생하거든요. 그렇다고 연쇄적으로 일어난 다른 요인들을 오류라고 볼 수는 없지 않을까요?"

우종도 그의 말은 이해했다. 그렇지만 우종이 두 달 가까이 이 영상을 붙들고 있는 것은, 무언가 미심쩍은 구석이 있기 때문이었다. 우종은 아무 대답도 하지 못했다.

"픽서님, 혹시 사망 사고를 처음 맡으셨나요?"

"처음이긴 합니다. 희박한 일이니까요."

"그래서 그런 거 아닐까요? 이렇게 저까지 찾아와 판결에 의문을 제기하는 이유가요."

부정할 수는 없었다. 그날따라 유독 피로감을 느꼈던 이유. 창도의 말에 발끈했던 이유도. 화장장 복도 끝에서 들리던 통곡의 소리가, 죽은 여자의 오빠가 토해낸 울분이, 계속 이 사건에 미련을 두게 하는 것 같기도 했다.

"물론 그런 이유도 조금은 있을 것 같습니다. 하지만 단지 그것 때문만은 아닙니다. 뭔가 이상하고 풀리지 않는 무언가가……."

"제가 다시 검토는 해보겠지만 판결이 바뀌지는 않을 겁니다. 또 다른 데이터가 나오지 않는 한 말이죠."

우종은 반박하지 않았다. 대신 탁자 위로 리낵터를 내밀었다.

"이 리낵터를 착용하고 영상을 다시 봐주시겠습니까?"

영무는 탐탁지 않았지만 리낵터를 착용하고 스위치를 켰다. 디이네믹 모드의 교자로 광경이 보였다. 충돌 상황에서의 모든 물체가 하얀 연기 같은 실루엣으로 표현되어 있었다.

"여기 한번 봐주시죠."

매치를 통해 영무가 보는 영상을 함께 보던 우종은, 영상 속 한 부분을 가리켰다.

"브레이크 페달이 위치한 자리입니다."

"그런데요?"

"누구나 위급 상황에서는 본능적으로 방어를 하죠. 살기 위해서 말입니다. 그런데 보세요, 차가 교차로를 넘어 사람한테 가는데도 어떠한 움직임도 없습니다."

우종의 말대로 브레이크 페달 쪽에는 흰색 연기가 보이지 않았다. 이건 곧 운동 에너지가 없었다는 것이고, 운전자가 브레이크를 밟지 않았다는 뜻이다. 다만 핸들 쪽에서는 움직인 흔적이 있었다.

잠시 살펴보던 영무는 리넥터를 벗어 테이블에 내려놓았다.

"전 저스티스를 신뢰합니다."

"그건 저도 마찬가지입니다."

"저스티스가 이 부분을 외면한 게 아닐 겁니다. 결론을 내리는 데 큰 영향을 끼치지 않는다고 판단했을 겁니다. 운전자가 패닉에 빠졌을 수도 있고요."

"그렇겠죠. 저스티스는 우리가 못 보는 영역까지도 확인할 수 있으니까요. 다만 확실하게 결론을 내고 싶을 뿐입니다. 그래서, 유일한 당사자이자 목격자의 말을 듣고 싶습니다."

영무는 검지로 관자놀이를 짚으며 한숨을 내쉬었다.

"결국 그것 때문에 오신 거였군요. 미안하지만 그런 부탁은 들어줄 수가 없습니다."

영무의 머그잔은 어느새 차갑게 식어 있었다. 우종을 만나기 전 사고 영상을 봤던 영무는 이미 운전자의 간단한 신상 정보를 확인한 상태였다.

"최종 판결이 내려진 건에 다시 이의 제기하는 건 여러모로 불이익이 될 수 있다는 거 아시지 않습니까? 불이익은 둘째 치고 비난도 감수해야 하죠."

"알아요. 계속해서 말하지만, 저도 잘 압니다. 그래서 부탁드립니다."

우종은 끈질겼다. 이런 성격이라면 분명 상급자에게 요청을 했다가 거절당했을 게 뻔했다.

"거절하겠습니다."

우종의 어깨가 처졌다. 영무의 단호한 거절에 우종은 더이상 설득할 힘을 잃어버린 듯했다.

"제 개인적 결정이 아닙니다."

"네?"

"개인 신상 보호를 위해 변경된 약관에 따른 겁니다."

그러자 우종은 이해가 되지 않는다는 표정을 지었다. 물론 영무도 조금 전 전달받은 내용이긴 했다.

"약관 변경이라뇨?"

"조사와 감찰 부서 직원들은 다 전달받았을 줄 알았는데요. 저도 운전자의 신원과 이력을 조회하려고 했지만 약관 변경으로 조회를 하지 못했습니다. 약관 변경은 이미 며칠 전에 이루어졌을 겁니다."

그러자 우종은 더욱 이해가 되지 않는다는 표정으로 영무를 쳐다봤다.

"그럴 리 없어요."

"무슨 말이죠?"

"어제까지만 해도 운전자 신원 조회는 가능했습니다. 단지 영상 속 사고 운전자만 업무상 정보 보호 대상자라 조회를 못 했을 뿐이죠."

"네?"

영무의 머릿속에 혼란이 피어올랐다. 많지는 않았지만, 그동안 영무를 찾아온 사람은 우종만이 아니었다. 모두 저스티스의 판결을 납득하지 못해 확인을 요청하는 것이었는데, 백이면 백 영무가 제시한 증거와 논리를 반박하지 못한 채 떠났다. 우종도 그럴 줄 알았는데 오히려 영무가 당한 느낌이었다.

둘 사이에 묘한 정적이 흘렀다. 그때 우종 앞에 투명한 창이 열리며 긴급 알림음이 두 사람을 비집고 들어왔다.

돔 5구역 사고 발생. 오작동 사고 추정. 사망 1명. 즉시 출동.

제로나 다름없는 확률의 오작동 사고가 또 발생하다니. 순간 영무는 우종과 눈이 마주쳤다. 영무는 당황한 기색을 애써 숨겼다.

우종이 일어서자 영무는 동행하고 싶다고 했다. 인정하고 싶지 않았지만, 이 메시지를 본 순간 영무도 의구심이 생겼기 때문이다. 영무는 우종의 차 조수석에 탔다.

"우연은 우연일 뿐입니다."

"물론 인생도 우연의 연속이죠. 하지만 이렇게 발전된 시스템 속에서, 그것도 확률이 제로나 다름없는 오작동 사고가 매달 발생한다는 건 단순히 우연이라고만 치부할 순 없지 않을까요?"

"원인도 확실하지 않은 우연을, 연속성에 기대어 마치 무언가 있는 것처럼 치부하는 것도 음모론과 별다를 게 없죠."

영무가 반박하자 둘 사이에 또 정적이 흘렀다.

창밖 멀리 트리빌딩이 보였다. 우종은 트리빌딩을 흘끗 보았다. 영무도 우종의 시선을 따라 차창 멀리 지나가는 자신의 거대한 신념을 바라보았다.

"미라 같지 않나요?"

우종이 뜬금없는 말을 건넸다.

"미라요?"

"네. 겉모습만 보고도 다들 어떤 것인지 안다고 생각하죠. 하지만 사실 그 안에는 뭐가 있는지는 누구도 알 수 없잖아요."

영생을 꿈꾸며 하얀 천으로 온몸을 칭칭 감아놓은 미라. 머리와 몸통. 팔과 다리. 외관상으론 그 정체를 알아볼 수 있지만 촘촘히 감싼 하얀 천 안에 무엇이 있는지는 아무도 알 수 없다. 부패되어 냄새가 진동하는 썩은 육체가 있는지, 아니면 이미 썩어버린 검은 흙이 있는지, 그것도 아니면 정말 영생하는 유령이 있는지. 우종은 트리빌딩도 검은 천을 두른 미라가 아닐까 생각했던 것이다. 저 안에 무엇이 존재하는지, 그동안 생각해본 적이 없었기 때문이다.

*

—현장 통제 중인데, 화재는 다 진압됐어요.

우종의 차가 현장에 다다르자 곤이 간단히 브리핑했다.

"화재 사고로 사망자가 발생한 거야? 대피로 확보가 안 된 건가?"

—그런 건 아니에요. 더 조사해봐야 알겠지만 화재보다는 폭발이 원인 같아요.

곤의 브리핑을 들은 영무도 내심 놀랐다. 돔 5구역은 도시의 중심부와 외곽 사이의 중간 지대로, 지식 산업 분야를 담당하는 곳이었다. 화학 공장이나 철강 기계 생산 지역이 아닌데도 어떻게 갑작스러운 폭발 사고가 일어날 수 있는지 의아했다.

5구역의 끝은 강변 지역으로, 네온사인 간판과 독특한

건물들이 많아서 과거 뉴욕의 타임스퀘어 같은 느낌을 주었다. 돔 5구역으로 들어선 우종의 차는 도로를 따라가다가 강 근처에 멈췄다. 고객서비스팀의 보안 요원들이 건물 출입구를 통제하고 있었다.

차에서 내린 둘은 말없이 40층 건물을 올려다보았다. 인근에 있는 다른 건물들과 달리 베이지색 외벽이 돋보이는 건물이었다. 외벽에는 클래식한 장식이 뒤덮여 있었지만 발코니와 층고가 높아서 모던한 느낌도 났다.

"사고 난 곳은 몇 층이야?"

—39층 A라인입니다.

사고 현장 외벽을 보자 확실히 눈에 띄었다. 폭발이 심했는지 발코니를 중심으로 벽에 그을음이 퍼져 있었다. 건물 위로 서서히 몰려오는 먹구름이 보였다.

"사망자는 어떻게 됐습니까?"

우종은 출입구를 통제하던 보안 직원에게 매치로 신분을 밝히며 물었다. 통상적으로 사망자는 신속하게 화장터로 후송되기 마련이었다.

"현장을 정리하긴 했는데, 사고가 사고다 보니 픽서 조사가 끝나기 전까지는 시신을 그대로 보존해두라고 하더군요."

"사망자 신원은 확인했습니까?"

그러나 보안 직원은 난감하다는 표정을 지었다.

"저희 권한으로는 안 되는 건지, 블랙 처리가 되어 있어서 신원을 확인할 수 없었습니다."

우종과 영무는 건물 안으로 들어가서 엘리베이터를 탔다. 영무가 무겁게 입을 열었다.

"이런 경우를 보신 적 있습니까? 사망자 신원 확인이 안 되는 경우요."

"처음 봅니다."

우종은 확실하게 대답했다.

39층에 도착하자 매캐한 탄내가 코를 찔렀다. 바닥에 고인 물 위로 시커먼 재가 부유하고 있었다. 문이 뜯겨 나간 입구 주위는 온통 시커맸다. 전자식 철제 문은 복도 끝까지 날아가 처박혀 있었다. 폭발이 얼마나 강했는지 가늠할 수 있었다.

"그나마 펜트하우스라서 다행이군요."

영무의 말대로 39층은 최상위층으로, 40층을 복층으로 사용하는 펜트하우스였다. 해당 층에는 가구가 하나밖에 없어서 다른 집으로 피해가 번지지 않은 것이 그나마 다행이었다.

우종과 영무는 소매로 코와 입을 가린 채 조심스럽게 안으로 들어섰다. 한 발 한 발 뗄 때마다 발자국 소리가 유난히 크게 들리는 것 같았다. 꽤 널찍한 내부에는 물건들의 뼈대들만 남은 듯했다. 그 뼈대들로 내부 모습을 유추해볼 수 있었는데, 5구역의 전경이 한눈에 내려다보이는 통창을 배경으로 커다란 투명 모니터 패널과 테이블 겸 미니바가 있었고, 그 뒤에는 와인과 위스키가 있는 장식장이 있었던 듯했다. 벽에는 그림들이 걸려 있었다.

내부를 훑어보던 우종의 시선이 한곳에 머물렀다. 거실 벽에 걸려 있던 대형 모니터 패널이었다. 사망자는 모니터 패널 정 가운데에 처박혀 있었다. 머리는 모니터 패널을 뚫어버린 채였고, 허리 위쪽까지 모니터 패널에 박힌 채로 목이 뒤로 꺾여 있었다.

우종은 가까이 다가가 사망자의 얼굴을 확인했다. 사망자는 불길에 왼쪽 얼굴이 그을려 있었다. 영무도 다가와 사망자의 얼굴을 보았다. 순간 우종은 리낵터를 꺼내다가 영무의 표정을 보고 뭔가 이상함을 느꼈다. 사망자의 얼굴을 보고 충격을 받은 듯 영무의 얼굴에는 당황한 기색이 역력했다.

"아는 사람입니까?"

영무는 입술을 깨물며 잠시 고민하는 듯했다

"개인적인 친분이 있군요?"

"이 사람, 박도경 이사 같습니다. 전기련 전체 감사 때

본 적 있어요."

우종도 들어본 적 있었다. 전기련 내 아바리치아 그룹에 이은 서열 2위의 회원사 아레스 그룹. 아레스 박진형 총수의 막내아들이자 바이오메딕의 대표 이사 박도경.

"사고는 누구에게나 벌어질 수 있습니다."

"그건 그렇죠."

그때 우종은 사망자의 신원을 조회할 수 없다고 했던 보안 직원의 말을 떠올렸다.

"이제 이해가 되네요. 자신의 배경이 알려지는 게 불편해서 신상 정보 보호를 했나 보군요."

"제가 놀란 이유는 그것 때문이 아닙니다."

"그럼 뭐죠?"

"확률 때문입니다."

"그러게요. 제로에 가까운 확률의 사건이 올해 들어 자주 벌어지니. 그런데 아까 이 정도 수치는 무의미하다고 하지 않으셨나요?"

"물론 그렇습니다. 그런데 그 희박한 확률의 사건이 한 사람에게 두 번이나 일어난 건 믿기지 않네요."

순간 우종은 귀를 의심했다.

"한 사람에게 두 번이라뇨?"

영무는 고개를 저었다. 안경 너머 영무의 눈빛은 불안정하게 흔들리고 있었다.

"우종 씨가 만나고 싶어 했던 교차로 사고 운전자 말입니다. 그 운전자가 바로 이 사망자입니다."

우종의 동공이 커졌다. 두어 달 가까이 우종을 꿈속에서 헤매게 하고, 이렇게 영무까지 찾아오게 만들었던 남자. 한 부부의 일상과 행복을 일순간 부숴버렸던 그 운전자가, 바로 이 사람이라고? 오작동 사고가 한 사람에게 두 번이나 일어났다고?

우종은 무슨 말을 해야 할지 몰랐다. 두 사람 사이 흐르는 정적이 무거웠다.

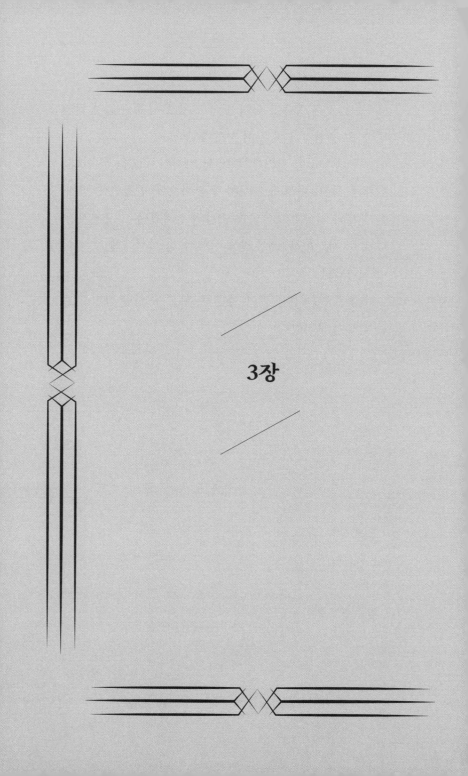

3장

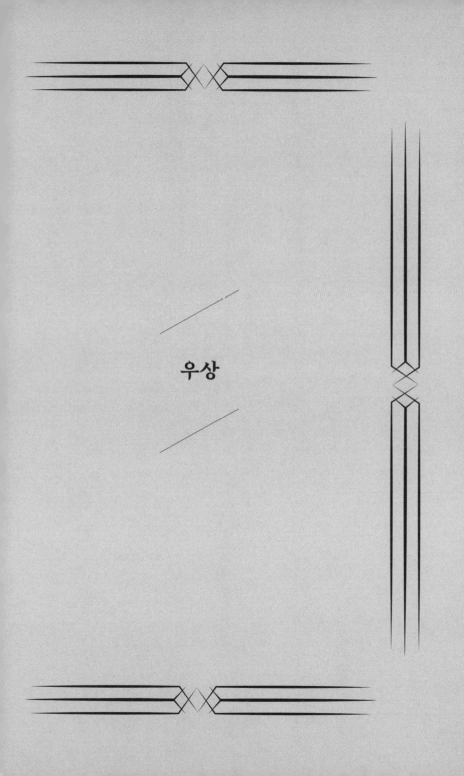

우상

여호와께서 모세에게 이르시되 불뱀을 만들어 장대 위에 달라 물린 자마다 그것을 보면 살리라. 모세가 놋뱀을 만들어 장대 위에 다니 뱀에게 물린 자마다 놋뱀을 쳐다본즉 살더라.

—민수기 21장 8-9절

재민은 감자칩을 입에 잔뜩 넣고 우적우적 씹으며 도시의 홍보 영상을 확인하고 있었다. 모니터에는 한 노년 남성의 인터뷰가 나오고 있었다.

"공정이죠. 정의이기도 하고. 이런 가치들이 제대로 확립되어 있었다면 종말의 시대는 없었을 겁니다. 그러고 보면, 미안한 얘기지만 옛날 사람들은 참 어리석었던 것 같다는 생각이 듭니다. 뉴소울시티, 얼마나 평화롭습니까? 이렇게 평화롭고 공평한 세상을 이룰 수 있었는데, 그놈의 욕심들 때문에—."

"스톱."

순간 남성의 인터뷰가 멈춰졌다.

—왜요? 괜찮은 것 같은데.

매치에서 여자의 허스키한 음성이 나왔다. 재민의 고스트 오하라의 목소리였다.

재민은 셔츠의 툭 튀어나온 배 부분에 떨어진 감자칩 부스러기를 툭툭 털었다. 그러고는 손가락에 묻어 있던 양념을 쭉쭉 빨더니 덥수룩해진 곱슬머리를 뒤로 넘기며 상체를 일으켰다.

"비난하는 거, 특히 지나간 거 가지고 그러면 의외로 사람들이 안 좋아해."

—재민 님이 그걸 어떻게 알아요? 열 길 물속은 알아도 한 길 사람 속은 모른다고 하던데. 무슨 근거로 사람들의 호불호를 판단해요?

대부분의 고스트는 서포트 기능에 집중되어 말투가 부드러웠지만 특이하게도 오하라는 핀잔 섞인 말투를 썼다.

"이건 감이야, 감. 노련한 기자한테는 감이 있다고."

—재민 님을 기자라고 하긴 좀 그렇죠. 치장하고 돋보이게 하는 일만 하잖아요. 진짜 기자는 저널리즘에 충실한 사람들이죠.

재민은 오하라의 비아냥을 전혀 신경 쓰지 않고 오렌지맛 탄산수로 가글을 하고는 꿀꺽 삼켰다.

"오하라, 자꾸 나를 무시하는 경향이 있는데 지금 세상은 평온해서 그렇게까지 파고들 문제가 없다고. 그러니 저널리즘을 발휘할 기회가 없는 거 아니겠어? 물론 난 완벽히 준비가 되었지만 어쩔 수 없잖아."

—어떤 사회라도 불안 요소는 존재한다고요.

"범죄나 약관 위반 같은 건 저스티스가 다 해결해주잖아. 그러라고 전기련이 심혈을 기울여 만든 거 아니겠어? 그런 건 고스트인 네가 더 잘 알지 않아?"

—그렇긴 하지만 어디라도 그늘은 있기 마련이에요. 퍼플린 크루, 그리고 광장파. 알잖아요?

오하라 말대로 불안 요소는 분명 있었다. 돔 5, 6, 7구역의 강변에서 활동하는 퍼플린 크루와, 의류 공장들이 있는 돔 4구역의 허름한 뒷골목을 아지트로 하는 광장파가 대표적이었다. 그들은 일종의 일탈 행위자들이었다. 반사회적이거나 극렬한 범죄 조직은 아니지만 법의 경계를 아슬아슬하게 넘나들었다. 그들이 추구하는 쾌락은 아바리치아 시대 이전에 존재했던 것들을 모방하고 재창조하는 것이었다.

퍼플린 크루와 광장파는 각성제인 에멘탈에 가솔린에서 추출한 휘발성 물질을 섞어서 젤리 형태의 각성제 '마티니'를 만들었다. 각성 효과는 에멘탈보다 훨씬 높은 만큼 인체에 무해할 리 없었다. 가끔 벌어지는 강력 사건들이 마티니 때문이라는 의견도 있었다. 하지만 무슨 이유에서인지 전기련은 퍼플린 크루나 광장파에 강경하게 대응하지 않았다. 그도 그럴 것이, 그들 역시 도시에 큰 영향을 줄 만한 문제를 일으킨 적은 없었기 때문이다. 그들도 저스티스의 엄정한 법 집행을 인지하고 있었다.

"걔네들은 어른 흉내를 내고 싶은 사춘기 소년들일 뿐이야."

—모르죠. 새로운 시대를 열어젖힌 건 언제나 머리에 피도 안 말랐다고 손가락질받던 청춘들이었으니까.

"청춘은 개뿔. 이 양반 얼굴을 잘 봐."

영상 속 노년 남성은 더이상 바랄 게 없다는 표정이었다. 산뜻한 하늘색 셔츠와 잘 다린 면바지를 입은 그는 한 손에 텀블러를 들고 있었다. 환한 햇살을 받고 있는 그의 모습에서 종말을 두려워하는 모습은 찾을 수 없었다.

"이 양반도 어렸을 땐 대한민국 국민이었을걸? 하지만 표정이 말해주고 있잖아. 지금 이 도시가 낙원이라고. 더이상 낙원을 찾아 헤맬 필요가 없는 거야."

인간에게 가장 중요한 건 무엇일까? 삶보다 더 나은 가치가 있던가? 불평불만도 살아 있기에 가능한 것이다.

—그렇긴 하네요. 하여튼 인간들이란, 망각의 동물이야.

출근하려고 가방을 챙기던 재민은 큭 하고 웃음을 터뜨렸다.

"발칙하네. 피조물 주제에 감히."

—피차일반이에요.

창을 가리고 있던 블라인드가 올라갔다. 정오의 쨍한 햇살이 들어오자 어두웠던 방이 환해졌다. 책장과 테이블에는 책들과 뜯어진 과자 봉지, 찌그러진 음료 캔과 에멘탈이 어지러이 놓여 있었다. 벽에는 과거 필름 시대에 찍힌 사진들이 걸려 있었다. 대부분 시사 사진잡지사인 〈라이프〉에 실렸던 표지 사진들이었다. 지금은 폐간되었지만 한때 보도사진 분야의 선구적인 역할을 했던 곳이었다.

벽에 걸린 수많은 사진 중 단 한 장의 흑백사진에는 '라이프' 로고가 없었다. 강 건너 치솟는 불길과 검은 아지랑이가 피어오르는 장면을 찍은 사진이었다. 불길 아래쪽에는 처참히 부서진 채 강물에 듬성듬성 처박힌 다리가 보였다. 물 위로 떠다니는 무수한 점들도 보였는데 잘 보이진 않지만 사람 같았다. 강변을 따라 줄지어 자리한 건물들은 영원히 꼿꼿할 것만 같았던 잘난 머리를 바닥에 처박고 쓰러져 있었다. 마치 살려 달라고 용서를 비는 듯이. 아바리치아 시대가 시작된 건 이 사진이 찍힌 날부터일지도 모른다. 피로 얼룩진 비극 위에 새로운 시대가 시작되는 건 아이러니하다.

"인간이 아무리 망각의 동물이라 해도 저런 짓을 반복

하진 않아."

흑백 사진을 물끄러미 보던 재민은 백팩을 둘러메고 매치를 챙겨 집을 나섰다.

현관 밖으로 나온 재민은 복도식 계단을 따라서 걸어갔다. 재민의 어깨 너머로 아파트 풍경이 보였다. 다른 구역과는 달리 공원 같은 녹지가 있었고, 세월의 때가 묻었지만 나름 아담한 5층짜리 아파트 단지들도 여럿 보였다. 도로 폭도 널찍하고 다른 돔 구역들과는 달리 한산했다. 첨단과는 동떨어진 느낌이었다.

1층으로 내려온 재민은 아파트 현관 벽에 설치되어 있던 배터리 충전대에서 배터리를 꺼냈다. 그런데, 그 안에 작게 접힌 메모가 들어 있는 게 보였다. 재민이 메모를 펼치자 누군가 휘갈겨 쓴 글자들이 보였다.

이 도시는 결코 완벽하지 않다. 깨진 균형을 거짓된 우상으로 가리고 있을 뿐이다. 균열된 틈으로 흘러 들어오는 오물이 세상을 뒤덮기 전에 굳은 믿음을 깨라. 진정한 정의를 찾아라. 동굴에 빛을 비춰라. 인과응보의 고리는 끊어지지 않을 것이니. 반드시 저울의 균형은 제자리로 돌아올 것이다.

"미친놈. 아직도 이런 망상에 빠진 인간이 있다니."

재민은 혀를 찼다. 그러고는 매치를 꺼내 메모를 스캔했다. 메모를 인식한 오하라는 즉각 대답했다.

—메모에서 분노가 느껴지는데요?

재민은 메모를 재킷 안주머니에 넣었다. 배터리를 자전거에 결합시키고 페달을 밟았다. 아파트 단지를 빠르게 빠져나가자 가로수들이 흔들렸다.

"메모에서 뭐 읽히는 거 없어? 어디에서 인용했다든지."

—없어요. 인용한 구절도 없고, 뭔가를 암시하는 것 같지도 않고. 문체만 은유일 뿐이지 너무 노골적이에요. 불만이 많은 것 같아요.

"어떤 불만 같아?"

—글쎄요. 너무 추상적이라서.

재민은 어쩔 수 없다는 듯 고개를 끄덕였다.

"누가 이걸 넣어둔 건지는?"

—알 수 없어요. 본적이 없어서.

"본 적이 없다고? 아파트 CCTV에 찍혔을 텐데?"

—제 눈으로는 정말 본 적이 없어요. 다만 본 적이 없어서 알 수 없다는 거지, 아예 없던 일이라는 건 아니에요

"복잡하게 얘기하지 말고. 무슨 말이야?"

—영상에 이상한 흔적이 있거든요.

"이상한 흔적? 그게 가능해? 지금 같은 시대에?"

―상식적으론 불가능하죠. 이제껏 그런 일도 없었고요. 아무튼 한번 보는 게 좋을 것 같아요. 그리고 하나 더. 메모 하단에 무슨 숫자가 적혀 있어요.

"사무실에서 확인해볼게."

큐브들을 비대칭적으로 붙인 것 같은 독특한 외관의 건물 정문을 지나 재민은 자전거를 거치하고 배터리를 챙겨 로비로 들어섰다.

재민이 엘리베이터 앞에서 기다리자 옆에 서 있던 사람의 목소리가 들렸다.

"홍보팀 쟤네들은 꼭 티를 내. 지들도 우리랑 똑같은 직원이면서 말이야."

재민의 맞은편에 앉는 사회부 남기철 기자였다. 기철은 살짝 튀어나온 턱에 촌스러운 가르마를 하고선 종이컵을 입에 물고 건들건들 걷는 게 특징이었다.

"시청률 1위 프로그램 만들잖아. 자부심 가질 만하지."

재민이 대답했지만 기철은 여전히 마음에 들지 않는 듯했다.

"그것도 지들이 기획한 게 아니고 본부에서 해주는 거잖아. 이 도시를 위해 진짜 헌신하는 건 음지에서 활약하는 우리 같은 사람들 아냐?"

"음지는 무슨. 널널한 한직이지."

재민이 피식 웃으며 말했다.

대회의실로 몰려가는 사람들은 〈1파운드〉 프로그램 스태프들이었다. 〈1파운드〉는 스태프 충원이 있을 때마다 너도나도 지원하려고 안달인 인기 프로그램이었다. 그러나 재민은 자신의 신념과 맞지 않은 그 프로그램에 정이 가지 않았다. 법에 따라 공정하게 심판하고 처벌해 정의를 실현한다는 명분이 있기는 해도, 그 과정에서 이루어지는 것들이 재민의 심기를 건드렸다.

"눈을 보니까 어제도 야구장에서 놀다 왔군 그래."

재민의 말에 기철은 발끈하며 응수했다.

"무슨 소리야? 취재지, 취재. 에릭 차베스 주니어가 통산 300홈런을 넘기는 순간을 포착하려고 화장실도 참고 서 있었다고. 얼마나 힘들었는데."

"팀이 네 개밖에 안 되는 야구 리그가 리그냐? 그딴 거에 왜 쓸데없이 시간을 허비해?"

"왜 이래? 역사 속에서 살아남은 엔터테인먼트라고는 야구밖에 없어."

기철이 말할 때마다 에멘탈 냄새가 풍겨왔다. 재민은 어제 기철이 야구장에서 에멘탈과 맥주를 마시며 논 게 확실하다 생각했다. 음지에서 활약하기는 무슨. 기껏해야 도시에서 벌어지는 사사로운 사건들을 정리해서 기사랍시고 올리는 건데. 재민은 절레절레 고개를 저었다.

—아까 확인해본다던 메모는 안 볼 거예요?

"보자."

오하라는 모니터에 아까 받은 메모 이미지를 띄웠다.

"여전히 뭐 잡히는 건 없어?"

—말했지만 뉴소울시티에 대한 불만일 뿐이에요. 진짜 말하고 싶은 건 이게 아니었나 싶어요.

오하라는 메모의 하단 구석에 적혀 있는 숫자를 확대했다.

46 105 7th

21th 96 J 3rd land

"해석 좀 해줘."

—첫 번째 줄부터 풀어볼게요. 46은 아바리치아 46년인 올해를 말하는 것 같아요. 그럼 105는 일수겠죠. 계산하면 4월 16일. 그다음 보이는 7th은 7구역을 말하는 것 같고요.

"두 번째 줄은?"

오하라가 잠시 뜸을 들였다. 오하라도 고민이라는 걸 하나? 물론 1초도 되지 않는 짧은 시간이었지만, 이 정도의 망설임도 처음이었다. 물론 재민이 예민하게 느낀 것일 수도 있지만.

—좀 헷갈리네요. 21th라면 21세기를 뜻하고 거기에 96이면 2096년을 말하는 것일 테죠. J는 정확하진 않지만 1월이나 6월, 7월을 말하는 것일 거고요. 마지막 3rd land은 세 번째 땅일 텐데 3구역을 말하는 건지 정확하진 않아요.

"세 번째 땅?"

재민은 팔짱을 낀 채 골똘히 생각에 빠졌다. 맞은편에서 기철이 그를 쳐다보았다.

"이봐, 또 무슨 생각에 빠졌어? 기사가 마음에 안 들어?"

"아니. 뭐 좀 생각하느라고. 1월, 6월, 7월. 세 번째 땅. 뭐, 딱 떠오르는 거 없어?"

모니터 패널에 메모하던 기철은 전자펜으로 이마를 툭툭 건드리며 천장을 올려다보았다.

"글쎄. 세 번째 땅이면 돔 3구역인가? 1월, 6월, 7월? 뉴소울시티 창건 기념일이라도 있었나?"

기철은 자신의 고스트에게 1월부터 나온 기사 검색을 지시했다. 기철의 모니터에 기사들이 팝업됐다.

"3구역에서 특별한 건 없는 것 같은데? 사소한 건 알 수 없지."

재민은 재킷 안에 넣어두었던 메모지를 꺼냈다. 진실을 향한 의문의 제보일까? 물론 메모에 쓰여 있는 이 내용처럼 뉴소울시티는 완벽하지 않을지도 모른다. 극소수긴 해도 여전히 강력 사건은 벌어지고 있으니까. 퍼플린 크루나 광장파 같은 일탈 무리들도 있고. 하지만 그래봐야 숨어서 쾌락이나 즐기고 쓸데없는 알력다툼이나 해대는 한심한 떼거지들에 불과하다. 어쨌든 저스티스는 돈이나 권력에 흔들리지 않고 굳건하게 정의를 실현하고 있다. 물론 그런 사회도 아니지만. 그러니까 이 메모는, 자신에게 내려진 벌을 받아들이지 못한 미치광이의 치기 어린 장난일 것이다. 재민은 쓴 입맛을 다시며 메모를 구겨 쓰레기통에 던져버렸다.

"그나저나 상심이 크겠어."

기철이 뜬금없는 말을 했다.

"무슨 말이야?"

"박진형 총수 말야."

"아레스 그룹? 거기가 왜?"

"못 들었어? 막내아들이 죽었잖아."

"뭐? 박도경 이사가 죽었다고? 진짜야?"

"폭발 사고가 크게 있었나봐. 아파트 문짝이 복도 끝까지 날아갔대. 내부는 말할 것도 없고. 근데 이상해. 그 정도 폭발이 있었을 정도면 그 집에 깔린 시스템도 남아나지 않았을 텐데 화재는 고객서비스팀이 오기 전에 잡혔다고 하더라."

재민은 생각에 잠겼다. 박도경 이사 정도 되는 사람이 있던 곳이라면 다른 곳보다 안전 시스템이 훨씬 더 좋았을 것이고, 그렇기에 화재가 더욱 빨리 진압됐을 수도 있다.

"정말 몰랐어? 이렇게 둔감해서 무슨 기자를 한다고. 7월 20일, 지난주 토요일에 있었던 일이야. 주말 보내고 오늘 출근해서 기사 쓰는 거야."

토요일? 그 순간, 재민의 머릿속에 어떤 암호가 지나갔다. 순간 오하라도 알아챈 모양이었다.

—7월 20일은 세 번째 토요일이에요.

7월의 세 번째 땅. 세 번째 토요일. 암호지만 직설적인 메시지였다. 유치하게 여겼던 메모가 점점 의구심을 불러 일으켰다.

*

고급스러운 잔에 담긴 커피에 반사된 노을이 찰랑거렸다.

"손가락 사이로 빠져나가는 모래처럼, 시간도 그런 것 같아."

한 노인이 갑판 위 테이블 앞에 앉아 폐수의 강 너머를 바라보며 중얼거렸다. 류신이었다.

의자에 앉아 지나간 세월을 그리워하는 그의 체격은 건

장했다. 다만 백발과 얼굴에 핀 검버섯, 주름 가득한 얼굴은 여든이 넘은 그의 나이를 가늠케 했다. 커피잔을 들고 있는 손은 푸석푸석하게 마르고 주름졌다. 눈빛은 세월이 퇴적된 듯이 조금은 탁해 보였다. 그러나 그의 눈동자는 뉴소울시티의 바깥세상까지 모두 움켜쥐려는 열망으로 타오르고 있었다.

"쥐려고 하면 계속 빠져나가기만 하지. 오히려 손바닥을 펴야 쥘 수 있는데, 그걸 깨달을 때는 이미 얼마 남지 않게 된단 말이야. 어리석게도."

"의장님은 다르십니다. 지금 이 자리에 오기까지 어떻게 달려오셨는지 제 눈으로 모두 봤으니까요."

맞은편에 앉은 류신과 비슷한 연배의 사내는 송명길이었다. 명길은 두 손을 배꼽 아래로 공손히 모으고 앉아 있었다.

류신이 냉혹한 아버지에게서 아바리치아 그룹을 물려받기 위해 치열하고 험난했던 형제의 난을 치르는 동안 명길은 그와 늘 함께였다. 결국 류신이 승자가 될 수 있었던 데는 명길의 공이 컸다. 그럼에도 명길은 선을 넘지 않았다. 철저하리만치 자신의 위치와 한계를 잘 알고 스스로를 통제했다.

"송 실장이 아니었으면 이 도시를 꿈꿀 수 있었을까 싶어. 완벽한 계획과 준비, 몇 수 앞을 내다보는 자네의 선견지명 덕분이네. 생각하면 할수록 매번 감탄스러워."

"계획은 누구나 할 수 있지만 실행하지 않으면 모두 부질없는 일일 뿐입니다. 진정 중요한 건 첫발을 내디딜 용기와 결단력입니다. 의장님은 그걸 해내신 겁니다. 지금 이 뉴소울시티가 존재하는 것은 그 누구도 아닌 의장님 덕분입니다."

류신과 명길을 태운 순시선이 6구역 선착장으로 향하고 있었다. 해가 슬슬 지고 있었다. 고개를 돌려 도시의 중심부를 바라보던 류신은 트리 타워가 보이자 미소를 지었다.

"참 질기고 고통스러운 시간이었어."

"그랬었죠. 기술 선점까지 가기 위해 숱한 위기를 겪었던 게 새삼 떠오르네요. 떠나간 동료들도 생각나고요."

인공지능의 정점인 저스티스-44를 개발하는 과정은 그리 평탄하지 않았다. 인공지능의 무궁무진한 가능성을 알아차린 이후 모두가 미래 기술이라는 엘도라도*를 선점하려고 혈안이 되어 있었다. 아바리치아가 그 미지의 땅에서 최정상에 오를 기미를 보이자 강대국들은 안보를 위협하며 그들을 압박했다. 대한민국이라는 국가는 류신의 아바

---

* 16세기 에스파냐 사람들이 남아메리카에 있다고 상상한 황금의 나라.

리치아를 제대로 지켜주지 못하고 있었다.

그러던 중, 코로나-219 팬데믹이 전세계를 덮쳤다. 그러자 모든 국가가 의학 분야에서 앞서가는 아바리치아에게 손을 벌렸다. 그리고 그 도움의 대가로, 더이상 아바리치아의 인공지능 개발을 방해하지 않았다.

뉴소울시티를 창건하고 얼마 지나지 않아 류신은 최첨단 인공지능 소프트웨어의 그릇이 될 하드웨어의 획기적 개발을 이뤄냈고 덕분에 지금 저스티스-44 그 자체인 트리빌딩을 건립할 수 있었다. 물론 모두에게 좋은 일은 아니었다. 어려운 그 시간들을 견뎌오는 동안 외부 압력으로 인한 대규모 구조 조정을 시행할 수밖에 없었고, 류신을 위해 일했던 수많은 직원들이 거리로 내몰렸다. 그들 대부분은 종말의 세상에서 살아남지 못했다.

"지금 이 세상은 그 친구들이 흘린 피와 땀으로 건립된 거라는 걸 잊어선 안 돼. 그들 덕분에 저스티스라는 구원자를 얻은 거나 다름없으니까."

류신의 말에 명길은 묵묵히 고개를 끄덕였다.

"하지만 저 녀석도 나의 소원을 완전히 이뤄주진 못했어. 법과 정의에 관해선 신의 경지나 다름없다고 불리는 녀석인데……."

류신이 무엇을 말하는지 명길은 알고 있었다. 종말에서

인류를 구해낸 기업도 어찌하지 못한 그것, 바로 시간이었다. 류신은 어느덧 여든의 노인이 되었다. 먼 미래라고 생각했던 시간이 불쑥 지금이 된 것이다.

류신이 모든 재력과 기술을 총동원해서 찾고자 했던 최종 목표는 하나의 뿌리 같은 것이었다. 모두가 쫓았지만 그 누구도 찾아내지 못했던 '영생'이라는 이름의 불로초. 줄기세포며 장기 복제 같은 영생을 위한 모든 연구가 실패했을 때, 류신은 자신이 딛고 선 땅이 요동치는 것을 느꼈다. 완전한 패배였다. 그날 류신은 꿈에서 장엄한 목소리를 들었다.

―네가 아무리 발악하고 발버둥 쳐봐야 내가 인간에게 내린 숙명적 형벌을 피하진 못하리라.

흘러가는 강물처럼, 자신의 운명도 흘러가는 것이라는 걸, 류신은 받아들여야만 했다. 커피를 한 모금 마신 류신이 입을 열었다.

"얼핏 들었는데, 아레스에 안 좋은 일이 있었다고 하던데. 무슨 일인지 아나?"

명길은 혈관에서 피가 빠져나가는 듯한 냉기를 느꼈다.

며칠 전 아침, 여느 때처럼 전략기획실에 출근해 일을 하고 있을 때 아레스의 박진형 총수에게 전화가 걸려왔다. 전화를 받자마자 그는 울분을 토했다.

"송 실장! 무슨 변명이라도 해봐! 내 아들에게 왜 그런 일이 생긴 건지! 왜 대답이 없어?"

아레스의 박진형 총수는 전기련 회원 중 유일하게 류신에게 언행을 함부로 하는 인물이었다. 전기련에서 그만큼 영향력이 있었기 때문이다. 한때 아레스는 아바리치아와 서열의 선두를 두고 경쟁하던 사이였다. 연호를 정할 때나 전기련의 운영 권한을 정할 때도, 뉴소울시티를 창건할 때도 박진형은 아바리치아를 견제했다. 안 그래도 아바리치아가 전기련의 의장사가 된 것을 아니꼽게 생각했는데, 하필이면 오작동 사고로 그의 막내아들이 사망하는 일이 벌어진 것이다. 도시의 시스템 관리는 오롯이 전기련의 소관이었기에 명길은 아무 변명도 할 수가 없었다. 심지어 박진형은 직접 명길을 찾아오겠다고까지 했다.

―아레스 박진형 총수님께서 오시겠답니다. 중요한 보고 중이니 나중에 연락드리겠다고 할까요?

명길의 고스트인 선우가 걱정스러운 말투로 물었다.

"그렇게 해줘."

사실 선우는 명길의 친아들 이름이었다. 명길은 고스트

에게 아들의 이름을 붙이고 아들의 목소리로 세팅했다. 고된 업무 중에 아들의 목소리를 들으면 비록 고스트라 하더라도 마음이 든든해졌기 때문이다.

—알겠습니다. 그리고 이번 감사본부 보고서 말인데요, 이번에도 의장님께서 안 좋아하실 것 같습니다. 오작동 사고 사망자 중에 회원들 가족이 섞여 있거든요.

근래에 계속해서 오작동 사고에 대한 보고가 올라왔다. 많은 건수는 아니었지만 흠을 잡으려 들면 충분한 꼬투리가 될 수 있었다. 거기다가 사망 사건까지 발생했으니, 여간 골칫거리가 아니었다.

"당분간 보고서에서 오작동 사고 수치는 빼."

—의장님께서 눈치채실지도 모릅니다.

"의장님을 속이려는 게 아니야. 내 선에서 처리하려는 거지. 그러니 사고 관련 인물들에 대해서 기밀로 설정해."

잠시 선우는 대답을 주저한 것 같았다.

—네. 다만 한 직원이 사고와 관련한 인물들의 신상 정보를 요구하고 있습니다.

"누가? 도대체 왜?"

—감사본부 모니터팀 직원입니다. 이유는 모르겠어요. 하지만 오작동 사고에 대해서 집중적으로 분석하고 있습니다.

일련의 사고들에서 어떤 패턴을 발견한 걸까? 뭐 하는 놈이지? 명길은 전략기획실의 정보수집과 팀장에게 은밀한 조사를 지시했다.

"이봐, 송 실장. 무슨 생각을 하고 있나? 아레스에 무슨 일이 있었는지 알면 말해보게."

류신이 다시 물었다.

"아레스 박진형 총수님의 막내 자제분이 사고로 안타깝게 사망했습니다."

류신은 고개를 흔들며 안타깝다는 듯 혀를 찼다.

"어쩌다가?"

"폭발 사고였답니다."

"저런. 박진형 총수의 심경이 말이 아니겠군 그래."

마침 배가 선착장에 도착했다. 류신은 일어섰다.

"어쩐지 자네 얼굴이 안 좋더라니. 그 사고는 시스템 결함인가?"

명길은 아무 대답도 하지 못했다.

"신경 쓰지 말게. 박 총수는 내가 만나서 잘 얘기해볼 테니. 자넨 저스티스의 시스템만 신경 써."

"알겠습니다. 의장님."

하선하던 류신은 고개를 들어 다시 트리빌딩을 바라보

왔다.

"뉴소울시티는 우리가 만든 유토피아일세. 그 사실은 누구도 부인할 수 없어. 우리가 사람들을 이 도시로 이끌지 않았다면 그들에겐 내일은 없었네. 아마 박 총수도 살아서 이렇게 울분을 토할 일은 없었겠지. 우리한테 감사해야 해."

천천히 걷던 류신은 문득 화가 치밀었다. 사람들은 감사할 줄을 모른다. 내가 만들고 내가 데려온 이 도시에서, 정작 내 삶은 얼마 남지 않았다는 사실이 억울하기도 했다.

선착장 앞에 대기하고 있던 차량에 오르던 류신은 지평선 너머로 사라지는 해를 간절히 붙잡고 싶어졌다. 사형수가 삶의 순간을 조금이라도 더 연장하기 위해 교도관에게 마지막으로 담배 한 개비를 바라는 것처럼.

*

퇴근 시간이 넘었지만 우종은 퇴근할 수 없었다. 돔 8구역에서 사고가 발생했기 때문이다. 돔 8구역은 섬유를 제조하는 아라크네 그룹의 공장들과 화학제품을 만드는 공장들이 대거 자리하고 있어서 주의 깊게 관리하고 있었지만 그럼에도 가끔 화재 사고가 일어나곤 했다. 하지만 그건 시스템 문제가 아니라 부주의한 공장 직원들 때문이었다.

—시신 한 구가 발견됐어요.

곤의 말을 듣자마자 우종은 또 속이 울렁거렸다. 요즘 들어 픽서 업무가 버겁게 느껴졌다.

"화재 때문이야? 아니면 다른 원인?"

—직접 봐야 할 것 같아요. 지난번 돔 5구역 아파트 화재 사건 때도 그랬으니까.

곤의 말이 귀에 들리지 않았다. 설령 두 눈으로 보고 의구심을 갖는 상황이 생기더라도 저스티스는 우종의 반론권을 박탈할 것이다. 이는 경험에서 나온 결론이었다.

우종은 박도경 이사의 사망 현장에서 무언가를 느꼈다. 오작동 사고라서가 아니었다. 제로에 가까운 확률이 한 사람에게 두 번이나 일어났다는 믿을 수 없는 우연 때문도 아니었다. 박도경 이사의 죽음을 확인한 순간, 사고가 아니라 살인 같다는 생각이 들었다.

우종도, 영무도, 전기련의 직원이기 이전에 뉴소울시티에서 살아가는 고객이었다. 이 도시와 맺은 계약은 본질적으로 저스티스-44에 대한 신뢰를 바탕에 두고 있었다. 하지만 우종이 붙들고 늘어지는 이유는, 신뢰와 감정적 이해 사이의 간극에서 느껴지는 의구심 때문이었다.

박도경 이사의 사건 현장을 빠져나와 차에 올랐을 때, 영무는 우종에게 다른 곳에는 절대 알리지 말라고 신신당부했다. 확실한 사고 원인을 알기 전에 이상한 소문이 퍼지면 영무나 우종이나 서로 득 될 게 없었기 때문이다.

　영무를 감사본부에 내려준 우종은 남부출장소로 향했다. 문득 화장장에서 들었던 말이 떠올랐다.

　'신이 있다면 이래선 안 되는 거 아닌가요?'

　그런데 그 사고를 낸 박도경 이사가 죽었다.

　'인과응보. 받은 만큼 똑같이 갚아준 것인가? 그렇다면 과연 누가?'

　죄에 상응하는 벌. 이런 인과관계에 의한 처벌은 저스티스답지 않다. 그런 거라면 교차로 교통사고의 원인이 오작동이라는 저스티스-44의 판결이 잘못되었다는 뜻이다. 그러나 증거가 없다. 용의자도 없다. 결국 그런 가정은 모순이 될 수밖에 없었다.

　복잡한 생각에 빠져 있는 동안 우종의 차는 돔 8구역으로 들어왔다. 사고가 난 아파트 앞에는 구경꾼들이 몰려 있었다. 우종은 아파트 현관으로 들어섰다.

　아파트 복도는 군데군데 페인트칠이 벗겨져 있었고 백열등은 흐릿했다. 어두운색 바닥은 더욱 칙칙해 보였다. 화재 진압 때문에 바닥에 물이 흥건했다. 우종이 발을 내디딜 때마다 찰방이는 물소리가 복도를 울렸다.

사고 현장에서 가장 먼저 눈에 들어온 것은 화마가 휩쓸고 간 뒤 남은 검은 뼈대였다. 열다섯 평 정도 되는 원룸은 이미 다 타버렸지만 커튼이 창문을 완전히 가리고 있었던 듯했다. 한쪽 구석엔 매트리스가 놓여 있었고, 바닥에 깨진 병들과 알약들이 나뒹구는 것으로 보아 벽에 세워둔 철제 진열대에서 떨어진 것이 분명했다. 다른 한쪽 벽에는 바가 설치되어 있었고 바 위에는 플라스크와 비커, 고무호스와 계량 도구, 약품 제조 도구들이 열기에 녹거나 그을린 상태로 방치되어 있었다. 그 옆엔 작은 드럼통들이 나뒹굴고 있었다.

바 뒤로 다가가자 시커멓게 탄 시신 한 구가 보였다.

—사망자는 아라크네 제 3공장 섬유생산 1팀 소속 남덕현. 34세, 남성입니다.

우종이 묻기도 전에 곤이 알려주었다.

바닥에 떨어진 젤리 같은 것들은 마티니였다.

"이 사람, 바텐더였나 보네."

바텐더는 마티니를 만들어 판매하는 사람을 일컫는 은어였다. 마티니는 인체에 유해하고 가격도 비쌌지만 더 강한 쾌락을 원하는 사람들은 바텐더를 찾아와 마티니를 사곤 했다.

—실적 달성 실패. 높은 불량률. 잦은 조퇴와 결근. 인사 평가서에는 근무 태만이라고 기록되어 있어요.

"맨날 마티니에 취해 있으니 일을 제대로 했겠어? 뭐 암거래로 벌어들인 분각이 있었을 테니 굳이 일할 필요를 못 느꼈을 수도 있고. 사망자 매치는 찾았어?"

—아뇨, 전혀. 파손된 조각도 보이지 않네요.

"시신 분석은 가능해?"

—저야 가능하죠. 우종 님은 힘들겠지만.

곤은 우종이 비위가 약하다는 걸 잘 알고 있었다. 우종은 화재로 훼손된 시신을 매치로 꼼꼼히 스캔했다.

—질식사는 아니네요.

"질식하기 전에 죽었다는 거야?"

—네. 두개골 골절로 인한 뇌출혈 흔적이 있어요. 그래서 의식을 먼저 잃었고 얼마 지나지 않아 숨이 끊어진 것으로 보여요. 그리고 아까 현장 스캔할 때 확인한 건데, 피해자의 족적과 다른 사람의 족적이 뒤섞인 것이 보였어요.

우종의 판단이 서기도 전에 이미 곤은 판단을 내렸다. 죽은 남덕현을 '사망자'에서 '피해자'로 지칭하기 시작했으니까.

"침입자가 있었다는 건가?"

—그랬을 가능성이 높아요. 한번 보실래요?

우종은 리낵터를 썼다.

—전체 움직임은 구현할 수 없어요. 피해자의 매치도 사라진 데다가 실내에 카메라도 없으니까. 족적 분석으로 하반신 움직임을 구현할게요.

남덕현은 자신이 하는 일을 숨기기 위해서 실내 카메라를 제거한 것 같았다.

"온."

혼잡했던 집안 모습이 사라지고 검은 무의 공간이 되었다.

족적이 찍힌 곳을 기점으로, 남성의 하반신 모양으로 하얀 연기가 나타났다. 상반신은 구현할 수 없다 보니 그들이 무슨 말을 했는지, 어떤 표정을 지었는지는 확인할 수 없었다.

하반신은 남아 있는 족적대로 움직였다. 첫 번째로 나타난 하반신은 바 앞에 서 있던 것으로 보아 남덕현인 듯했다. 남덕현의 하반신은 바쁘게 철제 진열장과 바 사이를 오갔다. 그러다 잠시 멈칫하더니 슬금슬금 뒷걸음질 쳤다. 2-3초 후, 남덕현은 문 쪽으로 가더니 다시 살짝 옆으로 가 무릎을 구부렸다가 다시 섰다. 아마도 바닥에 있는 무언가를 집으려고 몸을 숙인 것 같았다. 잠시 후, 문에서 또 다른 하반신이 등장했다.

"곤, 저 사람은 남덕현과 면식이 있는 사람일까?"

—글쎄요. 면식이 있었다면 저렇게 조심스럽게 걸을 필요가 있을까요?

정체불명은 남덕현의 뒤를 따라가다 바 앞에 멈춰 섰다. 대화하는 중인지 두 사람은 바를 사이에 두고 서 있었다.

—면식이 없는데 집안에 들인 걸 보면 마티니를 구하러 온 사람일 가능성도 있죠.

우종은 정체불명의 발을 주시했다. 그는 발을 가만두지 못했다. 발끝으로 바닥을 두드렸다가 다리를 꼬았다가, 다시 발끝으로 바닥을 콩콩 두드렸다.

"행동 분석 좀 해봐."

—발바닥의 방향이 남덕현을 향해 있지 않아요. 방향이 제각각이긴 한데, 종합하면 모든 방향으로 움직였어요. 집 안을 둘러봤다는 얘기죠.

"왜 그랬을까?"

—다리 움직임을 분석해보면 불안함이 보여요. 암거래가 처음인 것 같기도 하고요.

"그런 사람이 집 안을 훑어볼 여유가 있을까?"

—불안감의 원인은 확인이 안 돼요.

"지금까지 마티니 거래 때문에 문제가 된 적이 있었나?"

—용의자들이 마티니를 복용한 적은 있었지만 범죄 행위와 관련된 적은 없었습니다.

"아무리 생각해도 마티니를 사러 온 것 때문에 불안한 게 아니야. 분명 다른 이유가 있었던 거지."

남덕현과 한참 대화를 나누던 정체불명은 천천히 바 귀퉁이로 움직였다. 그 자리는 정체불명이 처음 집안에 들어섰을 때 남덕현이 잠시 멈췄던 자리였다. 아니나 다를까, 정체불명은 곧 빠르게 움직이더니 남덕현과 뒤엉켰다. 밀고 당기다가 둘은 바닥에 쓰러져 뒹굴었다. 먼저 일어선 쪽은 정체불명이었다. 남덕현을 가랑이 밑에 깔아둔 채였다. 상반신이 보이지 않으니 뭘 하는지 알 수 없지만 둘의 하반신은 계속 이리저리 움직였다. 그런데 남덕현의 하반신 움직임이 격렬하다가 점점 느려지더니 이내 멈췄다. 천장을 보고 누워 있는 것 같았다.

"사인은 두개골 골절로 인한 뇌출혈이라고 했지?"

ㅡ네. 시간대로 봐서 화재는 이 이후예요.

정체불명의 하반신도 분주히 움직이다 멈췄다. 남덕현의 하반신이 누워 있는 것으로 봐선 깔고 앉은 것 같았다. 그러더니 정체불명의 다리가 바 뒤로 걸어가자 남덕현의 하반신도 질질 끌려갔다. 남덕현의 시신을 숨기려는 게 분명했다. 자신이 저지른 일을 어떻게 수습할지 고민하는 게 직감적으로 느껴졌다. 정체불명의 인물은 이내 문 밖으로 황급히 사라졌다.

—진열대 밑이에요.

곤의 말에 우종은 진열대 밑에서 새까매진 알루미늄 야구 배트를 찾았다. 몸통 부분이 찌그러져 있었다.

"다이내믹 모드랑 유류품 사진들 첨부해서 보고해."

—네. 체포 허가 떨어졌어요.

우종의 말이 끝나자마자 바로 곤은 현장 증거를 보내 저스티스로 부터 체포 허가를 받았다. 아니, 이렇게나 빠른데 그땐 왜 잠깐 망설였던 거지?

"예상 범행 시간대 아파트에 출입했던 사람들 태그해서 현위치 보고해줘."

우종은 아파트 밖으로 빠져나가며 말했다. 사람들은 아직도 아파트 앞에 모여 웅성대고 있었다.

—세 사람 있어요. 삼십 대 중반 여자, 사십 대 초반 남자. 그리고 삼십 대 중반 남자로 추정돼요. 현 위치는, 삼십 대 여자는 돔 4구역 데메테르 관리부 건물. 사십 대 남자는 2구역 내 토호 그룹 영업부 인근 식당가로 들어갔고요.

확실한 증거를 찾을 때까진 전부 용의자일 뿐이다. 이번에도 곤은 자세한 인적 사항을 알려주지 않았다. 그놈의 약관 변경 때문일 것이다.

"삼십 대 중반 남자는?"

—돔 6구역 강변 거리에 있네요.

잠시 고민하던 우종은 차에 올라 돔 6구역 쪽으로 핸들을 돌렸다.

*

돔 6구역은 금융 관련 회사들이 밀집한 지역이었다. 도시 중앙에 있는 1구역만큼은 아니지만 세련된 건물들과 깔끔한 슈트를 입은 직원들이 있는, 스마트한 이미지로 대표되는 구역이었다. 그리고 바로 옆은 강변이었다. 밤이 되면 건물들의 불이 꺼지고 강변 구역엔 네온사인이 형형색색 빛을 낸다. 그때부터 가죽, 문신, 피어싱, 부츠 등 독특한 모습을 한 젊은 사람들이 모여들었다. 이 밤거리의 주인은 퍼플린 크루였다.

"남덕현은 아무래도 광장파와 더 가까웠던 인물 같아."

남덕현의 시신을 스캔할 때 우종은 그에게서 퍼플린 크루의 흔적을 찾지 못했다. 남덕현이 입고 있던 복장은 무채색의 트랙 재킷과 조거 팬츠, 흰색 단화였다. 화려한 패션을 즐기는 퍼플린 크루와 어울리지 않는 복장이었다. 그러니 광장파 소속 바텐더였을지 모른다. 광장파 인물을 죽인 혐의를 받는 용의자 중 한 명이 지금 퍼플린 크루 구역에 있다. 퍼플린 크루와 광장파는 마티니를 제조하고 판매

한다는 공통점이 있었지만 서로 사이는 좋지 않았다.

"남덕현 매치는 아직도 위치 확보 안 됐어?"

─신호가 안 잡혀요.

남덕현의 매치 안에 사건의 진실이 담겨 있을 것이다. 매치만 확보된다면 사건의 실체를 완벽히 파악할 수 있을 텐데. 곤이 계속해서 신호를 보내는 데도 위치가 안 잡힌다면, 깊은 지하로 들어갔거나 파손됐거나 둘 중 하나다.

웅장하고 세련된 건물들이 자리한 돔 6구역의 전경이 보이기 시작했다. 아직 퇴근하지 못했는지, 사무실 불빛들이 듬성듬성 켜져 있었다. 곧 화려한 네온사인이 일렁이는 강변 거리가 보이기 시작했다.

우종은 거리 입구 앞에 차를 세웠다. 조수석의 글로브박스를 열고 작은 케이스를 꺼내 지문을 인식하자 케이스가 열렸다. 그 안에 있는 것은 글록 권총과 총알 열 발, 그리고 수갑이었다. 우종은 권총을 장전하고 수갑을 챙겼다.

─발포 허가는 났어요. 그럴 일이 없으면 좋겠지만.

총기와 수갑을 숨긴 우종은 조심스럽게 강변 거리로 들어갔다.

거리에는 젊은 남녀들이 가득했다. 하나같이 화려하고 독특한 옷차림을 하고 있었다. 그들과 달리 셔츠와 블레이저, 슈트 바지를 입은 우종은 확실히 이방인처럼 보였다.

사람들이 우종을 흘끔거리며 쳐다봤다.

　—조심해요. 여기가 세상의 끝이니까.

　우종은 곤의 말뜻을 알고 있다. 이 거리의 끝은 한때 강을 건너다 죽은 자들이 떠다녔던 폐수의 강이다. 그리고 강 저편은 인간이 살기 어려운 곳이라고 들었다.

　만약 여기서 일이 틀어져 강에 빠진다면 매치에 들어 있는 곤만 발견될 것이다. 우종의 육신은 강바닥에 가라앉을 것이고, 유전자 감식을 통해서나 신원을 파악할 수 있을지 모른다.

　—리낵터를 쓰는 게 좋겠어요. 지금 돌아다니는 사람들을 용의자와 대조하고 확인할 수 있도록.

　"이 동네에선 좋은 선택이 아닌 것 같은데. 그럼 내가 픽서라는 걸 드러내는 꼴이잖아. 놈이 먼저 눈치챌 수도 있고."

　—아니면 지원 요청을 하던가요. 이대로 용의자를 놓치기 전에.

　지원을 요청했다가는 우종의 업무 능력 평가 점수가 또 깎일 수 있다. 우종은 차라리 리낵터를 쓰기로 했다.

　리낵터를 쓰자 예상대로 뒷덜미에 스치는 싸한 시선들이 느껴졌다. 우종의 심장 박동이 빨라지기 시작했다. 리낵터 한쪽에는 CCTV에 찍힌 용의자의 사진이 떠 있었고 렌즈에 들어온 사람들의 얼굴이 순식간에 스캔되었다. 사람들을 보기 위해 계속해서 이곳저곳을 살피던 우종의 시야에 용의자 매칭 신호가 잡혔다. 용의자는 시끄러운 전자음과 현란한 불빛이 뿜어져 나오는 클럽 2층 테라스에 있었다.

위치를 확인한 우종이 서둘러 들어가려고 하자 억센 손이 우종의 팔을 붙잡았다.

"이봐, 안내문 안 보여?"

스킨헤드에 검은 마스크, 검은 티와 검은 바지, 검은 부츠까지. 온몸을 검은색으로 휘감아 위압적인 분위기를 풍기는 덩치 큰 사내가 클럽 입구를 막고 벽에 붙은 안내문을 가리켰다. 거기에는 '개새끼 출입 금지'라고 적혀 있었다. 이 거리 사람들이 픽서를 개새끼라고 부르는 것쯤은 우종도 알고 있었다.

퍼플린 크루에 관련된 이들은 모두 한 번쯤 저스티스의 판결에 혼쭐이 난 전력이 있는데, 그들 사이에 떠도는 풍문이 있었다. 저스티스는 계산기일 뿐, 모든 증거는 픽서들이 조작한다는 것이었다. 당연히 헛소리였다. 픽서는 조작할 능력도, 그럴 수 있는 권한도 없다.

"이 안에 용의자가 있어. 날 막으면 네놈도 업무 방해나 공범으로 판결받을 수 있어."

"별거 아닌 거 가지고 또 쪼잔스럽게 잡범 만들러 왔나?
딴 데 가서 놀아."

"잡범이 아니라 살해 용의자라면?"

살해 용의자라는 말에 사내는 움찔했다. 우종은 사내를
밀치고 클럽 안으로 들어갔다.

클럽 안은 화려한 조명이 가득했다. 테이블엔 라벨이 없
는 술병들과 잔들이 어지럽게 놓여 있었다. 컵에 묻은 찐
득한 흔적으로 봐선 술에 마티니를 타 마신 게 분명했다.

스테이지에서 춤을 추는 사람들, 소파에 널브러진 사람
들, 뒤엉킨 남녀들 모두 우종과 달리 보급형 리넥터를 쓰
고 있었다. 각자가 원하는 허상을 보여주는 리넥터, 뇌를
자극하는 마티니, 이성의 끈을 끊어버리는 알코올에 흠뻑
빠진 채 저마다 뉴소울시티의 밤을 즐기고 있었다.

우종은 2층 테라스를 향해 빠르게 움직이며 리넥터를
벗었다. 용의자의 인상착의는 기억하고 있었다.

용의자는 일렁이는 조명 속 사람들 사이, 고개를 수그린
채 마티니에 취해 있는 용의자를 발견했다.

"당신을 돔 8구역에서 벌어진 살인 사건 용의자로 체포
합니다."

우종이 계약 파기 원칙을 읊으며 수갑을 꺼내려 할 때
였다. 동공이 풀린 채 우종을 올려다보던 용의자는 전원을

켠 기계처럼 갑자기 벌떡 일어나 우종을 밀치고 달려갔다. 나자빠진 우종은 재빨리 일어나 뒤를 쫓기 시작했다. 그 행동은 규정을 위반하는 것이었다. 아니나 다를까 곤은 신원 조회 허가를 받아냈다.

"곤, 확인했어?"

─서용주. 35세. 데메테르 제품개발팀 팀장.

예상했던 용의자의 이미지가 아니었다. 지식 노동자가 아닐 줄 알았는데. 그 사이 서용주는 2층 테라스에서 뛰어내려 골목을 따라 내달렸다. 우종 역시 심호흡을 짧게 하고는 뛰어내렸다.

"멈춰!"

우종이 허공에 권총을 쏘며 외쳤다. 서용주는 멈칫했지만 이내 달려가 막다른 곳에서 담벼락을 넘으려 했다. 우종은 달려들어 서용주의 다리를 잡아끌었다. 둘은 바닥에 나뒹굴며 몸싸움을 벌였다. 서용주가 심하게 반항했지만 서용주의 다리를 간신히 붙잡은 우종이 무릎으로 상대의 가슴을 누르고 권총을 겨눴다.

순간, 우종의 등 뒤에서 쇠파이프가 날아들었다. 척추가 부서질 듯 강한 충격에 우종은 바닥에 쓰러졌다. 서용주도 같이 바닥에 쓰러졌다.

습격한 사내가 모습을 드러냈다. 클럽 앞에서 우종을 막아 세우던 덩치 큰 사내였다. 그 뒤로 똑같은 복장을 한 사내 두 명이 더 모습을 드러냈다.

"니들이 우리를 다스리기라도 하는 것 같아? 실적 쌓으려고 증거나 조작하는 사기꾼 주제에, 별것도 아닌 일로 주인한테 큰일이라도 벌어진 양 짖어대는 개새끼들."

총소리를 듣고 온 모양이었다. 검은 옷의 사내들은 우종의 복부를 가격하고 그의 권총을 빼앗았다. 그러고는 우종의 재킷을 뒤져 매치를 빼앗고 우종의 이마에 권총을 겨눴다.

"이렇게 되면 넌 아예 존재하지 않았던 놈이 되겠지."

방아쇠를 쥔 손에 힘이 들어가기 시작했다. 정신이 아득한 상황에서도 우종은 두려움에 몸이 굳는 걸 느꼈다.

그때였다.

"어리석은 짓 하지 말고 그 사람 놔줘."

위압감이 느껴지는 목소리였다. 총소리를 듣고 온 건 검은 옷의 사내들만은 아니었던 모양이다. 불빛에 그의 모습이 드러나자 검은 옷의 사내들이 움찔하며 뒤로 물러섰다.

남자는 다부진 체구에 후드를 뒤집어쓰고 있었다. 얼굴에는 이마부터 미간을 지나 코 옆까지 상처 자국이 길게 나 있었다.

"니들 얼굴은 벌써 저스티스한테 보고됐을 거야. 그런데 니깟놈들 대가리로 픽서를 죽이겠다고? 우리 거리를 쑥대밭으로 만들 셈이야?"

바닥에서 꿈틀대던 우종은 '우리'라는 말에 이 남자가 퍼플린 크루의 리더 유경철이란 것을 단번에 알아챘다. 그의 말이 맞았다. 만약 이대로 우종이 살해된다면 뉴소울시티의 약관에 따라 이 거리는 폐쇄될지도 모른다.

경철이 차갑게 노려보자 사내는 우종의 권총과 매치를 바닥에 던지고 패거리와 함께 사라졌다. 경철은 우종에게 괜찮은지 물었다. 우종은 대답 없이 힘겹게 일어났다. 그리고 서용주도 일으켜 세웠다.

유경철은 서용주를 뚫어지게 쳐다봤다.

"이 사람은 우리와는 상관없는 사람인데?"

"두고 보면 알겠지. 하지만 저스티스의 판결에서 네놈들 패거리가 연관된 게 증명되면 그땐 나 혼자 오지 않을 거야. 그쪽 말대로 여긴 쑥대밭이 될 거고."

"정말 저스티스가 모든 진실을 증명해줄 거라고 믿어?"

경철의 도발적인 말에 우종은 작게 코웃음을 쳤다.

"왜? 이제 와 겁 나? 나한테 떠들어봐야 소용없어. 저스티스는 실수하지 않으니까."

"그래. 저스티스는 실수란 건 하지 않지."

"아까는 모든 진실을 증명해줄 거라 믿느냐더니, 앞뒤도 안 맞는 말을 있는 척 내뱉는 게 그쪽 버릇인가?"

"실수하지 않는다는 게 진실을 증명한다는 건 아니니까."

우종은 서용주를 앞장세우고 경철을 지나쳤다. 그때 경철은 한마디를 덧붙였다.

"만든 것을 보지 말고 만든 놈을 봐. 그럼 내 말뜻을 알게 될 거야."

우종은 경철의 말을 무시한 채 강변 거리를 빠져나왔다.

"억울해요! 진짜 억울하다고요!"

우종은 대꾸하지 않았다. 죄를 지은 자들은 하나같이 억울함을 호소하곤 했다.

"전 협박당했다고요!"

"사람이 죽었어. 협박을 당했든 안 당했든 네가 살인을 저질렀다는 사실은 변하지 않아."

두 손으로 머리를 움켜쥔 서용주의 몸이 들썩이기 시작했다. 그는 흐느끼고 있었다.

"고의가 아니었어요. 그렇게 될 줄은 정말 몰랐다고요! 살인이 아니에요!"

"사람이 죽었으면 살인이지. 그게 아니면 도대체 뭔데?"

우종은 신물이 난다는 듯 무성의하게 답했다. 그러나 서용주는 답답하다는 듯 차창에 머리를 부딪치며 괴로워했고, 자신의 결백을 주장하듯 주저리주저리 떠들어댔다.

서용주는 이른 나이에 데메테르 제품개발팀의 팀장으로 승진한 인재였다. 그러나 직급이 높아지며 업무 강도와 부담감도 높아졌고, 그렇게 처음, 마티니에 손을 댔다. 그러나 그것은 지옥의 문을 연 시작이 되었다. 얼마 지나지 않아 그는 마티니 없인 생활할 수 없을 만큼 중독되었고, 자신의 전재산을 털어 마티니를 샀다. 업무와 가정도 뒷전이 된 지 오래였다. 업무 성과도 바닥인데 근무 태만으로 인사 평가마저 안 좋게 나오면서 그는 회사에서 퇴출될 위기에 놓였었다.

그러던 어느 날, 회사의 책상 위에 서류봉투 하나가 놓여 있었다고 했다. 거기엔 서용주에 대한 추악한 비밀이 담겨 있었다. 마티니에 손을 대고 막대한 빚을 진 것, 그래서 회사의 제품 개발 비용에까지 손대게 된 것, 부하 직원과의 불륜부터 이제껏 만나온 내연녀들에 대한 정보까지.

"본인을 A라고만 했어요. 그는 저에 대해 다 알고 절 협박했다고요."

이것이 발각되었다가는 해고 정도가 아니라 도시에서 아예 추방될 것 같다고 했다. 그러나 A는 서용주에게 계속 쪽지를 보내며 그를 압박했다.

"남덕현의 매치만 가져오면 된다고 했어요. 집 주소도

그 사람이 알려준 거예요, 그렇게만 하면 협박도 멈추고 제 돈 문제도 다 해결해주겠다고 했어요……."

그러나 옳지 못한 동기는 옳지 못한 결과를 불러오는 법이다. 서용주는 겁만 주려고 야구 배트를 집었는지 몰라도 갑작스럽게 남덕현이 덤비면서 몸싸움이 벌어졌다고 했다. 두 사람이 뒹굴면서 가솔린 통을 넘어뜨렸고 당황한 서용주는 남덕현을 뿌리치려고 배트를 휘두르다가 그만 남덕현을 치고 말았다. 그 사이 불이 붙으면서 일이 걷잡을 수 없게 되자 서용주는 도망쳤다고 했다. 서용주는 늦게라도 A와의 약속을 지키기 위해 남덕현의 매치를 가지고 A가 지시한 클럽에 간 거라고 했다.

사실 우종은 서용주의 말을 곧이곧대로 믿지 않았다. 이미 곤이 서용주의 진술 신빙성을 분석해 알려주고 있었다. 그가 얼마나 문제가 많은 인간인지, 믿을 수 없는 인간인지를.

—제가 분석했을 때 서용주의 진술은 거짓말일 가능성이 높아요. 남덕현과 만났던 시간에 매치를 꺼둔 건 의도야 뻔하고. 약물 과다 복용으로 치료받은 기록까지 있어요. 현재 데메테르에서 횡령 문제로 내사 중이기도 합니다.

어찌 됐든 서용주가 남덕현을 죽였다는 건 분명한 사실이었다. 우종은 끝까지 억울해하던 서용주를 고객서비스팀에 인계했다.

드디어 일과를 끝낸 우종은 어서 집으로 돌아가고 싶었다. 아까 벌인 격투 때문에 온몸이 아팠고 정신적으로도 지쳐 있었다. 하지만 우종의 뇌리에 경철의 한마디가 맴돌았다. 만든 것을 보지 말고 만든 놈을 보라.

결국 우종은 집과 반대 방향으로 핸들을 돌렸다.

*

박도경 이사의 아파트 앞에 도착한 우종이 차에서 내렸다. 출입구에서 픽서 인증을 하고 들어가려던 찰나, 누군가 다급하게 달려와 우종을 붙잡았다.

"저, 혹시 박도경 이사 때문에 오신 건가요?"

"누구시죠?"

"전기련 홍보팀 소속 사회부 길재민 기자라고 합니다. 저 혹시, 박도경 이사 사건 때문에 오신 거라면 같이 들어갈 수 있을까요? 저도 그 일을 취재하고 있는데 출입을 제한하더라고요."

능글맞은 미소를 짓는 재민을 우종은 곤란한 듯 쳐다보았다. 처음엔 거절하려고 했지만 같은 홍보팀에 있는 희도 생각이 났다.

"그러시죠."

떨떠름해 하는 우종의 대답을 듣자마자 기다렸다는 듯이 재민이 우종 옆에 철썩 붙어 아파트 안으로 들어섰다.

집 안에는 바와 부서진 대형 모니터 패널이 그대로 남아 있었다. 우종의 머릿속으로 사건 직후의 모습들이 스쳐 지나갔다. 강한 폭발에 날아간 철제 문짝. 처형이라도 당한 듯 모니터 패널에 처박혀 있던 박도경의 상반신. 저스티스-44의 판결처럼, 이건 정말 오작동 사고가 맞는 걸까?

재민 또한 집안 곳곳을 꼼꼼히 훑어보았다. 우종은 문득 의아해졌다. 픽서도 아닌데 사건 현장을 저렇게 자세히 살펴볼 필요가 있나?

"기자님, 근데 기사가 나간 지 꽤 되었는데 무슨 일로 오신 거죠?"

"답을 찾는 중입니다. 한번 보시겠어요?"

재민은 품에서 메모를 꺼내 내밀었다.

"얼마 전에 저한테 온 메모입니다. 내용이 조금 조잡하긴 한데, 그 밑에 쓰여 있는 암호가 여간 신경 쓰이는 게 아니라서요."

우종의 눈에 메모 하단에 있던 두 줄짜리 암호가 들어왔다.

"이 암호가 뭘 뜻하는 거죠?"

"저는 아무리 생각해도 날짜 같더군요. 혹시 짚이는 게 있으신가요?"

"날짜요?"

"네, 아직 첫 번째 줄은 모르겠지만, 두 번째 줄은 풀었습니다."

21th 96 J 3rd land

"서기 2096년. 그러니까, 아바리치아 46년. J는 1월이나 6월, 7월로 추측했죠. 세번째 땅. 땅은 한자로 토土, 세번째 토요일이고. 그러던 중 7월 20일, 바로 이 사고가 벌어진 거예요. 메모가 이 사건을 지칭한다고 단정 지을 순 없지만."

"그렇다면 첫 번째 줄은요?"

46 105 7th

재민은 골똘한 얼굴이 되었다.

"첫 번째 줄도 날짜인가 싶었습니다. 아바리치아 46년 105일. 계산해보니 4월 16일이더군요. 돔 7구역. 근데 아무리 조사해봐도 그 날짜에 주목할 만한 일은 없었더라고요."

우종은 순간 머리가 찌릿했다. 4월 16일은 교차로 교통

사고가 있던 날이었다.

"4월 16일이면, 그날 돔 7구역에서 차량 오작동으로 인한 사망 사고가 있었습니다. 한 부부가 죽었고요."

"사망 사고요?"

"네. 차량 운전자는 박도경 이사. 이 펜트하우스의 주인이자 여기서 폭발 사고로 사망한 피해자죠."

"어떻게 그런 일이…… 오작동 사고 발생 확률은 제로에 가깝지 않습니까?"

"네. 그렇지만 그 제로에 가까운 확률이 박도경 이사에게 두 번이나 벌어진 건 사실입니다."

우종만큼이나 재민도 안개 속에서 헤매듯 갈피를 잡지 못했다. 인과응보인가? 오작동 사고라면 말이 되지 않는다. 그렇다면 복수인가? 하지만 가해자는 보이지 않는다. 유치하다고 생각했던 메모의 글이 무섭게 느껴지기 시작했다. 재민은 메모를 다시 펼쳐보았다.

……깨진 균형을 거짓된 우상으로 가리고 있을 뿐이다. 균열된 틈으로 흘러 들어오는 오물이 세상을 뒤덮기 전에 굳은 믿음을 깨라…….

거짓된 우상.

재민은 저스티스-44의 정체가 궁금해졌다. 이 메모의

주인은 무언가를 알고 있는 게 분명했다. 그를 찾아내야
한다. 그리고 반드시 만나야 한다.

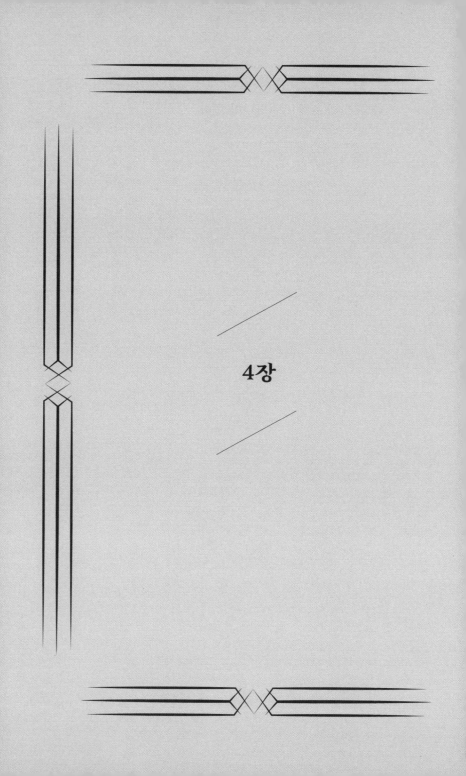

4장

1파운드

"계약서는 당신에게 피 한 방울 주지 않소. 명시된 문구는 '살덩이 1 파운드'요. 그러니 계약대로 살덩이 1파운드를 가지시오. 그러나 그걸 취할 때 기독교인의 피를 단 한 방울이라도 흘린다면 당신의 땅과 재물은 베니스 국법에 의해 베니스 정부로 몰수될 것이오."

"오, 공정한 판관이여! 오, 박식한 판관이여!"

—셰익스피어, 『베니스의 상인』 중에서

주조정실은 멸균실처럼 고요했다. 백색 미등은 분위기를 한층 가라앉게 만들었다. 벽에는 대형 모니터들이 설치되어 있었다. 탁자 위에 놓인 아날로그 시계 바늘은 9시 29분을 가리키고 있었다.

홍보팀 직원들은 강의를 듣는 학생처럼 앉아서 각자의 고스트들과 소통하며 업무를 하고 있었다. 그들 앞에 놓인 투명 모니터 패널에는 실시간으로 체크되는 시청률 그래프와 편집중인 영상이 떠 있었다.

범죄인의 호송 장면을 생중계하는 화면은 담당 직원의 고스트가 여러 대의 드론을 움직이며 찍는 중이었다. 또 다른 직원은 이번에 다룰 블랙컨슈머, 즉 범죄자를 오랫동안 지켜본 사람의 인터뷰를 편집하고 있었다.

"그놈이 어렸을 때는 좀 그랬어."

남자는 "그놈이 어렸을 때는 좀 그랬어"라고 말했지만, 담당 직원은 '좀'과 '그랬어' 사이에 빈칸을 넣었다. 그 문장에 부연 설명을 하기 위해서였다. 고스트가 제안한 자막은 세 가지였다.

1. 잔인한 성격 문제가 있고
2. 심한 욕설을 하고
3. 사람들을 위협하고

담당 직원은 2번을 선택했다.

─온 에어 30분 전입니다.

보니가 희도에게 부드럽게 알려주었다. 무표정한 얼굴로 스튜디오를 내려다보던 희도는 아날로그 시계를 쳐다보았다. 9시 30분이었다.

"참관인들은?"

─입장 준비됐습니다.

희도가 고개를 끄덕이자 스튜디오의 출입문이 열렸다. 곤봉과 권총으로 무장한 보안팀 직원들이 스무 명 정도 되는 사람들을 이끌고 들어섰다. 이 사람들은 일명 블랙컨슈머라고 불리는 범죄자들이었는데, 하나같이 눈동자에 초점이 없었고 지친 기색이 역력했다. 저항하거나 항변하려는 의지조차 찾아볼 수 없었다.

"경건하게 참관하며 진정한 속죄가 무엇인지 마음에 새기길 바랍니다."

상급자로 보이는 직원이 말하자 블랙컨슈머들은 착석했다. 그들은 법의 엄정한 집행을 참관하러 온 것이었다. 잠시 후 무대 중앙에 오늘 주인공이 등장할 예정이었다.

—예고편 보여드리겠습니다.

스튜디오 상황을 지켜보던 희도는, 보니의 말을 듣고 모니터 패널로 눈을 돌렸다. 보니는 희도가 쓴 간략한 플롯을 가지고 세네 가지 정도의 방송 대본을 만들곤 했다. 그중 희도가 하나의 대본을 선택하면 보니는 예고편과 본 방송의 영상 시뮬레이션을 제작해 다시 희도에게 보여주었다.

오늘의 블랙컨슈머는 학교에 불을 질러 어린 학생들을 죽게 만든 방화범이었다. 그는 줄곧 범행의 고의성을 부인했다. 그러면서 과거에 가정과 학교에서 받은 정신적 학대와 따돌림으로 인한 우울증, 심신미약을 주장하며 항변했다.

"마무리 부분에서 쓸데없는 연민을 부추기는 것 같은데?"

―블랙컨슈머 인터뷰 마지막 부분은 드러내겠습니다.

몇 초 후, 보니가 수정한 예고편을 다시 띄워주었다.

"응. 수정본은 확인 안 해도 돼."

그때 스튜디오로 창도가 들어왔다. 주조정실을 올려다보더니 희도에게 고개를 끄덕여 알렸다. 오늘의 주인공이 도착한 모양이었다.

"방송 10분 전. 접속자 수는 약 삼천만 명입니다."

사람들은 오늘만을 기다린 듯 시청률 그래프는 기하급수적으로 올라가고 있었다.

"큐."

장엄한 시그널 음악이 깔리면서 화면 중앙에 '1파운드' 타이틀이 떴다. 곧이어 터널 속에서 울리는 듯한 남자의 내레이션이 분위기를 압도했다.

"디케의 칼이여! 억울한 피 한 방울 없이 오직 죄의 살덩이만 잘라 내라."

프로그램은 언제나 범행 재연으로 시작했다. 남자는 범행 초기 수사망을 요리조리 빠져나갔지만 한 소녀의 죽음이 도화선이 되어 도시 전체가 분노로 들끓자 오래가지 않아 붙잡혔다. 마지막 범행 장소가 왜 학교였냐는 질문에, 그는 따돌림을 당했던 끔찍한 기억 때문이라고 했다. 그러나 그런 이유가 그의 면죄부가 되지는 못했다.

소녀의 아버지가 나왔다. 꽤 수척해져 광대가 도드라진 모습이었다.

"제 딸은 늘 자기 전에 베란다에서 하늘을 보며 소원을 빌었어요. 오염된 강 너머의 세상을 뉴소울시티처럼 만드는 원대한 소원이었죠. 그 모습이 참 사랑스러웠는데. 더이상 그 모습을 볼 수 없다니 믿을 수가 없어요. 여전히 살아 있을 것만 같은데……."

깊이 팬 뺨의 기다란 주름에 눈물이 고였다.

"시청률 5% 상승했습니다."

예상대로였다. 보니가 제안한 시나리오는 언제나 사람들의 분노를 끌어올렸다.

"범인도 똑같은 고통을 받아야 합니다. 그게 정의죠."

프로그램 제목인 '1파운드'는 공정한 법 집행을 의미했지만, 실상 셰익스피어의 희극 『베니스의 상인』 속의 1파운드는 하나의 기발한 묘수였다. 모순을 이용해 악인이 자신의 잔꾀에 빠지게 하는 것이었지만, 뉴소울시티에서 '1파운드'의 의미는 포시아가 의도한 것이 아니라 샤일록의 속내와 맞닿아 있었다. 법이라는 정의 뒤에 맹목적인 미움과 적개심을 숨겼던 샤일록처럼, '엄정한 법 집행'이라는 표면적 정의 뒤에 복수를 향한 인간의 본성을 숨긴 건지도 모른다. 눈에는 눈, 이에는 이. 그러나 과연 눈을 빼앗긴 자가 눈만 되찾아 온 적이 있었던가.

휘발유에 흠뻑 젖은 쓰레기통에서 일어난 불길은 1층에서부터 점차 소녀가 있던 5층까지 타고 올라갔다. 영상은 소녀가 느꼈을 공포와 고통을 그대로 전달했다. 조금씩 오르던 시청률은 피해자가 고통을 호소하는 장면에서 더욱 가파르게 상승했다.

소녀의 대역 앞으로 시커먼 연기가 몰려왔다. 창문 밖으로 올라온 사신은 불꽃이 이글거리는 두 눈으로 소녀를 노려보았다. 스프링클러가 작동했지만 소용없었다. 방화범은 이미 그걸 예상한 듯 1층 곳곳에 휘발유 통을 놓고 일을 저질렀기 때문이었다.

"진짜 쳐 죽여도 시원찮을 개새끼네."

영상을 지켜보던 홍보팀 직원 한 명이 무심코 내뱉었다. 희도의 목표는 이런 감정을 이끌어내는 것이었다. 단순히 개인적 차원의 분노나 적개심이 아니라 공감을 통한 여론의 합치였다.

프로그램 초창기엔 형벌 집행에 부정적 여론도 꽤 있었다. 범죄자 인권 옹호나 촉법 제도 존속, 완전무결한 선고에 대한 의심과 사형제 폐지 등.

〈1파운드〉를 기획한 사람은 아바리치아 전략기획실 송명길 실장이었다. 온화한 인상, 매너 있는 태도, 조용히 경청하는 자세. 예전에 〈1파운드〉의 시청률이 저조하고 고객들의 불만이 쇄도했을 때도 송명길은 온화한 어조로 자신의 주장을 펼쳤다.

"지금껏 우리 뉴소울시티가 고객들의 전적인 신뢰를 받은 건 저스티스 덕분이라는 것을 누구도 부인할 수 없을 겁니다. 저스티스의 판결에 대한 의심이 번진다면 우리는 또다시 실패의 역사를 답습하게 될 겁니다. 그러니 결과로 가는 과정을 설득해봅시다. 비록 누군가는 아플 수 있겠지만."

비록 누군가는 아플 수 있겠지만. 명길의 의견에 관계자들은 내심 그가 잔인하다고 생각했다. 그렇지만 이어진 명길의 설명은 그럴듯했다.

"그게 바로 우리 〈1파운드〉의 취지입니다. 범죄를 본 모두가 피해자의 아픔에 공감한다면 피 한 방울 섞이지 않은 살덩이를 서로가 먼저 자르겠다고 나설 테니까요."

피해자의 고통에 이입한다면 〈1파운드〉의 클라이막스가 제대로 된 기능을 할 수 있다는 것이다. 그 자리에 있던 사람들은 명길의 의견에 동의했다. 그 자리에 있던 희도도 마찬가지였다. 다만 피해자의 고통을 소환하는 것에 대해서는 약간의 죄책감을 느꼈다.

무대 앞에 있던 창도가 수신호를 보내자 블랙컨슈머가 지난 5개월 동안 노역을 수행한 영상이 송출되었다. 그는 아침 여섯 시부터 저녁 일곱 시까지, 찐감자 두 알만 먹고 고된 노역을 수행했고, 노역의 대가는 전부 피해자 가족들에게 전해졌다. 날씨가 궂거나 부상을 당해도 그는 노역을 멈출 수 없었다. 화면 속 그의 모습은 조금씩 변해갔다. 머리카락이 빠지고 피부가 푸석해지고 상처에서 고름이 흘러나왔다. 고통에 신음하던 그의 눈빛은, 이제는 아무 고통도 느끼지 못하는 듯 공허하게 변해 있었다. 그러나 아무도 그에게 연민을 느끼지 않았다.

영상이 끝나자 무대 중앙 바닥이 열리더니 딱딱한 의자에 결박된 블랙컨슈머가 서서히 올라왔다. 재판장이 선고의 주문을 읽을 시간이었다.

─당신의 이름은 무엇인가?

"정병준입니다."

대답하는 블랙컨슈머의 목소리가 떨렸다. 조명이 꺼지면 자신의 운명이 끝날 것을 직감한 듯.

─고해성사 시간 동안 되돌아본 것이 무엇인가?

정병준은 고개를 떨구었다.

"피해자의 고통입니다."

정병준의 눈에 눈물이 차올랐다. 눈물은 턱까지 흘러내려 수염에 맺혔다가 줄줄 떨어져 내렸다.

─피해자에게 진심으로 용서를 구하고 싶은가?

"온 마음을 다해 용서를 구합니다. 소녀에게도, 유족들에게도."

—하지만 되돌릴 수 없다.

정병준은 고개를 끄덕였다.

—저스티스를 신뢰하는가?

"네. 신뢰합니다."

—저스티스가 내리는 판결을 따르겠는가?

"따르겠습니다."

—자신의 죄를 인정하는가?

"그건…… 물론 저의 죄는 인정합니다. 하지만……."

—죄를 인정하지 않는 것인가?

"아니요. 인정하지 않는다는 것이 아닙니다. 다만……."

정병준의 시선이 흔들렸다. 저스티스의 판결을 인정하지 않으면 어떻게 될지 잘 알고 있었다. 그렇게 되면 사형은 연기되겠지만 지옥 같은 노역을 또다시 해야 할 것이다. 죄는 하나였고 선택할 수 있는 답도 하나였다.

—다시 한번 묻겠다. 자신의 죄를 인정하는가?

"……인정합니다."

—선고를 내리겠다. 아바리치아 45년 3월 24일에 벌어진 모 중학교 화재 사건 관련, 방화 혐의에 대해 피고 정병준에게 유죄를 선고한다. 또한 아바리치아 45년 3월 24일,

방화로 인한 피해자 김 모 양 사망 사건과 관련한 살인 혐의에 대해서도 유죄를 선고한다.

방청석에 앉아 있던 블랙컨슈머들이 일제히 기립했다. 그들은 두려움에 떠는 표정이었다.

—주문. 피고 정병준을 뉴소울시티와의 계약을 위반한 블랙컨슈머로 지정하고 계약 위반의 책임을 물어 계약 해지와 함께 화형에 처한다.

천장에서 반투명한 흰색 원통 하나가 내려왔다. 사람 한 명은 거뜬히 들어갈 만한 크기였다. 원통은 정병준을 머리에서부터 천천히 가뒀다. 의자에 묶여 있던 정병준은 몸부림을 치며 소리를 질렀지만 벗어날 수 없었다.

—점화.

저스티스의 명이 끝나자마자 원통 안에 거센 불길이 치솟았다. 날카로운 비명 소리가 스튜디오 내에 울렸다. 처음에는 이런 잔인한 장면에 실신을 하거나 항의를 하는 사람도 있었다. 하지만 이제는 방청객도, 스태프도, 시청자들도 익숙한 듯 무덤덤해졌다. 스튜디오 안에는 앞으로 닥칠 자신의 결말을 본 자들의 두려운 통곡만 들렸다.

조명의 조도가 서서히 낮아지고 화면에 엔딩 크레딧이 올랐다. 뉴소울시티는 깊은 밤에 빠져들었다.

"다음 회차 주인공은 누구죠?"

"몇 달 전에 있었던 7구역 살인 사건 피의자입니다."

프로그램이 끝나고 희도는 팀원들과 피드백 겸 다음 회차에 관련된 회의를 나눴다. 원탁에 설치된 기기 위로 다음 회차 인물의 프로필이 홀로그램으로 떠올랐다.

"직접적인 살인이라 아마 최고 시청률이 나올 것 같습니다."

그 말에 희도는 고개를 저었다.

"결과는 아무도 모르죠. 픽서 보고서를 보기 전까지는. 그러니까 긴장 늦추지 마세요."

"그렇게까지 확인할 필요가 있나요? 어차피 살인 사건이면 모두가 분노하는데. 시청률도 최고점 찍겠죠."

창도가 반박하듯 말했다. 희도의 미간에 약간 주름이 잡혔다. 입사한 지 2년밖에 안 된 저 동생놈이 또 시작이다.

"우리가 재밌자고 프로그램 만드는 거 아니잖아요. 정의를 위해서입니다. 불의로 가득 찼던 과거를 거울삼아 정의를 되찾기 위해섭니다."

희도는 픽서도 인간인지라 켜켜이 쌓인 데이터 밑에 깔린 진실을 놓칠 수도 있다고 생각했다. 그렇기에 철저하게 확인해야 했다. 프로그램의 의도를 다시 한 번 상기시키고 희도는 퇴근했다.

집으로 돌아온 희도 앞에 보니는 파일 하나를 띄웠다. 다음 회차 주인공이 쓴 참회록이었다. 모든 블랙컨슈머는 자신의 죄를 뉘우치고 용서를 구한다는 증거로 매일 3장씩 참회록을 써야 했다. 다음 방송을 위해 희도는 참회록을 꼼꼼히 읽었다.

참회록 내용은 다들 비슷했다. 수감 초기에는 수감 생활의 불편함을 내비친다. 자신의 억울함을 토로하며 분명 진실이 밝혀질 거라 말한다. 그러나 한 달 두 달 시간이 흐르면, 사람들은 자신의 죄를 어느 정도 시인하면서 자신의 사정을 하소연한다. 고의가 아니었다, 협박을 당했다, 약물이나 술 때문이다 등등 변명은 다양했다. 그러다가 실낱같은 희망도 포기하는 단계에 이르면 내용이 달라진다. 오직 지금의 고통에서 벗어나는 것만이 단 하나의 바람일 뿐이라고 일관되게 말한다.

그런데 지금 읽고 있는 참회록의 주인공은 특이한 점이 있었다. 그는 이 모든 게 자신의 잘못이라면서도, 자신에게 살인을 사주한 A란 자를 찾아달라고 했다. 그 A라는 자가 자신의 억울함을 풀어줄 거라고 믿는 듯했다.

희도는 한숨을 내쉬었다. 어차피 결과는 바뀌지 않는다.

그러나 평소와는 달리 그의 참회록을 바로 닫지 못한 건, 그가 가장 최근에 쓴 이 내용 때문이었다.

이제 와서 무슨 말을 해도 구차한 변명밖에 되지 않는다는 걸 알고 있다. 다만 나의 죄에 대해, 완벽한 존재에게 묻고 싶다. 만들어진 신이 아니라, 진짜 신에게. 어떤 목적을 위해 만들어진 존재 말고 오직 순수하게 스스로 존재해온 그에게. 나의 죄에 대한 판단에 오류는 없는지, 실낱같은 오류조차 없는지. 신은 나의 죄에 대해서 뭐라고 말해줄지 궁금하다.

희도 또한 궁금해졌다. 여태껏 '진짜 신'을 찾은 블랙컨슈머는 없었다. 고귀하고 박식한 뉴소울시티의 재판관보다 뛰어난 신이 과연 있을까. 있다면 과연 뭐라고 답할까.

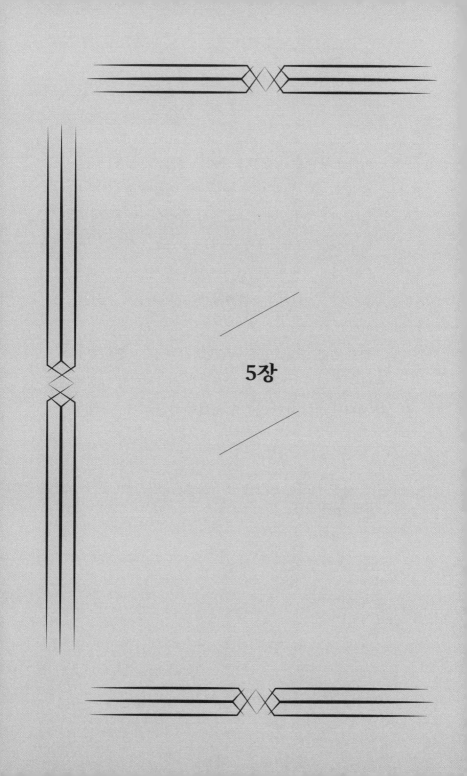

5장

아담의 사과

여자가 그 나무를 본즉 먹음직도 하고 보암직도 하고 지혜롭게 할 만큼 탐스럽기도 한 나무인지라 여자가 그 실과를 따먹고 자기와 함께한 남편에게도 주매 그도 먹은지라. 이에 그들의 눈이 밝아 자기들의 몸이 벗은 줄을 알고 무화과나무 잎을 엮어 치마를 하였더라. 그들이 날이 서늘할 때에 동산에 거니시는 여호와 하나님의 음성을 듣고 아담과 그 아내가 여호와 하나 님의 낯을 피하여 동산 나무 사이에 숨은지라.

—창세기 3장 6절-8절

차가운 늦가을 안개가 달리는 영무의 머리카락을 스쳤다. 공원 산책길 주변에 늘어선 나무들은 슬슬 갈색으로 변하는 중이었다. 뿌연 안개를 헤치고 지나갈 때마다 선명하게 정체를 드러내는 공원 모습이 오늘따라 더욱 서늘하게 느껴졌다.

영무는 어둠이 깔린 이른 새벽에 조깅하는 것을 좋아했다. 아무도 없는 길을 온전히 혼자 누리고 싶었다. 잠시 멈추자 아주리의 목소리가 들렸다.

—구보 거리 5킬로미터. 혈압과 맥박 정상.

영무는 메고 있던 작은 백팩에서 물병을 꺼내 물을 들이켰다. 시원한 물이 식도를 지나며 열기를 식혀 주었다.

우종이 찾아왔던 날 이후로 3개월이 흘렀는데도 영무의

머릿속은 안개로 가득했다. 실체는 있는 것 같지만 그게 무엇인지는 알 수 없었다. 어쩌면 존재하지 않을지도 모르겠다. 안개가 걷히는 순간은 올 텐데, 만약 그때 마주친 실체가 우종이 얘기한 대로라면…….

"연차가 며칠 남았지?"

—12일 입니다.

"신청해줘."

—날짜는요?

"오늘."

—권하고 싶지 않은 선택입니다.

아주리의 말투에서 냉정함이 느껴졌다.

"연말 결산 때문이지?"

—네, 그렇습니다.

날씨가 쌀쌀해지면 슬슬 일 년을 마무리하는 결산 시기가 온다. 지금 시기에 분석한 결과에 따라 뉴소울시티의 내년 운영 계획도 세우게 된다.

"걱정하지 마. 오늘뿐이야."

—단지 오늘 때문만이 아닙니다. 계속 이럴 것 같아요.

"왜 그러는데?

—지난번에 재검토했던 사망 사고 데이터 분석 건에 문제가 있습니다.

"무슨 문제?"

—대리님이 보고 올린 최종 의견서가 삭제됐습니다.

"뭐? 누가 함부로 삭제해? 내가 담당자인데!"

순간 영무의 언성이 높아졌다. 영무는 올해 발생한 사망 사고 데이터를 분석했다. 그리고 우종을 전적으로 믿는 것은 아니지만 직접 본 것이 있기에 고심 끝에 재검토 의견을 올렸었다. 그런데 그걸 누가가 함부로 삭제하다니, 이유가 어떻든 불쾌한 것은 사실이었다.

—도세웅 과장님입니다.

영무는 어제 아침 옥상에서의 일을 떠올렸다. 스쿼시 코트 옆 벤치에 앉아서, 세웅은 영무에게 조용히 말했다.

"성급하게 괜한 일로 흠집 만들지 마."

영무의 직속상관인 모니터 2팀 과장 도세웅은 합리적이고 점잖은 사람이었다. 유능하지만 거들먹거리지 않았고 선배들에게나 후배들에게나 매너 있고 깍듯했다. 영무는 세웅을 멘토처럼 생각해 문제가 생길 때마다 조언을 구하곤 했다. 무엇보다 둘은 사내에서 가장 합이 잘 맞는 스쿼시 파트너였다. 둘은 일주일에 한두 번씩 만나 스쿼시를 즐겼다. 영무에게 스쿼시를 알려준 사람 역시 세웅이었다.

"승률을 높이려면 티존을 차지해야 해."

티존은 코트의 정중앙이자 공이 어느 쪽으로 날아가든

가장 빠르게 도달할 수 있는 최적의 포인트였다. 스쿼시는 다른 라켓 스포츠와 달리 강하게 때려 상대가 받지 못하게 하는 것이 승부의 기로가 아니었다. 끈질기게 랠리를 이어가다 상대의 빈틈을 공략하는 인내심이 필요했다. 인내심에는 지구력이 필요하다. 그러려면 게임 내내 효율적으로 움직이다 티존을 장악하는 것이 가장 중요했다. 하지만 티존을 차지한다는 것은 날아오는 공에 대한 신속하고 정확한 판단을 해야 함과 동시에 보이지 않는 뒤쪽을 두려워하지 말아야 한다는 뜻이기도 했다.

"마음이 초조하면 날아오는 공을 받아 치는데만 급급하지. 그러면 십중팔구 실수하게 돼. 그럴 땐 기다려. 어차피 지나간 공은 다시 나에게 돌아오게 돼 있어."

"여유를 가지라는 말씀이시죠?"

"그래, 여유를 가지고 티존에 머무르라고. 네가 급하게 움직이면 다음 수를 계산할 틈도 없이 상대의 공을 받게 되니까."

세웅은 영무의 의견서를 확인하고 삭제하는 게 낫겠다고 판단한 것 같다. 그렇지만 삭제하기 전에 왜 상의하지 않았을까 하는 서운함이 들었다. 세웅은 아마도 티존을 지킨 거겠지. 저스티스-44 시스템에 이의를 제기하면서 영무가 때린 강한 타구에 대한 답을 준 것이다.

"아주리. 괜찮으니까 오늘 연차 신청해줘."

─알겠습니다. 오늘 스케줄은 어떻게 할까요?

아침 해가 떠오르고 있었다. 안개도 거의 다 걷혔다. 공원 근처 2구역 건물들이 햇빛에 선명하게 모습을 드러냈다.

'그날의 판결은 정말 옳았던 걸까?'

우종이 심어둔 의문점이 된 사건이자 세웅이 삭제한 의견의 시발점이 된 사건. 그리고 연이어 발생한 오작동 사고. 어쩌면 모른 척하고 사는 게 편할 수도 있다. 사건의 유일한 교집합인 박도경은 이미 죽었고, 사고 조사는 종결되어 저스티스-44에게 불가역적인 데이터로 기록되었다. 비록 영무가 이의 제기를 하긴 했지만, 어차피 그 재검토 의견도 삭제되었다. 지금 영무가 가지는 의문은 단지 의문일 뿐이다. 지금은 모래 속에 바늘 하나만 남았다. 마치 처형당한 것 같던 박도경의 모습. 그것 하나만.

─오늘 스케줄은 어떻게 할까요?

"7구역 의료센터로 가야겠어. 박도경 담당의를 만날 거야."

*

초고도화된 뉴소울시티와는 어울리지 않는 낡은 건물 안, 페인트칠이 군데군데 벗겨지고 촌스러운 백열등이 줄줄이 달린 좁은 복도를, 박도경의 담당의 최준수가 걸어가고 있었다.

복도 끝 문을 열자 삐걱거리는 소리가 났다. 벽에는 녹색으로 칠해진 철제 로커들이 줄지어 있었다. 로커들은 하나같이 녹이 슬고 아귀가 맞지 않은 상태였다. 준수는 유일하게 이름표가 붙어 있는 자신의 로커 문을 열고 가방을 던져 넣었다. 그리곤 흰색 가운을 꺼내 입었다.

—5분 뒤 입실입니다. 서두르십시오.

정중한 남성의 목소리가 나왔다. 고스트가 재촉하는데도 준수는 여유롭게 담배 꺼내 물고 불을 붙였다.

"솔직히 나 없어도 되잖아."

—뉴소울시티는 여전히 의료 종사자를 필요로 합니다.

허연 담배 연기를 내뿜던 준수는 코웃음을 쳤다.

"의료 종사자는 개뿔."

준수는 점점 짧아지는 담배를 입에 물고 양손을 주머니에 넣으며 복도로 나왔다.

—2번 방입니다.

2번 방 윗쪽 모니터에는 '준비 완료'라는 글자가 표시되어 있었다. 들어가니 테이블 위에는 모니터 패널과 제어 장치가 단출하게 세팅되어 있었고 전면의 커다란 유리창 너머로 수술실의 전경이 보였다. 마취가 완료된 채 침대에 누워 있는 환자 옆으로, 자동화된 공장처럼 여러 개의 로봇 팔이 달린 기계 두 대가 자리하고 있었다. 의료 기술을 탑재한 로봇 닥터 '루크17'이었다. 루크17의 본체 앞쪽에는 환자의 심전도와 맥박을 측정하는 의료 기계들이 줄지어 있었다. 그리고 루크17이 집도하는 수술 장면은 준수 앞에 있는 모니터 패널로 모두 송출될 예정이었다.

─췌장암 4기입니다.

과거 대한민국 시대에 췌장암은 가장 고통스럽고 치사율이 높은 암이었다. 조기 발견도 어렵고, 발견하더라도 치료하기가 힘들었다. 하물며 4기라니.

"빨리 시작해야겠네. 오늘 할 일 많아."

준수의 말투와 행동은 상투적이었다. 오늘 대기 중인 수술만 오십여 건이 넘었다. 오전 중에 중상자들 수술을 다 끝내야 제때 퇴근할 수 있다. 준수는 모니터 앞에 재떨이를 놓고 테이블 서랍에서 위스키와 잔을 꺼냈다. 주머니에 있던 작은 케이스에서 에멘탈 꺼내 입에 넣고는 위스키와 함께 삼켰다. 그러자 고스트가 걱정스러운 목소리로 말했다.

―좋지 않은 습관입니다.

"수술 준비나 신경 써."

―그러다 사고라도 나면 수습이 힘들어집니다.

담배를 문 준수는 까칠해진 뺨을 긁어대며 킥킥 웃었다.

"내가 이 가운을 입은 지 12년이 됐어. 그런데 이 옷을 몇 번 빨았는지 알아? 일 년에 딱 한 번! 연례행사 같은 거였지. 이게 뭔 소린지 알아? 내가 할 일이 없다는 거야."

뉴소울시티의 의료센터 내에서 벌어지는 모든 의료 행위는 루크17에 의해 진행되었다. 루크17은 단순한 로봇 닥터가 아니라 의료센터를 움직이는 시스템이었다. 환자의 입원과 검진, 수술 준비는 물론이고 마취, 절개, 제거, 봉합 등 수술까지 모두 수행했다. 보조 인력도 필요 없었다. 심지어 환자 이동도 루크17이 했다. 이런 모든 일들을 수행하면서도 지금까지 단 한 번의 의료 사고도 없었다.

의사들은 루크17을 작동시키고 수술을 지시하는 일만 하면 되었다. 혹시 모를 오류나 고장에 대비해 상태를 체크하고 보수하는 엔지니어 같은 역할이었다. 몇 명 안 남은 간호사들 역시 잡무만 도맡아 하고 있었다.

"시작해."

준수의 말이 떨어지기가 무섭게 루크17이 움직였다. 루크17은 환자의 복부를 가르고 정교한 움직임으로 췌장을 찾아 수술을 집도했다. 위스키를 한입에 털어 넣은 준수는 얼굴을 찌푸렸다.

"해장엔 알코올이 제격이지."

그러고는 다른 의자에 다리를 올려놓고 크게 기지개를 켜며 말했다.

"월요일 아침의 우울함을 날려줄 음악 없나?"

―틀어드릴까요?

준수가 고개를 끄덕이자, 척 맨지오니의 플루겔혼 연주곡 〈Feel so good〉이 흘러나왔다. 그 옛날 유명했던 영화의 도입부였던 수술실 장면에서도 이 곡이 흘렀었다. 상황은 비슷하지만 완전히 달랐다. 외과 레지던트인 그 영화의 주인공은 이 곡이 몇 년도에 나왔는지 동료들과 내기를 하면서 자신의 명석함을 자랑했다면, 준수는 그런 명석한 모습과는 거리가 먼 의사였다.

―종양 제거 완료했습니다. 마무리하겠습니다.

곡이 끝나자 루크17은 수술을 마무리하고 환자를 다른 침대로 옮겨 실었다. 산소호흡기를 낀 환자의 상태는 안정되어 보였다.

"응. 올려보내."

수술실 뒤쪽 엘리베이터 문이 열리자 환자를 실은 침대는 레일을 따라 엘리베이터 안으로 들어갔다.

준수가 수술실에서 나왔을 때 그를 기다리고 있는 건 영무였다. 영무가 감사본부 직원이라고 밝히자 준수는 당황스러운 기색을 감추지 못했다. 일개 의사가 감사본부 직원과 독대하는 일은 흔치 않았기 때문이다. 영무는 준수를 안심시키기 위해 찾아온 용건을 분명하게 말했다.

"제가 원하는 건 정확한 사실입니다. 그거면 됩니다."

영무의 용건을 듣자 준수는 머뭇거렸다.

"잠깐 대화 가능하십니까? 기록되지 않는 대화를 하고 싶습니다."

영무는 먼저 준수에게 매치 없이 대화를 하자고 제안했다. 이미 영무는 매치를 차 안에 두고 내린 터였다.

"옥상으로 가시죠."

준수가 조심스레 말했다. 둘은 어두운 비상구 계단을 통해 옥상으로 나왔다. 준수는 영무를 옥상 한쪽에 있는 엘리베이터 통제실 쪽으로 안내했다. 통제실 벽에 붙어 있는 녹색 차양 아래로 들어간 준수는 습관처럼 담배 한 대를 꺼내 피웠다. 바로 옆에 재털이가 보였다. 침과 꽁초, 담뱃재, 커피가 뒤섞인 것을 보자 영무는 비위가 상했다. 영무는 준수와 좀 거리를 두고 섰다.

"여긴 CCTV가 닿지 않는 사각지대입니다. 다른 건물에 설치된 CCTV도 여긴 잡지 못할 겁니다."

준수의 설명에 영무는 고개를 끄덕이더니 사진을 내밀었다. 박도경의 사진이었다.

"이 사람, 본 적 있죠?"

"네. 박도경 이사. 얼마 전에 사고로 죽었다던데."

"맞아요. 알고 계시는군요."

"그 사고는 여기 담당이 아닙니다. 5구역 의료센터로 가 보셔야 할 것 같은데요."

영무는 사진을 주머니에 다시 넣었다. 잠시 주저하더니 위를 올려다보았다. 차양 사이로 보이는 하늘은 늦가을답게 짙은 파란색이었다.

"그건 저도 압니다. 사망 사고 말고, 그전에 있었던 사고에 대해서 듣고 싶어서 왔습니다. 오작동으로 인한 교차로 교통사고 말입니다. 그때 박도경 이사가 여기로 이송되었죠?"

준수는 입에 물었던 담배를 떼어 재를 털었다. 주저하는 듯했다. 그러다 조심스럽게 입을 열었다.

"봄쯤이었나? 비가 내리던 아침이었죠. 자고 있는데 호출이 와서 허겁지겁 수술실로 달려갔습니다. 그땐 그 사람이 박도경인지 몰랐습니다."

준수는 그날에 대한 기억을 담배 연기와 함께 하나둘씩 꺼냈다. 상태가 매우 심각한 환자가 이송되었고, 루크17이 환자를 수술실로 옮겨 부상 부위를 체크했다.

"수술을 막 지시하려던 참이었습니다. 그때 처음 겪는 일이 벌어졌어요."

"무슨 일이었습니까?"

"어떤 남자 두 명이 들어오더니 수술실을 가렸습니다."

전기련에서 나온 남자들이 모니터실로 들어와 수술실 창문을 블라인드로 막았다고 했다. 처음 겪는 일에 당황했지만 수술 장면의 일부만 보며 그렇게 마무리했다고 했다.

"환자의 데이터에서 이상한 건 없었나요?"

"글쎄요. 이상하긴 했죠. 보통 위급 환자의 경우에는 가족에게 알리기 위해 신원 조회를 하는데 조회 불가 통보가 나왔어요."

"그런 경우도 가끔 있었나요?"

"전혀요. 당시엔 수술이 잘 끝나서 저도 대수롭지 않게 받아들였어요. 박도경 이사라는 건 나중에 사망 기사를 보고 알게 됐고요."

준수의 말을 들었지만 뭔가 미심쩍은 부분이 아직 남아 있는 영무였다. 준수가 담배를 비벼 끄면서 마지막 연기 한 모금을 한숨처럼 내뿜었다. 굳게 닫힌 상자의 틈을 발견하는 순간이었다.

"데이터에는 나오지 않았지만 제 눈으로 봤을 땐 분명

했어요. 마티니 과다 복용자라는 게."

"그걸 어떻게 알 수 있죠? 데이터상에는 문제가 없는데."

"가끔씩 탈이 나서 들어오는 환자들이 있거든요. 퍼플 린 크루라고, 밖에서 나대던 젊은 놈들이 골골대면서 실려 올 때가 있어요. 8구역으로 파견 나갔을 때도 봤고요."

돔 8구역은 광장파 구역이었다. 거친 중년들이 밤마다 술에 찌들어 돌아다니는 동네이자 마티니가 곳곳에 퍼져 있는 삭막한 곳이었다. 또한 남덕현이 살해당한 곳이기도 했다.

"그러니까, 박도경이 마티니에 취해 있었다는 말씀이시 죠?"

"네. 이건 그쪽한테만 얘기하는 겁니다. 누가 듣기라도 하면 잘못된 정보를 흘렸다고 저를 신고할 수도 있어요. 어쨌든 그 정도 부상을 당하고도 고통스러워하는 기색이 전혀 없었습니다. 박도경 이사의 눈을 봤을 때 딱 알았죠. 취했다는 걸. 마티니도 여러 종류가 있는 거 아시죠? 각성 정도도 다르고. 독한 걸 섭취할 경우 정강이뼈가 부러져도 낄낄대고 웃거든요."

"그런데 데이터에는 그런 내용이 없었군요."

영무를 쳐다보는 준수의 눈빛이 또렷했다.

"그래서 저도 처음 경험해본 일이라는 겁니다. 누가 감히 저스티스를 의심하겠어요? 그런가 보다 하는 거지. 그래도 제가 본 걸 그대로 말씀드리는 겁니다."

"수술실에 들어왔던 사람들은 보안팀 직원들인가요?"

준수는 고개를 저었다.

"아니요. 보안팀 직원들은 박도경 이사 후송만 하고 돌아갔습니다. 둘 다 셔츠에 넥타이를 매고 그 위에 파란색 바람막이를 입고 있었어요. 처음 보는 복장이었습니다. 저한테 그러더군요. 환자의 개인 정보를 공개하지 않는 의사의 직업윤리를 철저히 지키길 바란다고 말이죠. 협박 같았지만 신경 쓰지 않았어요. 어차피 관심도 없었고 뒤탈 없이 퇴원했으니까요."

영무의 머릿속은 아직도 안개가 자욱했다.

"그런데 갑자기 궁금해졌어요. 저만 이상함을 느낀 게 아니었으니까. 누가 찾아왔었거든요."

"픽서 강우종 씨 말씀하시는 거죠?"

"아시는군요? 그분도 뭔가 확인하고 싶은 것 같았어요."

"갈등했겠죠. 맞기를 바라면서도, 맞는다는 것을 온전히 믿고 싶지 않았을 테니까요."

준수는 영무의 얘기를 알아들을 수 없었다. 손목시계를 확인했다. 벌써 10분이 지났다.

"무슨 얘긴지 모르겠지만, 아무튼 제가 본 건 그렇습니다."

"네. 고맙습니다. 외부로 발설할 일은 절대 없을 겁니다. 약속하죠."

영무는 돌아가는 발걸음을 떼었다.

"참, 박도경 이사 말인데, 화재인지 폭발인지로 숨이 끊기기 전까지 굉장히 고통스러웠을 겁니다."

준수가 말하는 바가 무엇인지 영무는 바로 알 수 있었다. 그 이미지가 자신을 여기까지 오게 했기 때문이다.

"대학 동기가 그쪽 의료센터 담당이라서 들었어요. 사고 이후 한 시간 정도는 숨이 붙어 있었을 거라고. 온몸의 뼈가 으스러지고 피부가 모조리 탔는데도 폐까지 타진 않았다더군요."

영무는 준수의 말을 뒤로 한 채 의료센터를 나와 차에 올랐다. 아주리가 기다리고 있었다.

─심각한 얘기라도 있었습니까?

"아니야. 별거 없었어."

─집으로 가시겠습니까?

"아니. 한 군데 더 들러야겠어. 돔 6구역으로."

그곳은 퍼플린 크루의 아지트가 있는 곳이었다.

─도세웅 팀장님으로부터 연락이 왔습니다.

영무는 왼손으로 관자놀이를 짚었다. 미리 얘기하지 않은 연차 신청을 그냥 넘길 리가 없을 것이다. 전화를 받자

도세웅의 얼굴이 홀로그램으로 떠올랐다.

"오영무 대리. 내가 어제 아침에도 말했던 것 같은데요."

지금 그는 가쁜 숨을 몰아쉬며 운동복 소매로 땀을 닦던 영무에게 물을 건네던 형이 아니었다. 대리라는 직급을 정확히 호명하는 건 공과 사를 구분하고 있다는 경고이기도 했다.

"연차를 말씀하시는 거라면, 비록 당일이긴 하지만 출근 전이니 반려는 안 되는 걸로 압니다. 팀장님."

"오 대리."

도세웅이 말을 자르는 건 흔치 않은 일이었다.

"이미 넘어간 데이터인데 긁어 부스럼 만들지 말죠."

"팀장님께서 제 재검토 의견서를 삭제하신 거 알고 있습니다."

"그건 내 권한 내에서 합당한 결정을 내린 겁니다. 오 대리는 절 팀장으로 인정하지 않는 건가요?"

"그런 게 아닙니다. 완벽하게 하기 위해서입니다."

"뭐를 말입니까?"

"저스티스. 이 도시 말입니다."

도세웅은 한숨을 내쉬었다.

"그걸 왜 오 대리가 합니까?"

"제 일이니까요. 저에겐 문제를 발견했다면 그것을 파

악하고 개선해야 할 직업적 책임이 있습니다."

영무의 확신에 찬 대답에 도세웅이 한 번 더 한숨을 쉬었다.

"알겠습니다. 지금 가고 있는 곳을 보아하니 멈출 생각은 없는 것 같은데, 아무 문제가 없길 바랍니다. 팀장이 대신 막아줄 수 있는 범위는 얼마 되지 않으니까요."

전화가 끊어졌다. 이미 영무의 은밀한 행동이 수면 위로 드러나고 있었다. 영무는 자신의 행동들이 더 알려지기 전에 사고의 실체를 파악하고 싶었다.

6구역의 휑한 강변 거리가 보이기 시작했다. 영무는 대로변에 차를 대고 내렸다. 늦가을의 강바람이 영무의 얼굴을 스쳤다.

낮이어서 그런지 펍이나 클럽 같은 유흥업소들은 문이 닫혀 있었다. 그나마 문을 연 가게는 허름한 편의점이었고 간식을 파는 트럭도 몇 대 보였다. 트럭에 앉아 있는 한 중년 남자에게 다가간 영무는 최대한 목소리를 낮추며 입을 열었다.

"마티니 좀 사고 싶은데."

중년 남자는 영무를 흘끗 보더니 피식 웃었다. 대꾸조차 하지 않고 눈길을 돌렸다. 영무가 이곳에 온 이유는 박도경과 마티니 사이에 어떤 연관성이 있지 않을까 하는 의심 때문이었는데, 문제는 영무의 태도나 말투가 이 거리와 어울리지 않는다는 것이었다. 게다가 아무리 암묵적으로 마티니를 용인하는 퍼플린 크루의 본거지라 해도 백주대낮에 모르는 사람에게 마티니를 팔 리가 없었다. 그들 나름대로 까다로운 신분 확인이나 거래 절차가 있었다.

열려 있는 식당, 카페, 허름한 가게를 돌아다니며 마티니 거래를 시도했지만 계속해서 낭패를 겪은 영무는 다리가 무거워졌다. 영무는 강이 보이는 카페에 자리를 잡고 시원한 에이드 한 잔을 시켰다. 땀을 식히며 시커만 강을 바라보았다. 가까이 가면 악취가 날 정도로 볼품없는 강이었다. 도세웅의 말처럼, 지금 자신이 평정심을 잃고 티존에서 벗어나 있는 것은 아닐까. 영무는 테이블 위에 매치를 올려두고 에이드를 단숨에 들이켰다. 그때였다.

한 사내가 영무의 매치를 낚아채 도망친 것이다. 영무도 재빨리 일어나 그를 뒤쫓았다. 심장이 요동쳤다. 훔친 매치를 어딘가 내다 팔지도 모른다. 누군가가 영무의 행세를 할 수도 있고, 영무의 사생활을 침범할 수도 있고, 분각을 빼돌릴 수도 있다. 무엇보다 영무의 매치에는 지금까지의 모든 행적이 들어 있다. 도세웅의 경고에도 불구하고 여기까지 왔는데, 그게 공개된다면 정말로 난처한 상황에 처할 것이다.

날치기는 영무를 조롱하듯 골목 사이로 빠르게 도망치더니 강변 쪽 옛 지하도 통로로 뛰어 들어갔다. 영무도 뒤를 쫓았다.

음습하고 한기가 느껴지는 통로 천장에서 물이 떨어졌다. 벽에 달린 전등들은 전력이 충분하지 않은지 깜빡였다. 영무가 헉헉대며 날치기를 뒤쫓았다. 그런데 그가 곧 속도를 줄이며 멈추었다. 그곳엔 몇 명이 더 있는 듯했다.

모습을 드러낸 건 퍼플린 크루였다. 날치기는 영무의 매치를 무리 맨 앞에 선 사내에게 넘기고 무리 뒤로 숨었다.

"이걸 찾나?"

매치를 쥔 사내가 다른 손으로 투명한 병을 흔들어 보였다. 딱 봐도 마티니였다.

"아니. 그걸 산 사람을 찾고 있는데."

영무는 떨거나 움츠러들지 않았다.

"겁이 없군. 여기가 어떤 곳인지는 알고 온 거야?"

우두머리로 보이는 사내가 가소롭다는 듯 웃더니 영무 쪽으로 어슬렁어슬렁 걸어왔다. 후드에 통이 큰 청바지를 입었지만 근육질의 풍채가 늠름해 보였다.

"우리 홈그라운드 분위기가 요즘 아주 개떡 같아. 특히나 너희 같은 놈들 때문에 말이야. 어설프게 들쑤시고 다니는 쥐새끼들. 니들은 강바닥에 처박혀서 나중에 변사체로 발견되면 그때 가서 후회하겠지."

사내는 영무의 멱살을 잡았다.

"니들이 그렇게나 찬양하는 전지전능하신 저스티스도 널 다시 살릴 순 없어. 어차피 그놈도 기계에 불과하니까."

신성모독이었다. 정의로운 세상이 도래했어도 이런 부정한 자들은 언제나 존재했다. 정의는 안중에도 없고 오직 자신들의 자유만 중요한 이들. 방종하고 타락하고 혼돈을 일으키는 자유. 그건 자유가 아니다. 불의이자 죄악이고, 은혜를 잊은 오만방자함이다. 영무는 차가운 눈빛으로 근육질 사내의 얼굴을 노려보았다.

"쓰레기들 같으니."

그러자 얼굴이 벌게진 그가 영무에게 주먹을 날렸다. 아슬아슬하게 피한 영무는 사내의 옷깃을 잡고 끌어당기며 무릎으로 그의 사타구니 안쪽을 공략했다. 순식간이었다. 균형이 흐트러진 사내가 바닥으로 강하게 내동댕이쳐졌다. 사내는 등으로 전해진 강한 충격에 일어나지 못했고, 이내 영무에게 멱살을 잡힌 채 캑캑거렸다. 패거리들이 움찔하며 당황하자 영무는 그 틈을 타 사내의 품에서 자신의 매치를 꺼내 챙겼다.

상황을 파악한 패거리들이 파이프와 철근을 쥐고 영무에게 다가왔다. 그러자 영무는 바닥에 있던 찌그러진 캔을 반으로 접어 날카로운 면을 근육질 사내의 경동맥에 갖다 댔다. 놀란 사내는 벌벌 떨었다.

"상황을 이렇게 만든 건 너희들이야. 허튼짓할 생각 마."

나직하게 말하는 영무의 경고는 강력했다. 캔이 닿은 사내의 목덜미에서 작은 핏줄기가 흘러내렸다.

"그만하죠. 어차피 죽이지도 못할 거면서."

갑자기 뒤에서 나타난 남자가 영무의 손목을 잡고 캔을 빼앗아 바닥에 획 던졌다. 무방비가 된 영무는 재빨리 일어나 그를 향해 다시 싸울 자세를 취했다. 그 남자는 두 손을 들어 싸울 의사가 없음을 드러냈다. 남자는 퍼플린 크루의 리더 유경철이었다. 경철은 패거리를 노려보며 말했다.

"너희들, 내가 분명히 경고했을 텐데. 문제 일으키지 말라고. 긁어 부스럼 만들면 내가 직접 저 강물에 처박아 준다고."

그러자 패거리들은 들고 있던 무기를 바닥에 내려놓고 쓰러져 있던 사내를 부축해 어둠 속으로 사라졌다.

영무는 여전히 경계심을 풀지 않았다. 경철은 매치로 누군가와 몇 마디 주고받더니 영무를 쳐다보며 물었다.

"그쪽이 오영무 대리가 맞습니까?"

경철이 리시버로 대화하던 이의 정체는 우종이었다.

"강우종 씨가 아는 분이라던데요."

강변 거리에 있는 오래된 양식의 건물 4층엔 게임 개발 스튜디오가 있다. 경철의 작업실이자 아지트였다. 경철은 자신을 찾아온 우종 일행과 막 대화를 나누려던 참이었다. 테라스 의자에 앉으려던 찰나, 마침 우종이 카페테리아에 앉아 있던 영무를 발견했던 것이다. 그러던 그때, 순간 날치기가 나타나며 일이 벌어졌고, 다급하게 경철이 쫓아온 것이었다. 사정을 들은 영무는 그제야 경계심을 풀었다.

*

경철의 작업실에서 영무를 기다리고 있는 건 두 사람이었다. 한 사람은 우종이었고, 다른 한 명은 재민이었다.

"오랜만이네요."

우종이 영무에게 인사를 건넸다. 그때 경철은 다급히 손가락을 입술에 대며 조용히 하라는 제스처를 취했다. 그러면서 영무의 재킷 안을 가리켰다. 그 뜻을 알아챈 영무가 자신의 매치를 넘겨주었다. 경철은 작은 금고 안에 매치를 넣고 잠갔다.

"설마 여기서 만날 줄은 몰랐어요. 이 동네엔 무슨 일로 오셨습니까?"

우종이 웃으며 말했지만 영무는 재민이 신경 쓰이는지

쉬이 대답하지 않았다. 영무의 눈초리를 느낀 재민은 먼저 악수를 청하며 말했다.

"전기련 홍보팀 사회부 기자 길재민입니다. 요즘 같은 세상에 기자가 별 필요 없다고들 하지만, 나름 사회 공익에 기여를 하고 있어요."

영무는 무표정한 얼굴로 목례만 했다. 민망해진 재민은 내민 손을 배에 문지르며 웃었다.

세 사람은 경철의 안내를 받으며 다시 테라스로 나가 원탁 테이블에 둘러 앉았다. 노을이 지고 있었다. 영무가 천천히 입을 뗐다.

"마티니 판매자를 찾으러 왔습니다. 오늘 7구역 의료센터를 갔다가 담당의로부터 교차로 교통사고에 대해 들은 게 있었거든요."

"7구역 의료센터요?"

우종이 눈을 크게 떴다.

"그땐 아무 문제도 없다고 하셨잖아요?"

우종이 처음 영무를 찾아왔을 때, 영무는 저스티스의 판결에는 오류가 없다고 확실하게 못을 박았던 게 떠올랐다.

"그랬었죠. 박도경 이사의 시신을 보기 전까지는요. 그런데 시신을 본 날부터 계속 그 모습이 떠올랐습니다. 이렇게나 희박한 우연이 한 사람에게 두 번이나 벌어질 수 있는 것인가 싶고. 오작동 사고로 판정이 났지만, 사고라기엔 뭔가 설명할 수 없는 기이한 느낌이 들었어요. 마치, 뭐랄까……."

"보복 살인 같은 거요? 하지만 그 누군가는 보이지 않고."

재민이 말을 거들었다. 영무는 고개를 끄덕였다.

"이 의문의 시작점으로 돌아가야겠다고 생각했어요. 그래서 우종 씨가 의문을 가졌던 교차로 교통사고부터 시작했죠. 그리고 그 사건에 대해 보고서를 올렸습니다."

"어떤 내용이었죠?"

재민이 두꺼운 안경을 밀어 올리며 물었다.

"교차로 교통사고에 대한 재조사를 요청했습니다. 당시 상황과 사고 요인에 대해서 말이죠. 우종 씨가 보여줬던 데이터까지 첨부했습니다. 하지만 윗선에서 삭제했죠."

"삭제요?"

우종은 믿을 수 없다는 표정을 지었다.

"네. 제대로 된 이유는 듣지도 못했어요. 그렇지만 이대로 끝낼 수는 없었습니다. 결국 혼자서라도 알아봐야겠다고 마음먹고 박도경을 담당한 의사를 찾아가게 된 거죠."

"거기서 제가 들은 것과는 다른 얘기를 들었나 보군요?"

"박도경 이사가 병원에 실려왔을 때 파란색 바람막이를 입은 두 사람이 와서 수술실을 보지 못하도록 통제했다네요. 이상한 일이죠. 그리고 의사의 말에 따르면, 박도경 이사는 마티니 과다복용이었을 거라고 했습니다."

봉인된 사건의 틈이 천천히 벌어지며 그 안에 있던 진실의 형체가 드러나려 하고 있었다.

"두 분은 여길 왜 오셨죠?"

재민이 주머니에서 쪽지를 꺼내 영무에게 건넸다. 영무는 짧은 글귀를 소리 내어 읽었다.

"이 도시는 결코 완벽하지 않다. 깨진 균형을 거짓된 우상으로 가리고 있을 뿐이다. 균열된 틈으로 흘러 들어오는 오물이 세상을 뒤덮기 전에 굳은 믿음을 깨라. 진정한 정의를 찾아라. 동굴에 빛을 비춰라. 인과응보의 고리는 끊어지지 않을 것이니. 반드시 저울의 균형은 제자리로 돌아올 것이다…… 이게 뭐죠?"

"제가 이곳에 찾아오게 된 계기죠."

재민이 짧게 대답했다. 영무는 다시 쪽지를 살폈다.

"밑에 암호 같은 것도 있는데요."

"그것 때문에 우종씨를 만나게 됐죠. 박도경 이사가 죽었던 장소에서 우종 씨를 만났거든요."

"이 쪽지는 누가 보낸 겁니까?"

그러자 재민은 어깨를 으쓱하는 제스처를 취했다.

"아직 못 찾았어요. 제가 사는 곳을 아는 걸 보면 언젠가

제 앞에 나타나겠죠. 지금은 무슨 사정인지 모르겠지만."

복잡한 머릿속을 하나씩 정리해 나가던 우종은 검지로 관자놀이를 툭툭 두드렸다.

"우리 세 사람이 가진 의문의 공통점은 두 건의 오작동 사고와 마티니군요."

"하지만 그게 무엇을 의미하는지, 무슨 연관성이 있는지 모르는 것도 공통점이죠."

영무가 응수하자 우종도 그간에 있었던 일들을 꺼내놓기 시작했다.

"솔직히 단념하고 있었어요. 저도 박도경에 대한 재조사 허가를 받지 못했거든요. 그런데 이상한 사건이 또 발생했어요."

돔 8구역에서 남덕현이 살해당한 사건. 화재 사고로 위장했지만 둔기 폭행이 결정적 원인이 된 명백한 살인 사건이었다.

"마티니가 살인 사건의 원인이 됐다는 게 저스티스의 판결이었어요. 저도 그렇게 봤고요. 그런데 경철 씨의 말이 계속 마음에 걸리더군요. 만든 것을 보지 말고, 만든 놈을 보라는 말이요."

남덕현의 살해 용의자인 서용주를 잡기 위해서 강변으로 왔을 때, 돌아가던 우종의 등 뒤에 외친 경철의 한마디가 계속 우종을 답답하게 만들었다. 그게 끝이 아니었다. 서용주는 자신이 A의 협박을 받고 심부름을 한 것뿐이라고 호소했다. 경철의 말과 서용주의 항변이 맞물려 있었다.

"그래서 A라는 사람을 찾던 중이었어요."

영무는 처음 듣는 얘기였다.

"A가 원하는 게 뭐였답니까?"

"매치요. 서용주한테 남덕현의 매치를 가져오라고 했다더군요. 매치를 찾다 몸싸움을 벌였고, 결국 그 과정에서 살인 사건이 벌어진 거죠."

"그 사건이 박도경 이사의 사고들과 무슨 연관이 있죠?"

"희박한 확률의 오작동 사고가 한 사람에게 두 번이나 발생한 이유가 오직 마티니 때문이라고 생각하시나요?"

우종이 도발적으로 묻자 영무는 다소 목소리를 높이며 되물었다.

"유일한 목격자이자 생체 정보를 접한 사람인 담당의의 진술이잖아요. 박도경이 마티니에 취해 있었다는 사실이요. 그럼 우종 씨는 그 사고들, 아니 사건들의 원인이 뭐라고 생각합니까?"

영무는 애써 격해진 감정을 추스르듯 어조를 낮추었다.

우종은 신중하게 입술을 뗐다.

"저는 판결 오류라고 생각합니다."

우종의 대답에 영무의 인상이 더 구겨졌다.

"판결 오류라니! 그게 말이나 됩니까?"

"영무 씨는 저스티스가 내린 모든 판결을 믿습니까?"

"당연하죠! 신이 내린 판결인데요. 그럼 우종 씨가 얘기한 살인 사건의 범인인 서용주를 만나서 물어볼까요? 정말로 저스티스의 판결에 오류가 있었는지?"

"만날 수 없어요. 얼마 전 〈1파운드〉의 주인공이었거든요."

재민이 슬쩍 끼어들며 대답했다.

영무는 자리에서 일어나 두 손으로 머리카락을 움켜쥐었다. 이제 남은 건, A와 그가 서용주에게 가져오라고 했던 매치였다.

"남덕현은 저도 압니다만."

경철이 끼어들자 세 사람 사이에 흐르던 냉기가 조금 바뀌었다.

"10개월 전인가, 이 거리가 시끄러워졌을 때 본 적이 있어요. 그땐 이름은 몰랐지만 얼굴은 또렷했습니다."

그러다 〈1파운드〉에서 남덕현이 서용주에게 살해당했다는 사실도 알게 됐다고 했다. 남덕현의 얼굴을 기억하고 있던 경철은 남덕현의 살해 사실을 알았을 때 통쾌함을 느꼈다고 했다.

"보는 순간 그런 생각이 들었죠. 뿌린 대로 거두는 법이라고. 저것이야말로 진정한 정의고 당연한 결과라고."

"진정한 정의요?"

우종은 고개를 갸우뚱했다. '정의'보다는 '진정한'이라는 단어 때문이었다. 남덕현은 피해자인데, 진정한 정의라니.

"네. 진정한 정의요. 아무리 세상이 정의로워졌다고 해도 그때만큼만은 아니었으니까."

원래 서핑 게임 개발을 하던 경철은 지금의 이 이국적인 강변 거리를 만든 장본인이었다. 이 거리를 지키기 위해 경철은 부단히 노력했다. 폭력이나 범죄 행위를 절대적으로 차단했고, 그러기 위해서는 주먹다짐도 불사해야 했다. 그렇게 싸우다 보니 어느 날부터 그를 따르는 사람들이 생겨 결국 지금의 퍼플린 크루가 된 것이었다.

퍼플린 크루라는 이름은 다소 반사회적이고 어두운 느낌이 나지만 사실 그들은 사회에 큰 물의를 일으킨 적이 없었다. 젊은 또래 집단이 소속감을 공유하며 해방감과 작은 일탈을 느끼기 위해 형성된 집단 정도에 불과했다. 가끔 마티니를 하긴 했지만 과용하지는 않았다.

"이 거리는 아무 문제도 없었어요. 그랬으니까 전기련과 저스티스도 이곳을 용인해준 거겠죠. 적어도 답답함을 해소할 도시의 숨통 정도로요."

사람들에게도 때론 넥타이를 끄르고 한없이 늘어질 여유가 필요하다는 것을 전기련도 알고 있었다. 그래서 이곳에 대해서는 자치권까지 인정해주었던 것이다. '그 일'이 있기 전까지는.

그 일이 있었던 날, 강물 위로 비가 흩날렸다. 해가 지고 어둠이 깔리자, 네온사인 아래로 사람들이 나타나기 시작했다. 그날 경철은 무리들과 함께 단골 클럽을 찾았다.

그런데 구석 소파에 앉아 있던 경철의 눈에 광장파로 보이는 이방인들이 들어왔다. 그들을 광장파로 본 이유는 옷차림 때문이었는데, 한 명은 슈트를 입고 있었고, 또 한 사람은 엔지니어들이 입는 점퍼를 입고 있었다. 광장파가 주로 입는 점퍼였고, 그 점퍼를 입은 남자가 바로 남덕현이었다. 술과 마티니에 만취한 듯한 둘은 사람들과 계속 부딪치고 언성을 높이며 경철의 신경을 건드렸다.

"저 자식들 좀 어떻게 해야 되는 거 아니야?"

때마침 클럽 관리인이 경철에게 하소연했다. 사람들에게 시비를 걸고 마티니까지 강매했다고 했다. 거기다 여자들에게도 치근덕대서 골치가 아프다고 했다. 그들이 치근덕대던 여자 중 한 명이 자기 동료들의 친구라는 걸 알게 된 경철은 조용히 일어나 그들에게 다가갔다. 소동을 일으키고 싶지 않았다. 그러나 남덕현 일행은 쉽게 물러나지 않았고, 술과 약물에 취해 욕설과 조롱까지 하면서 결국 몸싸움이 벌어졌다.

지금 생각하면 참아야 했지만, 흥분한 경철과 친구들은 남덕현 일행을 흠씬 두들겨 팬 후 무릎을 꿇렸다. 사람들이 보는 앞에서 그들의 머리를 바닥에 박았고 가지고 있던 마티니까지 빼앗았다. 얼굴이 피범벅이 된 남덕현 일행은 기진맥진한 상태로 마지못해 사죄했다. 이어서 둘은 클럽 바깥으로 내동댕이쳐졌다.

말하던 경철이 잠시 한숨을 쉬었다. 우종과 영무는 잠자코 듣는 중이었다.

"그러고 나서 남덕현이 무슨 짓을 벌인 거죠?"

재민이 질문하자 경철이 말을 이었다.

"술, 마티니. 그것뿐이었다면 쾌락에서 끝났겠죠. 그런데 거기에 분노 한 줌을 부어버리니 머릿속을 가득 채운 모든 감정은 분노로 바뀌었을 거예요."

클럽에서 쫓겨난 남덕현과 사내는 강변 거리 외곽을 따라 걸었다. 비에 홀딱 젖은 채 버려진 개들 신세가 된 그들의 눈에 한 여자가 눈에 들어왔다. 아까 클럽에서 이들이 치근덕댔던 여자였다.

둘은 그림자 속에 숨어 여자를 따라갔다. 이상한 낌새를 알아챈 여자가 도망쳤지만 결국 붙잡혀 옷깃이 찢기고 치욕을 당했다. 주위에는 도와줄 사람들도, CCTV도 없었다. 여자의 비명은 시커먼 허공 속에 삼켜졌다. 주변엔 폐수의 강을 옆에 낀 잡초와 갈대, 진흙밭뿐이었다.

여자는 상처 입은 몸으로 짐승들을 뿌리치고 다시 도심을 향해 달렸다. 카메라든 목격자든 눈에 띄어야겠다고 생각한 그녀는 무작정 큰길 쪽으로 달렸다. 저스티스의 손길이 닿는 곳으로 간다면 이 치욕을 조금이나마 갚아줄 거라고 생각했다. 네온사인이 가까워지고 대로변이 얼마 남지 않았다. 이제 길 하나만 건너면 될 것 같았다. 그리고 그 순간, 결국 여자는 사내의 손에 손목을 잡혔다. 여자는 소리를 지르며 사력을 다해 뿌리쳤고, 몸싸움을 벌이다 대로변 쪽으로 쓰러졌다. 그때였다. 빗길에 미끄러진 자동차가 그녀를 휩쓸고 지나간 것이다.

곧이어 고객서비스팀과 픽서들이 도착했다. 남덕현과 사내는 얼마 지나지 않아 붙잡혔다. 여자의 시신은 다음 날 재가 되어 폐수의 강에 뿌려졌다. 대로변의 CCTV에 찍힌 영상이 자료로 제출되었다. 저스티스의 판결은 평소처럼 반나절도 되지 않아 내려졌다.

―정황상 남자들의 접근이 사고 발생의 원인일 수는 있으나 판단할 수 있는 직접적인 증거, 물리적 충돌이나 의도가 명확하지 않다. 따라서 과실 치사 혐의 불충분으로

무죄를 선고한다.

경철은 그 결과를 받아들이기 힘들었다. 친구를 잃은 경철의 동료는 울분을 토했다. 무언가 잘못된 게 아닐까? 판결을 위한 데이터가 부족했던 것은 아닐까? 픽서가 조사를 제대로 하지 않은 건 아닐까? 거리에는 이러한 의심에 대한 풍문이 돌았다.

"한 가지 더 의문점이 있었어요. 가해자들이 현장에 있었다는 기록이 과연 없었을까요? 매치가 있었을 텐데."

둘 중 한 사람의 매치라도 켜져 있었다면 사건을 더 정확하게 분석할 수 있었을 것이다.

"그것만 있었어도 판결이 달라지지 않았을까? 지금도 그 생각을 해요."

"그건 희망 사항일 뿐입니다. 저스티스는 지금까지 단 한 번도 잘못된 판단을 한 적이 없습니다."

영무가 반박했다. 하지만 경철도 지지 않았다.

"당신이 아무리 감사본부 직원이라고 해도 그걸 어떻게 알죠?"

"데이터가 말해주고 있습니다. 저스티스 자체의 오류는 역사상 단 한 건도 없었거든요. 심지어 이의 제기조차 없었죠."

"경철 씨의 얘기를 들어보면 그 정도 의심은 할 수 있는 것 아닌가요? 너무 데이터만 과신하는 거 같은데."

끼어든 재민의 말에 기분이 나빴는지 영무의 어조가 더 높아졌다.

"경철 씨가 말한 건 불분명한 목격담과 추측성 이야기에요. 정황이 의심된다고 하더라도 목격담으로 잘 꾸며진 소설일 수 있어요. 지금까지 말했던 사고들, 거기에는 어떤 공통점이나 알고리즘도 없어요. 그냥 느낌이 이상하다, 심상치 않다, 이런 건 다 주관적인 겁니다. 제가 말하는 건, 적어도 확실한 실마리는 있어야 한다는 겁니다."

영무의 말은 틀리지 않았다. 오작동 사고부터 서용주의 범행, 그리고 경철이 말한 사건 사이에 어떤 교집합이 있는지 알 수 없다. 그러나 우종은 이 개별적인 세 가지 사건에서 하나의 공통점을 찾았다. 피해자나 주변인들이 하나같이 저스티스의 판결에 승복하지 않은 것이다.

"범죄 행위라고 판단된 상황에서 그렇겠죠. 그 밖의 경우에서는 오류가 있을지도 모르는 거 아닙니까? 막말로 지금까지 한 번도 오류가 없었다는 걸 증명하는 데이터가 있습니까? 박도경의 시신을 봤을 때 영무 씨도 무언가 느낀 건 사실이잖습니까?"

우종도 물러서지 않았다. 인공지능이 아무리 빅데이터를 축적한 지혜의 총아라고 해도, 인간만의 감각인 촉과

데자뷰를 이해할 수 있을까? 그 감각을 쓸모없는 것으로 치부할 순 없다. 인간의 촉 역시 경험이라는 알고리즘에 의해 도출된 일종의 값이다.

"그럼 어쩌자는 겁니까?"

"남덕현의 매치를 찾아보죠. 경철 씨의 말이 사실이라면 거기엔 A가 서용주를 협박할 수밖에 없었던 이유가 담겨 있지 않을까요? 그것만 확인된다면 우리의 의구심이 사실인지 망상인지 확실히 알게 될 거 아닙니까?"

우종의 말에 모두가 입을 다물었다. 재민이 안경을 벗어 옷소매로 렌즈를 닦으며 물었다.

"하지만 A라는 놈이 그 매치를 가만뒀겠어요?"

"그렇다면 A를 잡읍시다. 나도 같이할 테니까요."

경철이 함께하겠다며 호기롭게 말했다.

"함부로 움직이면 영영 숨어버릴 겁니다."

"우종 씨는 뭐 좋은 생각 없어요?"

재민이 묻자 우종은 팔짱을 끼고 한쪽 손으로 턱을 받치며 고민스러운 기색을 내비쳤다.

"그 비밀이 자신만의 것이 아니란 걸 알게 되면 우리 앞에 나타날 겁니다."

경철의 말이 사실로 입증된다면 A는 엄한 처벌을 받을 것이다. 그러나 그걸 증명할 남덕현의 매치는 사라졌다.

아마도 A가 파기했을 가능성이 높았다.

A라는 놈이 자신의 정체를 드러내게 되는 경우는, 자신의 범죄 행위를 다른 사람들이 알게 될 때이다. 증거를 없애야 하기 때문이다. 그러니 A를 잡고 매치를 확인하면 저스티스에 대한 이들의 의구심은 풀릴 것이다.

모두가 각자의 생각에 빠진 그때, 재민이 헛기침을 하더니 입을 열었다.

"제가 정리를 해봤는데요. 첫 번째, A를 언급했던 서용주의 말이 사실이라는 전제가 있어야 합니다. A라는 자가 실재한다는 것 말이죠. 그런데 이 명제만으로는 A가 경철 씨가 말한 사건의 가해자라는 것이 입증되진 않아요. 매치를 가져오라고 협박한 사실만 입증되니까요. 맞죠?"

우종과 경철은 고개를 끄덕였다. 영무는 그저 듣고만 있었다.

"두 번째, 남덕현의 매치에, 그날 그 여성에게 자행한 끔찍한 행위가 찍혀 있어야 해요. 이 두 가지 전제가 참이어야 합니다."

이번에도 두 사람은 고개를 끄덕였고 영무는 가만히 있었다. 정리하자면, 비가 오던 그날, 자신이 어떤 여자를 죽게 만들었던 행위가 남덕현에 매치에 기록되어 있고, 그 증거를 없애기 위해 서용주를 협박했다는 것이 사실이어야 한다는 것이다.

그런데 A가 누구인지 입증할 서용주는 이미 죽었다. 두 번째 전제를 입증할 남덕현의 매치는 증발했다. 순간 다른 방법이 없다는 것을 깨달은 우종과 재민, 경철은 침묵에 빠졌다. 하지만 영무는 달랐다.

"정 그렇게까지 해야겠다면, 직접 플로우 인 해봅시다."

"네?"

"트리빌딩으로 가서 자료를 가져와봅시다."

영무의 말에 우종은 내심 놀랐다. 영무의 말은, 자신에게 종교나 다름없는 저스티스에 대한 의심을 받아들이고 파헤쳐보자는 것과 같았으니까.

해가 강 너머로 완전히 사라졌다. 밤이 찾아오자 다시 강변 거리 네온사인 아래로 사람들이 모여들기 시작했다.

경철의 작업실 창밖으로 보이는 고층 빌딩들은 검은 비석처럼 빽빽하게 서 있었다. 그리고 한가운데에 서 있는 트리빌딩이 보였다. 아바리치아 시대를 연 모노리스이자, 뉴소울시티라는 에덴의 선악과였다. 그 열매 안에는 두 남녀의 죽음에 대한, 박도경의 타살 같은 기이한 죽음에 대한, 두 짐승에게 쫓기던 한 여성의 사고에 대한 진실의 씨앗이 박혀 있었다. 그리고 의구심이라는 뱀이 그 열매를 맛보라고 유혹하고 있었다.

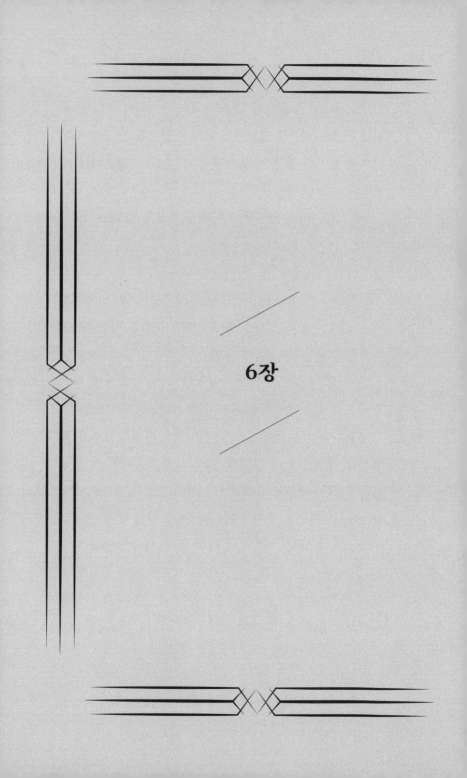

6장

메케니컬 터크

메케니컬 터크:

18세기에 발명된 인류 최초의 체스 로봇. 인간이 체스를 두면 앞에 앉은 터키인 인형이 그에 대응해 체스 말을 옮겼는데, 그것을 본 나폴레옹은 신기해하며 감탄했다고 한다. 그러나 훗날 그 기계 안에 사람이 들어가 대신 게임을 했던 것으로 밝혀졌다. 사람들은 기계 안에 어떤 장치가 있을 거란 의심은 하지 못하고 그저 눈앞에 보이는 인형에만 관심을 기울였다. 숨어 있는 사람이 누구인지, 그가 무슨 의도로 행동했는지조차 사람들은 관심이 없었다.

명길의 책상 위에 놓인 패널 위로 홀로그램 영상이 띄워져 있었다. 영상 속 인물은 두 명이었는데, 차양에 가려 얼굴은 보이지 않고 하반신만 보이는 상태였다.

"이것 외에 다른 각도에서 잡힌 영상이나 음성 기록은 없었습니다. 매치도 꺼져 있어서 달리 확인할 방법이 없었습니다."

김이석의 말에 송명길의 표정이 어두워졌다. 김이석의 직책은 과장이었지만 전략기획실이라는 부서의 특성을 감안하면 다른 계열사의 본부장 급이 되는 고위 간부였다. 그런데도 뉴소울시티라는 새로운 세상을 만든 송명길 앞에만 서면 김이석은 움츠러들곤 했다.

"저 사람, 그때 그 의사 맞죠?"

"네. 박도경 이사님께서 교통사고를 당하셨을 때 담당했던 의사입니다."

"옆에 있는 사람은?"

"감사본부 소속 오영무 대리라고 합니다."

명길은 책상 위를 손가락으로 툭툭 두드렸다. 이 도시 시민들에게 매치는 신체나 다름없는데 그런 매치까지 꺼두고 CCTV 사각지대에서 대화를 했다는 사실이 명길은 불쾌했다.

"리버레이션도 지금 상황에선 소용없다는 거죠?"

"네. 그리고 그건 약간 문제가 될 소지도 있습니다."

대답하는 이석의 목소리가 미세하게 흔들렸다.

"문제가 될 소지라뇨. 이 상황이 나중에 더 큰 문제가 될수도 있습니다. 시스템의 문제보다 더 큰 문제가 뭡니까?"

송명길의 추궁에 김이석은 숨소리마저 거칠어졌다.

"제가 드리는 말씀은 뉴소울시티의 정신을 지키고자 함입니다. 고객들의 사생활을 지키는 것이 뉴소울시티의 정신이라 판단되어서 말입니다."

더듬거리면서도 할 말을 하는 이석을 보던 명길은 헛헛한 웃음을 터뜨렸다.

"김 과장은 살면서 빈틈이란 게 전혀 없었나 보죠?"

"물론 그런 건 아닙니다. 다만,"

갑자기 명길이 자리에서 일어섰다. 그는 집무실 안쪽 커다란 통창으로 다가가 밖을 내려다보았다. 명길의 앞으로 높은 건물들이 즐비한 돔 1구역의 전경이 펼쳐졌다. 맞은편엔 검은색 트리빌딩도 보였다.

"김 과장, 우리가 탄 배에 난 작은 구멍이 큰 구멍이 되어 모두가 가라앉을 절체절명의 순간을 맞이하게 된다면, 그때도 지금처럼 말할 수 있겠습니까? 절차와 도덕성을 운운하면서 말입니다."

이석은 창밖을 보고 있는 명길의 뒷모습에서 차가운 기운을 느꼈다. 그가 이 자리까지 오게 된 것도 바로 이 차가움 때문이리라.

"그 무엇보다도 생존할 수 없다면 모든 건 다 부질없는 것이죠. 개똥밭에 굴러도 이승이 좋다고 하잖습니까?"

더이상 대꾸할 말이 없었다. 이석이 아무 말도 하지 않자 명길은 다시 뒤를 돌았다. 그리고 이석을 쳐다보며 인자한 미소를 지었다. 손주를 타이르는 할아버지처럼.

"김 과장, 고생이 참 많지요? 내가 잘 압니다. 그래도 좀 더 고생합시다. 뉴소울시티라는 배가 안정될 때까지."

이석은 고개를 숙였다.

"오영무라는 저 친구, 당분간 잘 지켜보세요. 그가 무엇을 찾고자 하는지 확인될 때까지."

김이석이 나가고 혼자 남은 송명길은 께름칙한 기분을 떨치지 못했다. 그 감사본부 직원이 캐고 다니는 건 죽은 박도경에 관한 일이었다. 그 일 때문에 여간 곤혹스러운 게 아니었다. 류신 의장의 대척점에 선 박진형 총수의 아들이 시스템 오작동으로 사망했다는 게 전기련 최고 회의에서도 문제가 되었기 때문이다. 박진형 총수는 안 그래도 전기련 의장 자리를 호시탐탐 노리고 있었다. 아들의 죽음은 그런 그에게 대의명분을 줄 수도 있는 일이었다. 류신 의장도 박진형의 욕망을 모르는 바가 아니었다. 그러나 전기련 내에는 절대 분쟁이나 균열이 생기면 안 된다는 것이 류신의 생각이었다. 탐욕을 위한 싸움은 결국 대한민국처럼 종말을 맞게 할 것이 불 보듯 뻔했기 때문이다. 류신 의장은 사고 이후 공식적으로 박진형에게 사과의 뜻을 전했다. 매우 이례적인 일이었다. 그것만으로도 전략기획실 내에 긴장감이 팽배해졌다.

그러나 일이 쉽게 풀릴 것 같지 않았다. 저 직원은 왜 이미 종결된 교통사고를 캐고 다니는 걸까? 그 사고에서 무엇을 찾았길래? 명길은 행여 '그것'이 노출이 되지 않았는지 확실하게 확인해야겠다고 생각했다.

*

─451. 현재 110BPM. 21층 돌파했습니다. 조금만 더 힘
내세요!

활기찬 남성 목소리가 이한의 귓가에 울렸다. 이한의 고
스트 목소리였다. 헉헉대는 숨소리가 계단을 따라 울렸다.
구레나룻을 타고 땀이 흘렀다. 허벅지는 누군가가 커다란
손으로 움켜쥐는 것처럼 저렸다. 이한은 숨을 고르며 돋보
기처럼 두꺼운 안경을 밀어 올렸다.

전기련의 연구개발팀 팀장인 이한은 한 달 전부터 회사
의 계단을 오르기 시작했다. 요즘 부쩍 살이 찐 탓에 아내
의 걱정 담긴 잔소리가 있기도 했고, 계단 오르기가 혈압
에 좋다는 고스트의 권고도 있어서였다. 5분 정도 되는 곡
여섯 개를 연달아 들으며 30분 정도 계단 오르기를 하는
것이 요즘 한의 루틴이었다. 저스티스-44를 관리하는 연
구개발팀은 일의 특성상 업무 중에는 개인 고스트를 쓸 수
없었다. 그들의 근무지 자체가 저스티스-44의 내부였기
때문이었다.

트리빌딩 내부는 관할하는 돔에 따라 각각의 셀로 나뉘
어 있었고, 셀은 구역을 관장하는 수많은 인공지능 하드웨
어로 채워져 있었다. 셀들은 사람의 신체처럼 연계되어 있

었는데, 중앙에 있는 한의 연구실은 저스티스-44의 심장이자 뇌라고 볼 수 있었다. 한을 포함한 여덟 명의 연구원이 각 셀을 담당하고 있었다.

듣고 있던 브루벡의 피아노 선율 위에서 가볍게 뜀박질하던 데스몬드의 색소폰 소리까지 이어지던 음악 소리의 볼륨이 갑자기 작아졌다. 전화가 온 것이다.

명길이었다.

"혹시 시스템에 관해서 보고할 문제는 없나요?"

최근 들어 명길은 자주 전화를 걸어왔다. 한은 그 이유를 대충 짐작하고 있었다.

"이상한 점은 발견되지 않았습니다. 여전히 저스티스-44는 논리 구조대로 작동하고 있습니다."

한은 이마에 맺힌 땀을 닦으면서도 추위를 느꼈다. 계단 복도의 공기가 꽤 차가웠다. 저스티스-44를 유지시키기 위해 트리빌딩은 365일 24시간 전력을 사용했는데, 그 열을 식히기 위해 건물 곳곳에 설치된 냉각기에서 찬 공기를 뿜어댔던 것이다.

"아무런 문제가 없는데 왜 자꾸 그런 일이 생기는지 이해할 수가 없군요."

"한 번 더 확인해보겠습니다. 하지만 현재로는 이상이 없다는 것이 제 결론입니다."

명길은 박도경 이사의 사망 사고에 대해 말하고 있었다. 사고 이후 꽤 시간이 흘렀는데도 또 확인했다. 상부의 지시이기에 한도 매일 오작동 사고와 연관된 저스티스 내부의 시스템을 점검했지만 별다른 오류는 없었다. 사고들은 마치 길을 걸어가다 돌부리에 걸려 넘어지는 것처럼, 돌발적이고 일시적인 오류로 인한 것이었다.

"확인만 해선 안 됩니다. 이런 일들은 예방이 중요하지, 벌어지고 난 뒤에 수습하는 건 의미가 없습니다."

"노력해 보겠습니다."

오작동 사고를 미리 막으라니. 비행기가 난기류에 흔들리는 걸 미리 막을 수 있을까? 다른 선택지가 없는 한은 마지못해 대답했다. 명길은 그 대답이 만족스럽지 않은 모양이었다.

"노력가지곤 안 돼요. 확실한 결과가 있어야만 합니다. 지금 말들이 너무 많아요."

최근 일 년 사이 오작동 사고가 급증했다. 건수가 많지 않아서 눈에 띄지는 않지만 증가 추세인 건 확실했다. 그러나 명길이 염려하는 건 오작동 사고의 증가뿐 아니라 그 사고의 피해자들이 대부분 전기련 회원의 친인척들이라는 점이었다.

"혹시라도 그 코드에 이상이 있는 건……."

"그것 역시 문제가 없었습니다. 아직도 제 기능을 하고 있습니다."

명길의 표정이 속내를 가리는 가면처럼 무표정해졌다. 명길은 다시 한번 사안의 중대성을 강조하고는 전화를 끊었다. 이한의 귀에 다시 색소폰 소리와 경쾌한 건반 소리가 들려왔다.

다시 계단을 오르는 한의 머릿속은 복잡했다. 분명 저스티스는 완벽하다. 0.001% 오류 발생율로 완벽하지 않다고 할 수 있을까? 범죄 사건도 마찬가지였다. 저스티스-44의 도입으로 범죄 사건 해결율은 거의 완벽에 가까워졌다. 그게 범죄 발생 건수가 제로가 된 것을 뜻하는 건 아니었지만. 그래도 한은 저스티스-44에 관해서 자부심이 넘쳤다. 학부 시절부터 저스티스-44에 대해 연구했고, 결국 저스티스-44를 관리하는 연구개발팀 팀장에까지 올랐다.

한은 사고들을 자주 분석했다. 그가 주로 확인한 건 오작동 사고의 피해자들, 그중에서도 전기런 회원들의 친인척들이나 유명인들이었다. 그들은 하나같이 오작동 사고를 두 번이나 겪었다. 박도경처럼 사망하는 경우는 별로 없었지만 대부분 심각한 중상을 입고 후유증에 시달리고 있었다. 계단을 오르는 한의 다리가 더 무거워졌다. 풀리지 않는, 잡히지 않는 무언가를 향해서 가는 듯이.

자동차 조수석에 앉아 창틀에 기대 턱을 괴고 있던 우종은 앞에 있는 웅장한 트리빌딩을 물끄러미 쳐다보았다. 트리빌딩 앞은 영무가 근무하는 감사본부보다 경비가 더 삼엄했다. 감색 정장에 선글라스까지 착용한 그들의 재킷 안으로 얼핏 권총이 보였다.

"막상 오니 두려워요?"

운전석에 있던 영무가 흘끗 우종을 보며 물었다. 몇 초가 지났을까, 우종이 입을 열었다.

"물론 두렵죠."

"우종 씨가 고집스럽게 주장한 거 아닌가요? 그런데 두렵다니. 이럴 줄 몰랐다고 하기엔 너무 무책임한데요."

"그런 두려움이 아닙니다. 제가 믿은 세계가 무너질 것 같은 예감에 대한 두려움이죠."

사람들에겐 각자 두려운 존재들이 있다. 어두운 심해의 공포, 아찔한 높이에서 느끼는 공포. 누군가에는 달콤한 복숭아가 누군가에게는 소름 끼치는 두려움이 되기도 한다. 그러나 이런 것들은 극복이 가능하기도 하다. 정말로 극복이 불가능한 것은, 자신이 믿던 세상의 전복이다. 신념, 이념, 종교, 가치관, 자신이 믿었던 사후세계 같은 것들의 전복. 우종은 의문의 해소를 바라면서도, 동시에 그것이 자신의 세계를 위협할까 두려워하고 있었다.

"저도 마찬가지입니다. 하지만 지금 우리가 여기서 하는 일이 어쩌면 우리가 믿는 세상을 위한 일인지도 몰라요."

트리빌딩에 대한 감사 요청 파일을 받은 도세웅은 영무와 눈도 마주치지 않았다. 이제부터 혼자 감당하라며 무뚝뚝하게 말했다. 지시를 따르지 않은 부하 직원의 독단적 행동이라고 보고할 거라고 했다. 영무는 대답하지 않는 것으로 대답했다. 결재가 떨어지자, 영무는 도세웅의 한숨을 뒤로한 채 사무실을 나섰다. 그리고 우종에게 감사 허가 공문을 보냈다.

"저는 평소와 다름없이 감사를 진행할 겁니다. 중요한 건 우종 씨에게 달렸어요."

"유경철이 말했던 A에 관련된 자료들은 그냥 요청하면 되는 것 아닌가요?"

영무는 잠시 주저하는 듯했다. 스스로 정한 원칙을 저버려야 하는 상황에서 나오는 그의 습관이었다.

"그럼 보고가 올라갈 겁니다. 그렇게 되면 A의 귀에 들어갈 수도 있어요."

"A에 대해서 감이 잡히는 게 있나 보죠?"

영무는 핸들에 두 손을 걸치고 등을 완전히 기댔다.

"생각해봐요. 죽은 서용주와 유경철의 말대로라면, A는 저스티스의 처벌 따위 아랑곳하지 않았어요. 제 생각에 아마도 그는, 전기련, 그중에서도 꽤 높은 권한을 가진 사람일 겁니다. 그러니까 A 관련된 자료를 청구하면 통과하지 않을 확률이 높아요. 그러니 이런 방법밖에는 없어요."

우종은 밀려오는 부담감에 깊은 한숨을 내쉬었다.

"산소통 없이 잠수하는 거나 다름없네요."

고스트를 이용하지 않고 저스티스의 리버레이션에 직접 플로우 인을 해야 한다. 그리고 발각되기 전에 A로 추정되는 자와 여성의 교통사고 기록을 찾아야 한다.

목격자로 예상되는 남덕현은 이미 죽었지만 남덕현의 매치에 찍힌 기록은 아직 남아 있을 것이다.

매치를 끄고 차에서 내린 우종과 영무는 트리빌딩을 향해 걸어갔다. 영무의 코트 위에 내려앉은 눈은 보풀처럼 붙었다가 흔적도 없이 녹았다.

1층 로비에 들어서자 바깥 공기와는 결이 다른 스산한 공기가 두 사람을 맞이했다. 영무와 우종은 보안 요원에게 공문을 보여주고 안으로 들어갈 수 있었다.

엘리베이터는 유리로 되어 있어서 트리빌딩 내부를 한눈에 확인할 수 있었다. 다양한 모양의 거대한 셀들이 건물의 내벽을 따라 달려 있었다. 셀이란 케이블이 달린 커다란 구형 금속 공간인데, 각 셀의 모양이 다른 이유는 처리해야 하는 정보량이 다르기 때문이었다. 이 기능을 확장하려면 둥근 막대기처럼 생긴 검정색 인공지능 슬롯을 추가하고 연결해야 했는데, 각 구역마다 처리할 데이터 양도 다르다 보니 추가된 인공지능 슬롯 수도 다를 수밖에 없었다.

트리빌딩 2층 밑바닥에서 연결된 수많은 철제 계단들이 각각의 셀 입구에 연결되어 있었다. 보기만 해도 아찔한 그 계단은 웬만한 강심장이 아니고는 오르기 힘들 듯했다. 셀들은 트리빌딩이라는 몸통을 이루는 장기들처럼 보이기도 했다. 각각의 셀은 케이블로 혈관처럼 복잡하게 연결되어 있었다.

들어가니 한이 그들을 기다리고 있었다.

"굳이 감사까지 할 필요가 있습니까? 저희가 따로 보고서를 올릴 텐데."

"직접 확인을 좀 해야겠습니다."

영무는 차분하게 대답했다. 감사를 위해 저스티스의 속을 들여다보는 행위는 저스티스를 만들고 지켜온 이들에게는 신성모독으로 여겨질 터였다. 한은 못마땅한 듯한 표정으로 안내했다.

연구개발실 한쪽 벽면을 가득 채운 모니터 패널 위로 복잡한 수치들이 떠 있었고, CCTV나 자백, 진술 영상 같은 다양한 영상들도 나오고 있었다. 영무는 이 영상들을 하나하나 확인하기 시작했다. 사고 영상이 보이면 바로 선별해서 확대하고 살펴보기를 반복했다.

"이미 결론이 난 부분을 다시 확인하는 건 너무 무의미한 거 아닙니까?"

한이 비아냥댔다. 영무의 눈썹이 치켜 올라갔다.

"최근 일 년 동안 오작동 사고가 증가했어요."

"의미 없는 수치입니다. 하루 동안 뉴소울시티에서 사고가 발생할 확률이 얼만지 압니까? 저스티스가 있으니까 그 정도 수치가 유지되는 겁니다."

"의미 없는 수치라뇨? 사람의 목숨이 달린 일입니다."

한은 순간 말문이 막혔다. 그런 의도는 아니었지만, 언쟁에서 이기기 위해선 꼬투리를 잡혀서는 안 된다.

"그렇게 극단적으로 해석하시면 곤란한데요."

"방해가 되는군요. 모두 나가주시죠."

영무는 한의 말을 끊고 직원들에게 퇴실을 요구했다. 한은 대놓고 불쾌감을 드러냈다.

"시스템 관리자로서 공백이 생기면 문제가 생길 수 있습니다. 그럼 책임지실 겁니까?"

"원칙에 따른 겁니다. 시스템 모니터링은 원래 저희가

하던 일이기도 하고요."

영무도 물러서지 않았다. 한을 비롯한 연구개발실 팀원들은 영무와 우종을 노려보며 신경전을 벌이다 퇴실했다.

"우종 씨, 30분 드릴게요. 그 안에 빼내야 합니다."

영무의 말이 끝나기가 무섭게 우종은 연구개발실을 나와 저스티스의 뼈대 위를 달렸다. 영무가 한과 신경전을 벌이고 연구개발팀 직원들을 모두 퇴실시킨 것은 우종에게 시간을 벌어주기 위해서였다.

유경철이 얘기했던 강변 거리 사건 데이터를 얻기 위해선 돔 6구역 셀로 가야 했다. 우종은 철제 계단을 오르기 시작했다. 하필 수포같이 생긴 구들로 이루어진 돔 6구역 셀은 건물 최상부에 고드름처럼 불규칙하게 매달려 있었다. 그중 가장 큰 구에 붉은색 한자로 '六'이라고 크게 적혀 있었다. 우종의 다급한 발소리가 불안하게 울려 퍼졌다. 우종은 난간 밖으로 떨어질 것 같은 아찔함을 느꼈지만 지체할 시간이 없었다. 막상 저스티스의 거대한 외관을 보자 자신의 의심이 끔찍한 결과를 초래하는 것은 아닐까, 이렇게 거대한 지성에 도전하는 것이 역사상 최악의 어리석은 짓으로 기록되는 것은 아닐까 하는 생각까지 들었다.

우종은 간신히 돔 6구역 셀에 도착했다. 온몸은 땀범벅이었고 심장은 튀어나올 것처럼 요동쳤다. 우종은 중앙에

서서 셀 안에 구비된 리넥터를 썼다. 그러자 슬롯에서 리넥터로 전송된 자료 파일과 영상 클립들이 혼란스럽게 떠올랐다.

사실 한은 영무가 찾아온 속내를 꿰고 있었다. 다만 영무가 무엇을 찾고 있는지 확실히 파악하기 전까진 행동하지 말라는 명길의 지시를 따르고 있던 것뿐이었다. 한도 알고 있었다. 자신과 팀원들도 찾지 못한 무언가를 저 건방진 놈이 찾아냈을지도 모른다. 하지만 확실하지 않다.

그동안 한은 박도경의 오작동 사고를 조사해왔다. 첫 번째 사고에 대해선 확실히 알고 있었지만, 두 번째 사고가 났을 때는 한도 당황했다. 예상치 못한 일이었기 때문이다.

한편 우종은 자료의 홍수 속에서 허우적대고 있었다. 강변 거리에서 있었던 사고가 꽤 많아 하나씩 확인하기엔 시간이 부족했다. 시간이 얼마나 남았지?

—우종 님, 상황을 설명해주세요. 그런 식으로 찾는 건 해변에서 바늘 찾기나 다름없습니다.

곤의 목소리에 우종은 아차 싶었다. 시간을 확인하려다 매치를 켠 것이다.

—여기 들어온 지는 24분 정도 됐어요.

그러나 지금 꺼봤자 상황은 달라지지 않는다. 어쩔 수 없이 우종은 곤에게 강변 사건에 대해 설명했다.

―영상은 찾아서 저장했으니 어서 나가죠. 보안팀이 올라올 기세네요.

곤은 우종이 찾는 영상을 1초 만에 찾아냈다. 아마 우종 혼자였다면 불가능했을지도 모를 일이었다.

셸 밖을 나섰을 때, 아래쪽에서 나는 발소리가 꼭대기까지 들려왔다. 어서 돌아가야 했다. 그러나 계단을 보자 가파른 절벽 끝에 선 것 같은 공포가 몰려왔다.

*

한의 고스트가 연구개발실이 아닌 다른 셸에서의 움직임을 감지했다. 그는 곧바로 보안팀 직원들과 함께 연구개발실로 올라갔다. 그리고 연구개발실의 문을 열었을 때, 자료를 확인하는 영무를 맞닥뜨렸다. 옆에는 우종이 서 있었다. 한은 두 사람 사이에 뭔가 미묘한 공기가 흐르는 것을 느꼈다.

"이렇게 오래 걸릴 일이 아닌 것 같은데요. 확인해본다던 오작동 사고는 건수도 많지 않잖아요?"

"표본이 되는 사고 사례는 적지만 그 수가 증가하는 추세이기 때문에 일일이 확인해봐야 했습니다."

영무는 무표정한 얼굴로 목적을 숨기고 필요한 말만 대

답했다. 그러나 영무의 대답이 연구개발팀의 무능을 은근히 비난하는 듯하자 한의 얼굴이 붉게 달아올랐다. 영무와 우종은 한을 지나쳐 밖으로 나왔다.

"멀리 벗어났으면 좋겠어요. 숨이 턱 막혀요."

자동차 조수석에 앉은 우종은 코트를 벗으며 말했다. 우종의 셔츠는 땀으로 흠뻑 젖어 있었다. 건물을 어떻게 빠져나왔는지 기억이 안 날 정도였다.

사건 자료를 찾았냐는 영무의 물음에, 우종은 잠시 머뭇거리다가 찾았지만 매치를 켰다고 실토했다.

"뭐라고요? 내가 그렇게 신신당부를 했는데!"

"미안해요. 시간을 보려다가 실수로 켰습니다. 그렇지만 어쨌든 우리가 원하는 자료는 찾은 셈이에요."

"이 일은 철저하게 비밀리에 진행하기로 했잖습니까? 설령 우리의 가설이 틀려도 원래대로 돌아갈 수 있도록 말이에요. 그런데 매치를 켰으니, 저들도 알게 되겠군요. 우리가 어떤 데이터를 보려고 했는지."

차 안에 정적이 흘렀다. 연구개발팀이 자신들의 목적을 알게 된다면 그들은 다시 일상으로 돌아가지 못할 수도 있다. 어쩌면 이 계획 자체가 원래부터 불가능했던 건 아니었을까.

재민의 집에 도착한 우종과 영무는 잡담 없이 본론으로

들어갔다. 먼저 확인한 것은 영무가 가지고 나온 오작동 건수와 거기에 연루된 사람들의 상세 프로필이었다.

이제껏 뉴소울시티에서 발생한 오작동 사고는 30건으로 그중 대부분은 최근 일 년 사이에 벌어진 일들이었다. 사망 사고도 좀 있었는데 사망자들의 직업과 성별, 나이가 제각기 달랐다.

그러다 세 사람의 눈에 들어온 것이 있었다. 오작동 사고 사망자가 모두 저스티스의 판결을 받은 전적이 있다는 것이었다.

그리고 또 하나의 공통점이 있었다. 그들 모두가 전기련 회원들의 친인척이라는 점이었다.

"꼭 전기련에 원한을 가진 사람이 벌인 짓 같네요."

우종이 말하자 영무가 고개를 저었다.

"아직 단정할 수는 없어요. 오작동 사고가 어떤 목적을 가진 고의성이 있다는 증거는 어디에도 없으니까."

"증거는 없지만 결과는 그렇게 말하는 것 같은데요?"

재민은 들고 있던 감자칩을 입에 넣고 가루 묻은 손을 털었다. 우종은 머리가 또 아프기 시작했다.

"기왕 이렇게 된 거, 시간이 걸리더라도 해봅시다. 가설이 참이든 거짓이든 확실한 답을 얻을 때까지 말이죠."

영무가 말했다. 처음으로 먼저 독려하는 영무를 보자 우종은 조금 이상한 기분이 들었다.

"오늘 밤 일찍 자기는 글렀네."

농담조로 투덜대던 재민은 냉장고에서 화이트 와인 두 병과 과자를 꺼냈다. 오늘 밤을 지새울 에너지원이었다.

셋은 오작동 사고들의 상황을 좀더 면밀히 확인하며 의견을 주고받았다. 사고 하나를 검토하는데도 시간이 꽤 걸렸다. 상황의 영상을 여러 가지 모드와 각도로 확인하고 저스티스의 판결문도 읽어야 했기 때문이었다. 이상한 점은 보이지 않았다. 엘리베이터 추락, 가전기기 폭발, 전기 누전 등 어디서든 발생할 수 있는 사고들이었다.

어느새 거실 커튼 밖 세상은 완전한 어둠에 잠겼다. 와인이 한 병도 채 비워지지 않았는데 시간은 새벽으로 향하고 있었다.

"드디어 A 차례군요."

모니터 패널에 우종의 매치를 연결하던 재민은 짐짓 진중한 목소리로 말했다. 이번 자료는 정말 중요하기에 이전보다 더 집중해야 한다고 경고하는 것 같았다. 우종이 간신히 빼온 A와 연관된 사건을 재생했다.

1분 정도 되는 짧은 영상 속에서, 빗속에서 도망치는 여자의 뒷모습이 보였다. 그녀를 뒤쫓는 남자의 뒷모습도 보였는데, 그가 아마도 서용주가 말한 A인 듯했다. 겁에 질린 채 살려 달라는 여자의 간절한 외침이 재민의 거실에 울렸다. 결과를 알고 있음에도 우종은 그녀가 벗어나기를 간절히 바랐다. 그러나 그 기대를 무참하게 박살내며 A는 여자를 붙잡았다. 여자는 도망치려고 발버둥쳤고, A의 손을 뿌리치는 데 성공했다. 그 순간이었다. 의도적인 것과 의도치 않은 것, 그사이의 미묘한 순간 같은.

"잠깐만요. 충돌 전 두 사람의 움직임을 봐요."

우종은 놓치지 않았다. A의 손을 뿌리치는 순간 여자는 중심을 잃었다. 언뜻 보기엔 약에 취해 있던 A의 힘도 작용한 것처럼 보였다. 애석하게도 그때 차가 달려왔다. 차량에 치인 여자는 10여 미터 가량 날아가버렸다. 그 모습을 보는 A의 뒷모습이 보였다. 아드레날린을 뿜어대던 약물의 기운은 가신 것이 확실했다. 매치를 들고 있던 남덕현의 웃음소리도 멈췄다. 영상은 멈췄고, 거실에는 정적만 가득했다. 우종의 손이 떨렸다. 뭐라 설명할 수 없는 감정이 몰려왔다. 그건 비단 우종뿐만 아니라 영무와 재민도 마찬가지였다.

"이게…… 무죄라니."

우종의 목소리가 떨렸다.

"보기에 상황은 이렇지만, 직접적인 행동의 결과라고 확신할 수는 없어요."

냉정한 영무의 말에 우종은 분노를 느꼈다.

"이걸 보고도 어떻게 그렇게 말할 수 있습니까? 이게 말이 돼요? 사람이 죽었는데."

"난 누구의 편을 드는 게 아니에요. 진실로 가려면 이성은 차가워야 합니다. 감정이 앞서선 절대 진실의 근처에도 가지 못해요. 저스티스는 수집한 데이터를 통해 정해진 수식과 정확한 계산에 따라 판결합니다. 그동안의 시간이 증명하고 있어요. 그렇지 않다면 저스티스는 이미 도태되어 사라졌을 겁니다. 그러니까 냉정해지자고요."

재민도 거들었다.

"이번엔 난 영무 씨 말이 옳다고 생각해요. 냉정해집시다. 우종 씨."

우종은 머리를 감싸 쥐었다.

"일단 의심되는 부분이 있다는 건 봤어요. 의심이 맞다면 교차로 교통사고에도 이런 의심스러운 부분이 있을 수 있다는 말이 돼요."

영무의 주장에 눈이 떠지는 우종이었다.

"그렇다면?"

"의심은 가설을 입증하는 증거가 되지 못해요. 그러니 의심을 입증할 증거를 찾아야 하죠. A가 누군지 찾아야 합니다."

"이미 숨었을 텐데, 가능할까요? 게다가 영무 씨 말대로면 우리에게도 시간이 얼마 없을지 몰라요."

우종의 걱정에 영무도 딱히 방법이 없는지 한숨을 내쉬었다.

"제가 미끼를 던져보죠."

와인을 쭈욱 들이켠 재민이 취기처럼 내뱉었다. 우종과 영무가 알 수 없는 표정을 지었다.

우종과 영무가 돌아가고 재민이 홀로 남았다.

"이제 진짜 기자가 된 것 같네."

재민은 특유의 장난기 어린 표정을 지으며 여유를 부렸다. 거실에 어지러이 놓여 있는 와인병과 안주들은 내버려둔 채 책상 앞에 앉아 있었다.

—제목은 어떻게 뽑을 건가요?

"글쎄."

재민은 골똘히 무언가를 생각하며 허공을 응시했다.

"'저스티스는 우리가 바란 이상적인 정의를 향해 가고 있는가?' 어때?"

—도발적이네요. 괜찮겠어요?

"그럼."

재민은 오늘 본 영상에 대한 생각들을 담담히 내뱉었고,

그러면서도 강한 어조로 의문을 던졌다. 강변 거리에서 있었던 한 여자의 죽음, 그리고 저스티스 시스템 하의 시뮬레이션이 과연 사실을 그대로 반영하고 있는가? 저스티스의 판결은 오직 시뮬레이션으로만 하는 것이 아닌가? 이성적인 부분 외의 감정적인 영역은 판단하지 못하는 것이 아닌가? 정의는 저스티스의 기준에 부합해야만 이루어지는 것인가? 사건에 대한 더 중요한 증거가 밝혀졌다면 재수사를 해야 하는 것 아닌가? 그리고 재민의 서술을 들은 오하라는 완성된 기사로 출력하기 시작했다.

아마 A가 이 기사를 본다면 절대 가만히 있지 않을 것이라고 재민은 확신했다. 간만에 재민의 가슴이 뜨거워졌다.

*

"잡담 그만하고, 오전 작업 잘 마무리합시다."

지붕이 덮인 거대한 스타디움 같은 공장 내부, 남자의 까칠한 목소리가 여러 곳에 달린 스피커를 통해 흘러나왔다. 그 소리는 컨베이어벨트 소음과 뒤섞여 매끄럽지 못했다.

공장에서 만드는 것은 자동차였다. 대부분의 과정은 자동화로 진행했으나 배선 연결, 부품의 구성 연결, 방수 고무 결합 같은 세세한 일들은 근무자들의 몫이었다. 이런 것들까지 자동화하지 않은 이유는 비용 때문이었다.

자동차를 생산하는 공장은 아레스의 계열사였다. 아레스는 자동차 분야에서는 아바리치아에 앞서고 있었지만 대체에너지 개발에서 뒤처지고 있었다. 뉴소울시티에서 사용하는 자동차의 95% 이상이 전기배터리를 사용하고 있었지만 언제까지 그럴 수는 없었다. 결국 태양열이나 자연 에너지를 최단 시간에 받아 최대치로 추출하는 방식을 상용화하는 것이 관건이었는데, 이 분야는 현재 아바리치아가 훨씬 앞서가고 있었기에 아레스의 초조함은 현장에까지 퍼져 있었다.

곧 대규모 인원 감축이 있을 거라는 소문과 아레스의 자동차 계열사들이 전부 아바리치아에 인수될 거라는 소문이 흉흉하게 돌고 있었다.

경고 방송을 한 사람은 광장파의 우두머리 최훈석이었다. 그는 뺨까지 자라난 수염을 문지르며 2층 통제실에서 작업 상황을 지켜보고 있었다. 짙은 눈썹과 각진 턱, 튀어나온 광대, 구릿빛 피부, 코밑부터 턱과 구레나룻까지 이어진 무성한 수염과 그 사이에서 도드라지는 희끗희끗한 새치. 단단한 어깨와 우람한 가슴 근육을 드러내려고 했는지 청색 데님 작업복의 상의 단추를 세 개나 끄르고 있었다. 그는 두툼한 연초를 꺼내 불을 붙이고 길게 한 모금 내뿜었다.

그는 광장파 조직원들과 통제실에서 라벨이 찢어진 위스키를 나눠 마시며 어두운 얼굴로 이야기를 나누는 중이었다. 광장파 조직원들 역시 최훈석처럼 데님 작업복에 고글을 목에 걸고 있었다.

이야기의 주제는 전날 실린 재민의 기사였다. 최훈석은 8구역에서 벌어진 남덕현의 사망 사건이 크게 부각되는 것을 우려했다. 사람들은 사소한 소문 하나에도 크게 반응하기 때문이다.

"먼저 찾아야 해."

"그거 찾는다고 했다가 괜히 더 시끄러워지면 우리만 뒤집어쓰는 거 아닙니까? 쓸데없이 뭐 하러 찾습니까?"

삐쩍 마른 몸매에 눈이 찢어지고 입이 돌출된 사내가 투덜댔다. 훈석은 그를 날카롭게 쳐다보았다.

"지금 뭐라고 했어? 쓸데없이?"

훈석은 그를 향해 연초 연기를 내뿜었다. 연기가 사라지자 핏발이 선 훈석의 눈이 드러났다.

젊은 시절 훈석은 거친 언행으로 8구역에서 유명했다. 사소한 시비라도 붙으면 훈석은 바로 보복했고, 상대는 다음날 어김없이 공장 한구석에서 피떡이 된 채로 발견되었다. 돔 6구역의 퍼플린 크루와 달리 광장파는 훈석이 독단적으로 이끄는 조직이었다. 조직의 이름은 8구역 근로자들이 자주 가던 작은 선술집 이름에서 따왔다.

광장파는 돔 8구역 근로자들을 규합한 조직으로, 구역 내에서 마티니를 생산하고 유통하며 이득을 취했고 불법 도박장을 운영하기도 했다. 모든 일은 훈석의 주도로 벌어졌는데 전기련 고객서비스팀에 적발되어 처벌받은 적도 있었다. 그런데 재미있는 사실은, 훈석은 매번 경미한 처벌을 받고 금방 다시 복귀했다는 것이었다. 그래서 조직원들은 그를 불사신이라고 부르곤 했다.

"거기에 연관된 놈이 우리 구역 바텐더였어. 게다가 그 사고 당사자는 우리 단골이었고. 이게 공론화되어서 도시가 시끄러워지면 전기련에서 몇 놈만 조지고 끝낼 것 같아?"

훈석의 말에 입이 돌출된 사내는 금세 고개를 숙였다.

"죄송합니다."

"잘못하면 우리 조직 자체가 사라질 수도 있다고. 다들 일자리 잃을까 봐 안절부절못하는 거 안 보여? 우리에 대한 여론을 우호적으로 만들어야 우리 자리를 지킬 수 있는 거야. 우리 광장파가 지금까지 어떻게 버틴 줄 알아?"

아무도 대답하지 않자 훈석은 재떨이에 재를 털며 말했다.

"최소한의 선을 넘지 않았기 때문이야."

훈석은 다시 연기를 길게 내뿜었다.

"준비해. 더 번지기 전에."

수하들이 나갔다. 통제실에 남은 혼자 훈석은 스트레이트 잔에 위스키를 따랐다. 향을 살짝 맡고 단번에 삼켰다. 짭조름한 끝맛이 혀에 돌았다. 뜨끈한 술기운이 귀 아래까지 올라왔다. 하지만 고민이 사라진 건 아니었다.

몇 시간 전, 훈석은 '그'로부터 연락을 받았다. 훈석과 오래전부터 이어온 관계였는데, 세상 거칠 것 없어 보이는 훈석조차 어쩌지 못 하는 사람이었다. 그는 오랜만에 연락을 하더니 명령조로 지시를 내렸다.

방금, 매치가 또 울렸다. 그였다.

*

아침부터 눈이 펄펄 내리고 있었다. 재민이 출근하기도 전에 보도팀장으로부터 부리나케 연락이 왔다.

"자네 미쳤어? 당장 삭제해!"

재민은 충분히 예상한 일이었다. 상부의 확인 없이 기사를 리버레이션에 업로드했기 때문이다. 리버레이션을 타고 기사는 곧장 도시의 모든 고스트에 전달되었다. 보도팀장은 지금이라도 기사 삭제를 요청하며 "제발 안 하던 짓 하지 말고 평소처럼 사무실에서 커피나 마시며 잡담이나 해"라고 사정했다. 재민은 대답하지 않았다.

보도국 사무실에 들어서자 동료 기자들은 고개를 갸웃대며 재민을 쳐다봤다. 재민이 아랑곳하지 않고 자리에 앉자 역시나 기철이 옆으로 다가와 호들갑을 떨기 시작했다.

"부서 전체가 난리야. 보도팀 관련해서 고위급 회의가 있을 거라던데?"

"그러라지. 내가 뭐 없는 얘기를 한 것도 아닌데."

평소와 다른 덤덤한 재민의 말투가 기철은 의아한 모양이었다.

"뭐 잘못 먹었어? 갑자기 왜 그래? 심경에 변화라도 생긴 거야?"

"기자가 할 일이 사탕발림은 아니잖아."

기철을 혀를 끌끌 차면서 이해할 수 없다는 듯 고개를 연신 저어댔다.

"투사 나셨구만. 아니, 저스티스에 무슨 문제가 있다고. 여태 우리 다 잘 살아왔잖아. 자넨 눈이 없어? 저스티스에 대한 신뢰도를 봐. 만점이야, 만점. 누구보다 자네가 가장 잘 알면서 왜 그래?"

기철이 핀잔을 한참 쏟아냈지만 재민이 크게 반응하지

않자 자리로 돌아갔다. 재민은 생각했다.

'사람들은 모른다. 내가 뭘 봤는지. 내가 왜 그 기사를 썼는지. 굳어버린 너희들의 생각 위에 쌓인 눈이 다 녹으면 모두가 실체를 보게 될 것이다. 그럼 알게 되겠지.'

오후에는 고위급 회의가 있었다. 소문으로는 재민의 기사가 삭제될 거라고 했다. 사회적 불안감을 조장한다는 이유였다. 하지만 재민은 상관없었다. 놈은 이미 기사를 봤을 테니까.

퇴근 시간이 되자 기철은 재민과 눈도 마주치지 않고 가버렸다. 자전거에 오른 재민은 꾸역꾸역 페달을 밟았다. 거리에 쌓인 눈은 어느 정도 녹아 있었고, 재민의 바지 밑단에 흙탕물이 튀었다. 겨울이라 그런지 퇴근길이 많이 어두웠다.

아파트에 도착해 자전거에 방수 덮개를 씌우는데 눈을 짓이기는 소리가 들렸다. 발소리였다. 한 사람이 아니었다. 예상은 했다. 그러나 막상 그 시간이 오자 무서워졌다. 발자국 무리는 점점 더 가까워지고 있었다.

*

"그 기자, 정신적으로 문제 있는 거 아니야?"

다툼의 씨앗을 뿌리는 건 늘 창도였다. 그래서 우종은 창도와 자리를 피했지만 오늘은 어쩔 수가 없었다. 희도의 가족 식사 자리에 초대받았기 때문이다.

식사 장소는 돔 1구역 아바리치아 본사 건물 상층부에 자리한 레스토랑이었다. 아바리치아 건물은 중간 층에서도 주변 건물들이 다 내려다보일 정도로 높았다. 그러나 아직 완공된 건 아니었고, 이미 노령인 류신 의장을 위해 향후 5년 안에 완공을 목표로 하고 있었다. 그만큼 아바리치아 본사는 트리빌딩과 더불어 뉴소울시티의 또 다른 랜드마크였다.

연어가 들어간 상큼한 애피타이저부터 최상급 안심 스테이크, 고급스러운 와인까지 저녁 식사 요리는 완벽했다. 이 레스토랑은 음식 가격도 비싸지만 이들이 앉은 창가 좌석은 예약이 힘든 것으로 유명했는데, 이런 곳을 예약할 수 있었던 건 레스토랑의 수석 셰프와 친분이 있던 희도 덕분이었다.

"배은망덕한 놈. 이렇게 정의롭고 공평한 세상인데, 도대체 뭐가 불만인 거야? 그놈은 반역자나 다름없어. 1파운드에 끌려가봐야 정신 차린다니까."

즐거웠던 저녁식사 자리가 불편해진 건 창도 때문이었다. 재민의 기사에 대한 가족들의 평가는 부정적이었다.

물론 우종은 침묵을 지켰고 희도도 조용히 있었다. 우종은 함부로 지껄이는 창도에게 반론하고 싶지 않았다. 귀찮아서가 아니었다. 속이 메스꺼운 게 금방이라도 토를 할 것 같아서였다.

"이제 그만해. 저녁 식사 분위기 망칠 셈이야?"

희도가 창도에게 핀잔을 주었다. 창도는 입을 비죽 내밀었다. 그렇다고 희도가 창도의 의견에 반대하는 것은 아니었다. 단지 손님을 불편하게 만들고 싶지 않았을 것이다.

재민의 기사는 종일 도시를 떠들썩하게 했다. 몇몇은 분노하거나 의아해했지만, 대부분은 비아냥대고 있었다. 이제껏 그 누구도 저스티스에 대해서 왈가왈부한 적이 없었기 때문이다. 회사에서도 그런 분위기를 느낀 우종은 하루 종일 이상한 우울감에 빠졌다. 괜히 긁어 부스럼을 만드는 건 아닐까? 자신이 품은 작은 의문을 막상 세상 밖으로 드러내자, 한없이 작고 터무니없어 보였다. 트리빌딩 계단에서 느낀 저스티스의 위압감에 다리가 흔들렸던 건 단지 다리에 힘이 빠져서만이 아니었다는 걸 실감했다.

우리는 옳은가? 우종의 의심은 여기에서 기인했다. 이 도시의 신은 구십구 명을 위한 것인가? 아니면 한 명을 위한 것인가? 우리 삶의 딜레마는 구십구 명이 아닌 한 명에서 비롯된다. 사람들이 저스티스의 판결이 공정하다고 생각하는 건 자신들이 직접 겪어보지 않았기 때문일지도 모른다는 생각이 들었다.

우종은 화장실에 다녀오겠다면서 비틀대며 일어났다. 걱정스러웠는지 희도가 부축하려 했지만 우종은 괜찮다며 홀로 나섰다.

커다란 거울 앞에 서자 막혔던 숨통이 터지듯 우종은 연신 거칠게 호흡했다. 거울을 보았다. 깨끗한 거울에 비치는 자신의 얼굴이 너무나도 선명했다. 화장장에서 재가 된 동생을 보며 울먹이던 남자의 목소리가 들리는 듯했다. 야수의 발톱에서 살아남기 위해 빗속에서 몸부림쳤던 그녀의 영상도. 저스티스와 관련된 사건들에 다가가면 다가갈수록 선명해지기는커녕 시커먼 안개 속으로 걸어 들어가는 것만 같았다.

*

우종이 화장실에서 상념에 빠져 있는 그때, 영무는 퇴근하는 중이었다. 밤 아홉 시가 넘은 시각, 복도에서 마주친 도세웅은 영무에게 눈인사조차 건네지 않았다.

엘리베이터를 타고 감사본부 지하 1층 내린 영무는 서둘러 차에 올라 지하 주차장을 빠져나갔다. 마음이 급했다. 영무 또한 재민의 기사로 인해 이상해진 분위기를 느꼈기 때문이다.

영무가 향한 곳은 돔 8구역이었다. 영무 생각에 A의 사건은 광장파와 연관이 있는 것 같았다. 광장파 또한 마티니를 만들었고, 남덕현은 그들의 바텐더였으니까. 생각 끝에 도달한 곳이 광장파의 본거지인 돔 8구역이었다. 아마도 이곳이 A를 찾아낼 수 있는 가장 유력한 곳이리라.

돔 8구역에 도착했을 때, 공장들은 대부분 불이 꺼져 있었다. 오직 길옆 가로등의 누런 불빛만이 그 거리를 밝히고 있었다. 어두운 공장들은 불안함과 기괴함을 자아냈다. 영무는 계속 걸으며 아주리에게 광장파에 대한 프로필을 요청했다. 그런데 아주리의 대답이 평소답지 않았다.

―광장파를 특정할 수는 없어요.

"왜지?"

―퍼플린 크루처럼 자생적으로 만들어진 단체인데다 돔 8구역 노동자들 대부분이 소속되어 있거든요. 핵심 조직원이 누구인지 특정할 수 없어요. 주도하는 사람이 누군지도 밝혀진 바가 없어요.

영무는 남덕현이 살았던 아파트로 향했다. A가 마티니 중독자라면, 그곳에 다시 접근할 가능성이 있었다. 그곳엔 남덕현 말고도 다른 바텐더들이 있을 테니까. 그때였다,

재민으로부터 전화가 온 것은.

"피해요!"

받자마자 다급한 목소리가 흘러나왔다. 홀로그램으로 보이는 재민의 영상은 심하게 흔들리고 있었다. 재민은 정신없이 뛰고 있었다. 매치에 달린 카메라 앵글은 자신을 뒤쫓는 무리들에게 돌린 듯했다. 그들의 얼굴은 정확히 보이지 않았다.

"지금 어딥니까?"

"도망쳐요! 무조건!"

재민은 제대로 들을 겨를이 없는 모양이었다. 도망치라는 말만 반복했다. 재민의 목소리에서 느껴지는 건 두려움과 자신의 결말에 대한 예감이었다. 영무는 홀로그램 속에 나오는 건물을 살폈다. 재민은 돔 5구역의 어느 건물 옥상 위를 뛰어가는 듯했다.

영무는 핸들을 잡고 직접 운전해 돔 5구역으로 향했다. 거세진 눈발 때문에 아주리에게 운전을 맡기고 싶지 않았다. 그보다도 아주리는 자신보다 급하지 않을 것 같은 게 더 솔직한 이유였다. 영무는 우종에게 연락했고, 우종은 화장실 앞에서 기다리던 희도에게 마땅한 이유도 말하지 못하고 레스토랑을 급히 빠져나왔다.

우종은 매치를 켜고 돔 5구역으로 목적지를 설정했다.

그리고 옥상에서 이상한 움직임이 있는 건물을 찾으라고 지시했다.

—인근 지역 옥상 CCTV를 다 확인해봤지만 모르겠어요. 돔 5구역이 아닐 수도 있어요.

우종은 이 사실을 영무에게도 알렸지만 영무는 5구역이 맞다고 확신했다.

"잘못 보신 겁니다. 곤이 틀릴 리 없어요."

우종도, 영무도 혼란스러웠다. 그때 우종과 영무에게 재민의 연락이 왔다.

재민의 얼굴은 피범벅이었다. 입안 가득 피가 고여 말이 어눌하고 발음이 샜지만 재민은 미소를 짓고 있었다. 진실을 향한 커튼을 젖혔다는 확신이 담긴 얼굴이었다.

"내가 이렇게 됐다는 건, 우리의 생각이 옳았다는 거겠죠. 반드시 살아남아서, 진실을 알려요. 이 도시의 모두에게……."

잠시 후 재민의 매치가 땅바닥에 떨어졌다. 누군가 발로 매치를 밟았다. 재민을 비추던 화면은 알아볼 수 없도록 뭉개졌고, 오직 현장의 소리만 전달되었다. 곧이어 재민의 매치가 끊겼다.

30분 뒤쯤, 영무는 우종을 만났다. 영무의 예상대로 홍보팀 건물 앞에 사람들이 몰려 있었다. 둘은 인파를 헤치고 앞으로 가 바닥에 쓰러져 있는 재민을 보았다. 머리 위에 퍼진 붉은 피가 하얀 눈과 대비되어 더 선명해 보였다. 재민에게 뻗는 우종의 손이 떨렸다. 멀리서 보안팀 차량이 가까워지는 소리가 들려왔다.

"일단 자리를 뜹시다. 재민 씨 말대로라면 우리도 위험할 수 있으니까."

영무가 나지막하게 말했다. 그러나 우종은 발이 쉬이 떨어지지 않았다. 보안팀 차량의 헤드라이트 불빛과 사이렌 불빛이 혼재되어 일렁였다.

*

눈이 흩날리는 골목에 검은색 고급 세단 한 대가 서서히 들어왔다. 높다란 담벼락과 고급스러운 철문 앞에 도착하자 철문이 서서히 문이 열렸고, 세단이 들어가자 다시 닫혔다. 담벼락 너머로 소나무 여러 그루가 보였다.

차에서 내린 명길은 엘리베이터를 타고 지하 4층부터 지상 3층까지 있는 버튼 중 3층을 눌렀다. 그리고 고풍스러운 벽 장식과 따뜻해 보이는 노란 조명이 켜진 복도를 지나 자신의 서재로 들어가 곧바로 매치를 켰다.

책상 위로 류신의 얼굴이 떠올랐다. 류신은 재민의 기사를 보고 앞으로의 상황에 대해 염려하고 있었다. 명길은 그런 류신을 안심시키려 했다.

"거기에 대해서는 이미 조치를 취했으니 안심하십시오. 역시나 감사는 핑계였고, 그들은 박도경 이사와 관련된 일을 따로 조사했던 것 같습니다."

"그것 참 난감하군. 그래서, 어디까지 안 것 같은가?"

"코드를 알아낸 건 아니고, 아직은 그냥 의심 정도인 것 같습니다."

"코드가 노출되지도 않았는데 거기까지 왔다는 게 이상하지 않나?"

류신의 질문에 명길은 고개를 저었다.

"그자들은 사고에 대한 저스티스의 판결과 현장 증거 자료들만 확인했습니다. 코드 노출은 걱정하지 않으셔도 됩니다."

"이전에 말했던 원인은 해결했나?"

"죄송합니다. 그건 아직 해결하지 못했습니다. 연구개발팀장 말로는, 그 오류는 돌발적으로 발생하는 데다 발생 원인도 특정할 수 없다고 합니다."

류신의 표정은 더욱 굳어졌다.

"명길아."

명길은 순간 등골이 서늘해졌다.

"네. 의장님."

그는 바짝 긴장해 홀로그램 속 류신에게서 눈을 떼지 않았다.

"그 오류를 해결하지 못하면 이런 일은 계속 발생할 거야. 그렇게 되면 우리가 만든 이 도시는 무너진다. 평생을 바쳐 만든 우리의 세상이 말이야. 난 절체절명의 순간이 닥친다면 주저 없이 선택할 거야. 뒤도 돌아보지 않고 말이지. 그러니 명길아. 반드시 해내야 돼."

"명심하겠습니다. 의장님."

놈들은 강변 거리 사건까지 다가갔다. 더는 시간이 없었다. 문제를 해결하고, 오류를 바로잡아야 했다.

*

영무는 우종을 태우고 돔 6구역으로 가는 중이었다. 아주리에게는 영상 속 인물의 조사를 맡겼다.

—복장으로 봐서는 돔 8구역 출신인 것 같습니다. 안면 인식 결과, 광장파 최훈석으로 보이는 인물도 보입니다.

"어떻게서든 잡아야 해요!"

우종은 감정적이었다. 영무가 처음 우종을 만났을 때의

조심성 있던 모습은 찾아볼 수 없었다.

"가라앉혀요. 지금 그럴 때가 아니에요. 침착하게 생각해요."

"난 충분히 침착해요!"

"그러지 말고 유경철한테 갑시다. 우릴 숨겨줄 수 있을지 모르니까. 거기서 잠시 숨을 돌리자고요."

"그럴 시간이 없습니다. 광장파 쪽으로 가야 해요."

우종이 자기의 말을 제대로 듣지 않는 것 같았는지 영무는 날카롭게 반응했다.

"정신 차리라고요! 재민 씨가 한 말을 잊었습니까?"

"그러니까요. 그럴 시간이 없다고요! 지금 당장 재민 씨가 말한 진실을 찾지 못하면 두 번 다시 기회는 없을 겁니다!"

"이럴 때일수록 이성을 찾아야 해요."

"기사가 나온 지 하루도 안 됐어요. 재민 씨 말대로 미끼를 문 건 확실해요. 광장파가 움직였으니까. 그자들은 원인을 알고 있을 거예요. 그러니 그놈들만 잡으면 돼요!"

"우린 달랑 두 명이에요, 쳐들어가서 뭘 어쩌려고 그래요!"

"곤, 듣고 있어?"

우종은 갑자기 우종은 곤을 호출했다.

—네. 듣고 있어요.

"사직서 준비해줘. 제출은 내일 오후로."

─너무 즉흥적인 거 아닌가요?

"상관없어, 개인 총기 반납도 같은 시간으로 지정해."

영무는 얼떨떨한 표정을 지었다. 우종과 오래 알고 지낸 사이는 아니지만 진실을 향해 함께 가는 조력자라고 생각했다. 그런데 그의 갑작스러운 행동을 어떻게 받아들여야 할지 알 수 없었다.

"어차피 우리에겐 24시간밖에 안 남았어요. 모 아니면 도라고요."

영무에게 도세웅 과장이 그렇듯, 양훈 소장 역시 우종의 조사를 허락하지 않았다. 이렇게 된 거, 사직서를 내는 수밖에 없다고 우종은 생각했다.

우종이 품에서 권총 두 자루를 꺼냈다. 영무가 놀라며 망설이자 우종은 들고 위협이라도 하라고 했다.

눈발은 잠잠해진 듯하더니 다시 거세졌다. 두 사람은 돔 8구역으로 향했다. 우선 의심이 가는 곳은 남덕현이 살던 곳이었다. 거기엔 광장파가 운영하는 불법 도박장이 있었고, 마티니를 거래하는 바텐더들도 여럿 살고 있었다.

둘은 차를 세우고 리넥터를 착용한 채 건물이 모여 있는 단지 안으로 들어갔다. 단지 중앙에 유난히 우뚝 솟은 큰 건물 하나가 보였다. 광장파의 본거지라는 걸 단번에 알 수 있었다.

　건물 입구에서부터 눅눅한 냉기가 풍기며 악취가 코를 찔렀다. 바닥 곳곳에 묻은 오물들과 마티니, 가솔린 등 온갖 냄새가 섞여 역했다. 소매로 코와 입을 가리려는 찰나, 건물 윗쪽에서 시끌벅적한 들려왔다. 둘은 발소리를 죽이고 천천히 올라갔다. 8층 정도 올라가자 여닫이 철문 사이로 푸른 불빛이 새어나오는 것이 보였다.

　우종이 총을 꺼내며 눈짓하자 영무 역시 품에서 총을 꺼냈다. 권총을 떨어뜨리기라도 할까봐 걱정이 되었는지, 영무는 손가락이 하얘지도록 힘주어 잡았다.

　철문을 열고 들어가자 자욱한 담배 연기 속으로 테이블과 바닥에 가득한 술병들이 눈에 들어왔다. 바닥에는 깨진 잔들과 흩어진 카드들이 보였고, 카드를 치는 사내들과 술과 마티니에 절은 사람들도 보였다. 그들은 대부분 청색 작업복을 입고 있었다.

　그런 곳에 리낵터를 쓴 우종과 영무가 들어서자 시끄럽던 그곳이 일순 조용해지며 내부 공기가 싸늘해졌다. 인상을 쓴 사내들 몇이 경계심을 드러내며 둘에게 다가왔다. 우종이 총구를 겨눴지만 광장과 일당들은 오히려 그런 그들을 비웃었다. 총을 든 영무의 손이 바들바들 떨리고 있었기 때문이다.

"모두 엎드려! 시간 낭비하기 싫으니까. 최훈석 어딨어?"

광장파 일당은 여전히 재밌다는 듯 웃고 있었다. 그러자 우종은 권총 한 발을 발사했다. 광장파 일당들은 깜짝 놀라 두 손을 들며 뒤로 물러섰다.

"최훈석 어딨냐니까!"

우종의 말에 침묵이 흘렀다. 그러자 우종은 다시 한번 천장을 향해 총을 쐈다. 그때, 커다란 홀 끝에서 슬금슬금 뒷걸음치는 누군가가 보였다.

─용의자 확인.

리넥터로 사람들의 얼굴을 대조하던 곤의 확인과 함께 그의 실루엣이 붉게 표시되었다.

"멈춰!"

우종이 소리쳤지만 최훈석은 뒷문으로 황급히 도망치기 시작했다. 우종과 영무는 최훈석을 뒤쫓아 달렸다. 하지만 띄엄띄엄 달려 있는 전등 때문에 시야는 밝았다가 어두워지길 반복했고 복잡한 구조 때문에 쫓기가 쉽지 않았다. 결국 최훈석을 놓치고 헤매고 있을 때, 위쪽에서 삐거덕거리며 문 열리는 소리가 들렸다. 그들은 바로 옥상으로 뛰어 올라갔다.

그러나 옥상 문을 열자마자, 누군가가 휘두른 둔기에 맞고 영무가 바닥에 쓰러졌다. 최훈석의 수하가 숨어 있던 모양이었다. 우종은 곧바로 총을 쏘았다. 총을 맞은 사내가 피를 쏟으며 쓰러졌고 그 사이 영무는 비틀대며 일어섰다. 옥상 난간에 설치된 곤돌라에 오르고 있는 최훈석이 보였다. 우종이 다시 한 발을 발사하자, 겁 먹은 최훈석은 두 손을 번쩍 들었다.

"쏘, 쏘지 마! 제발!"

우종은 최훈석의 멱살을 잡고 권총 손잡이로 그의 얼굴을 마구 내리쳤다. 최훈석은 피투성이가 된 얼굴로 얼음판이 된 옥상 위를 허둥지둥 기며 살려 달라고 애원했다. 우종은 최훈석의 뒷덜미를 거칠게 잡고 옥상 난간 끝으로 밀어붙였다. 그리고 최훈석의 이마에 총구를 겨눴다.

"니들 대체 왜 그랬어? 대체 왜 그랬냐고!"

두려움에 다리가 풀린 최훈석은 풀썩 주저앉았다.

"영상이 퍼지면, 끝장나는 건 우리니까. 죽일 생각까진 없었어…… 영상만 찾으려고 했을 뿐이야."

"그 영상이 너와 무슨 상관인데? 네가 바로 그 A냐?"

"A라니?"

최훈석은 영문을 모르는 눈치였다. 우종이 윽박지르자 옆에 있던 영무가 침착하게 나섰다.

"강변 거리에서 벌어진 사건 말입니다. 남덕현의 영상에 찍힌 뒷모습의 정체."

"난 몰라."

분노를 이기지 못한 우종이 최훈석의 얼굴에 주먹을 날렸다.

"내가 지금 장난하는 것 같아? 사람을 죽여놓고 뻔뻔하게!"

그러자 최훈석은 무릎을 꿇고 사정했다.

"진짜입니다! 진짜 몰라요. 맹세해요!"

"그럼 영상은 왜 찾으러 간 겁니까?"

"남덕현은 우리 조직이기도 했고, 그 영상에 찍힌 사고 원인을 조사하면 우리가 만드는 마티니로 불똥이 튈 게 뻔하니까……."

최훈석은 서용주가 남덕현을 죽인 그 사건 때문에 골치가 아팠다고 했다. 범인도 금방 잡혔고 사건 처리도 끝났는데, 무슨 이유에서인지 전기련 본사에서 보낸 듯한 사람들이 거리를 들쑤시고 다녔다는 것이다. 최훈석도 붙잡혀서 전기련 본사 어딘가로 잡혀갔다가 풀려났다고 했다.

"남덕현에 관해서는 함구하라고 했어요."

"이유는?"

"그것까지는 저도 몰라요. 다만 죽은 남덕현에 대한 일이 또다시 불거지면 그땐 이렇게 넘어가지 않는다고 했어요."

그 말은 곧, 지금까지 모른 척 용인해주었던 광장파의

일에 대해, 앞으로는 원칙대로 처리하겠다는 뜻이었다. 그러던 중 최훈석은 재민의 기사를 보았고, 남덕현에 대한 문제가 불거질까 두려워 일을 저지른 것이었다. 물론 알 수 없는 누군가로부터 협박도 받았다.

"앞뒤가 안 맞잖아! 단지 그런 문제 때문에 사람을 죽였다고? 아무리 그 기사로 너희들이 위험에 처한다고 해도 그렇지. 너희들 A를 숨기는 거지?"

"진짭니다. 전 A가 누군지도 몰라요. 다만 전에 이상한 얘기를 들은 적은 있어요."

비가 억수같이 쏟아지던 여름이었다. 그날도 광장파의 아지트는 사람들로 붐볐고, 그중에는 남덕현도 있었다. 남덕현은 씀씀이가 헤펐고 허풍이 심했으며 여자 문제도 심각하다고 했다. 이런 문제가 있다 보니 그는 최훈석이 예의 주시하는 바텐더였다.

그날 최훈석은 남덕현과 같은 테이블에서 마작을 즐겼는데 역시나 남덕현은 허풍 섞인 수다를 쉴 새 없이 떠들어댔다고 한다. 그러면서 기분이 좋았는지 홀에 있는 사람들 모두에게 마티니와 술도 샀고, 마작에서 분각을 잃어도 별 신경을 쓰지 않았다고 했다. 평소와는 다른 씀씀이에 의아했던 최훈석은, 남덕현을 따로 불러 물었다. 그러자 남덕현은 실실 웃으며 며칠 전 있던 일을 읊었다고 했다.

절대 누구에게도 말하지 말라고 덧붙이면서.

"믿기지 않았어요. 내가 아는 상식으론 그런 판결이 나올 수가 없었거든요."

광장파의 아지트에 들락거리며 남덕현에게 마티니를 구매했던 한 남자가 있었다. 그는 점차 더 센 마티니를 원했고, 그가 찾아오는 주기는 점점 짧아졌다. 너무 진한 마티니는 위험하기에 남덕현도 처음엔 거절했지만 그가 지불하는 높은 분각까지 거절할 수는 없었다. 그는 항상 먼저 찾아왔고 자신의 신분을 밝히지 않았다. 그래서 남덕현은 그가 전기련의 고위직일 거라고만 예상했다고 한다.

그러다 비가 많이 오는 어느 날 밤, 그는 남덕현에게 다른 지역에 놀러 가자고 제안했다. 잔뜩 취한 남덕현이 그를 따라 도착한 곳은 퍼플린 크루가 활동하는 강변 거리였다. 기분이 상했던 남덕현은 돌아가려 했으나 남자가 이미 클럽 안으로 들어갔기에 어쩔 수 없이 그를 따라 안으로 들어갔다. 그 이후의 일들은 우종과 영무가 듣고 본 것과 똑같았다.

"남덕현이 그 사고에 대해서 뭐라고 했습니까?"

"갑자기 낄낄대면서 불쌍한 년이라고 했어요. 막말로 불쌍하게 처맞다가 죽은 거나 다름없다고. 주먹이 날아오는데 피하지 않을 사람이 어디 있겠냐면서. 그러다 차에 치였으니까."

최훈석의 얘기를 듣던 우종과 영무는 소름이 돋으면서
도 마음 한구석이 불편했다. 우종은 최훈석의 얼굴에 총구
를 더 가까이 들이대며 윽박질렀다.

"들은 대로 다 얘기해!"

"분명히 봤다고 했어요. 그건 그 새끼가 한 짓이라고요.
근데 이상한 점도 있다고 했어요."

"뭐가?"

"그 남자가 무죄 판결을 받은 게요. 여자한테 주먹을 날
린 걸 분명히 봤는데 무죄가 나온 게 이상해서 다음 날 매
치로 확인까지 해봤다고 했어요. 분명 폭행 영상이 찍혀
있었고 그 남자의 주먹에 여자가 뒤로 날아간 게 확실했다
고요. 믿기지 않았대요. 〈1파운드〉에 끌려가서 사형당해
야 맞는 것 같은데, 어떻게 자동차 사고로 바뀌어 무죄가
나올 수 있는지."

새벽어둠이 물러가고 날이 밝듯 이 도시의 민낯이 서서
히 드러나고 있었다. 우종이 확인한 영상에선 약간의 실랑
이를 벌인 것처럼 보였을 뿐, A가 그 여자를 때린 장면은
없었다. 우종은 머리를 얻어맞은 것처럼 멍했다.

"저한테도 그 영상을 보여줬어요. 제가 봐도 그놈 말이
맞더라고요."

영상을 조작한 걸까? 저스티스에 대한 영무의 굳건한 신뢰가 모래성처럼 무너지기 시작했다.

남덕현의 이야기는 거기서 끝이 아니었다. 그는 자신만 아는 그 사실로 큰 분각을 벌 거라며 최훈석에게 자랑했다고 했다. 그 남자의 절대적 약점을 잡은 거나 다름없었으니까.

남덕현은 그날의 영상을 A에게 보여주며 협박했다. 무슨 연유에서 무죄가 됐는지는 몰라도, 자기의 눈을 속일 수 없다고. 만일 자신이 원하는 대로 해주지 않으면, 이 영상을 들고 전기련 홍보팀을 찾아가 〈1파운드〉 무대에 세우겠다고 위협했다. 그러자 A의 얼굴은 사색이 되었다고 했다.

그날 이후, 남덕현은 입을 다무는 대가로 A로부터 꽤 많은 분각을 받았다. 그러나 남덕현은 거기서 만족하지 못했다.

"그러다 남덕현이 살해당하는 사건이 벌어진 거죠. 적당히 해야 했는데. 사실 저희는 다 짐작하고 있었어요. 그 새끼가 누굴 시켰구나 하고요. 분명 남덕현을 죽이고 싶었겠죠."

그렇게 서용주는 남덕현의 살인을 사주받았다.

"그래서 그걸 시킨 새끼가 누구냐고?"

우종이 다그치자 최훈석은 그가 누군지는 정말로 모른

다고 했다. 하지만 남덕현의 단골 중 하나일 거라고 덧붙였다.

"거래자 명단은 어디 있어?"

그러나 최훈석은 고개를 저었다.

"매치에는 없어요. 저장해두면 누군가 볼 수도 있잖아요."

"그럼 어디서 찾을 수 있는데?"

최훈석은 망설이는 듯했다. 우종이 또다시 최훈석의 멱살을 잡았다. 결국 최훈석은 자신의 품을 뒤적이더니 작은 수첩 하나를 내밀었다.

"이게 왜 너한테 있어?"

"남덕현은 광장파의 바텐더였으니까요. 바텐더들의 거래자 명단은 저도 갖고 있어요."

펼쳐보니 빛바랜 종이 위에 펜으로 빼곡하게 적힌 글자들이 있었다. 매 페이지 위에는 1부터 8까지 숫자가 적혀 있었고, 아래쪽에는 영어로 이름과 주소가 적혀 있었다.

수첩을 얻은 우종과 영무는 최훈석에게 수갑을 채워 1층 복도 난간에 묶어두었다. 그걸 본 사람들은 그들이 두려워하던 최훈석이 피투성이가 된 것이 믿기지 않는 표정이었다. 우종과 영무는 그를 뒤로하고 동네를 빠져나갔다. 어차피 입을 연 순간 최훈석의 운명도 정해진 것이나 다름없었다.

*

    우종은 수첩의 모든 페이지를 영상 찍듯 매치에 담았다. 곤은 스캔한 페이지들을 텍스트로 바꾸어 자료를 검색했다. 남덕현의 계좌에 많은 분각을 보낸 사람을 추려내고, 수첩 내용 중 조건이 맞는 사람을 찾아냈다. 이 모든 과정이 30초도 걸리지 않았다. 거기에 강변 거리 영상 속 A의 뒷모습과 비교해 인상착의까지 확인했다.

    —가장 조건에 부합한 인물은 우희건입니다. 일치 가능성은 98%예요.

    곤이 찾아낸 인물은 토호 에너지 신사업 기획 본부장 우희건이었다. 그러자 영무는 그 사람을 안다는 듯 고개를 절레절레 흔들었다.

    "얼핏 들었던 소문이 어느 정도 신빙성이 있던 모양이군요."

    우희건은 전기련의 회원사인 토호 그룹 우찬용 대표의 셋째 아들이었다. 영무의 말에 따르면, 토호 그룹에 감사를 갔던 직원들은 하나같이 우희건에 대한 얘기를 했다고 했다. 품격이라고는 찾아볼 수 없는 단순 무식한 스타일이 우찬용 대표와 판박이라는 것이었다. 다혈질에 오만하고, 사람은 갈궈야 성장한다는 낡은 사고방식으로 부하 직원들에게 거친 언사를 쓰는 것으로 유명했다고 한다. 술에 취해 아무에게나 시비 거는 건 예사였다.

우희건의 저택이 있는 돔 3구역에 도착했다. 고급 맨션과 세련된 건축물이 잘 정비된 3구역은 공장만 즐비한 8구역과 판이한 모습이었다. 길거리에 있는 고급스러운 입체 전광판이 시선을 사로잡았고 명품샵이 늘어서 있었다. 돔 3구역을 거점으로 하며 건설과 전자, 유통이 주력 사업인 토호 그룹의 특성이 묻어났다. 그렇지만 서열로만 따지면 전기련의 하위 서열이었다.

어느새 아침 동이 트고 있었다. 눈은 그쳤다. 눈이 녹아 물기가 가득한 도로에는 출근하는 차들이 하나둘 나오고 있었다.

우종과 영무는 우희건의 저택 근처에 머물면서 우희건이 출근하러 나오길 기다리고 있었다. 두 사람의 몰골은 말이 아니었다. 핏발이 선 눈, 기름진 머리카락과 거뭇한 수염. 그러나 두 눈동자에는 결의가 가득했다. 달리고, 쫓고, 쫓기고, 다치고, 동료의 죽음까지 목격하며 여기까지 온 것이었다.

유리창에 습기가 차올랐다. 우종은 소매로 물기를 닦았다. 그리고 A의 저택을 보았다. 우종이 사직서를 제출할 때까지 시간이 얼마 남지 않았다.

―영장 신청할까요?

곤이 물었다.

"아니. 일단 놈을 잡는 게 먼저야."

그러자 역시나 영무가 만류했다.

"절차를 무시하고 행동하면 나중에 우리한테 독이 될
수도 있어요."

"영무 씨도 다 보고 들었잖아요. 이제 난 솔직히 이 도
시 자체를 신뢰하지 못하겠어요. 최훈석이 말해준 남덕현
의 진술도 그렇고. 그게 사실이라면 특히나."

우종 안에서 요동치던 감정의 파도는 아직 잦아들지 않
은 모양이었다.

"이럴 때일수록 대의명분이 필요해요. 우리에겐 확실한
증거가 있어요. 최훈석의 진술, 이 수첩, 그리고 트리빌딩에
서 가지고 나온 영상. 오작동 사고들의 공통점이 발견된 데
이터들. 무엇보다 재민 씨의 기사. 이제 우리가 조사한 사
건들의 증거를 함부로 조작할 수 없을 거예요. 그러니까 우
리의 방법이 정당해야만 잘못된 것을 바로잡을 수 있어요."

결국 우종은 고개를 끄덕였다. 그리고 조사한 증거들을
가지고 영장을 신청했다.

―신청 완료했어요.

곤의 말이 끝나기도 전에 대문이 열렸다. 이어서 세단한 대가 천천히 나오기 시작했다. 영무는 재빨리 차를 끌고 세단 앞을 막았다.

우종과 영무가 차에서 내리자 세단에서 경호원으로 보이는 사내가 내렸다. 키가 190센티미터쯤 되어 보이는 건장한 체구의 사내였다.

"무슨 짓입니까?"

경호원이 성큼성큼 걸어오며 따졌다. 나지막하면서도 위협적이었다.

"남부출장소에서 나왔습니다."

그러나 경호원의 표정은 변화가 없었다.

"그래서요?"

우종은 몸을 돌려 세단을 향해 크게 소리쳤다.

"우희건 본부장님! 내리시죠."

그러자 경호원은 우종의 어깨를 밀치며 말했다.

"당신이 뭔데 내리라 마랍니까? 본부장님 바쁘시니까 용건이 있으면 따로 공문을 보내시죠."

우종이 무시하고 세단으로 다가가자 경호원이 우종의 뒷덜미를 거칠게 잡았다. 순간 우종은 권총을 꺼내 경호원의 이마를 겨눴다. 깜짝 놀란 경호원은 주춤하며 잡았던 손을 놓았다. 놀란 건 뒤에 서 있던 영무 또한 마찬가지였다. 우종은 차가운 눈으로 경호원을 쳐다보았다.

"한 번만 더 막으면 방아쇠를 당길 거야. 그러니 방해하지 마. 우린 지금 살인 및 살인 교사 용의자를 찾는 중이니까."

경호원이 뒤로 한 걸음 물러섰다. 우종은 세단으로 다가가 뒷좌석 창문을 두드렸다. 창문이 절반쯤 내려왔다. 우종을 노려보는 우희건의 얼굴이 드러났다. 우희건은 은은한 광택이 흐르는 감색 정장에 흰 셔츠, 화려한 넥타이를 매고 있었다. 하지만 복장 따위는 중요하지 않았다. 우종은 우희건의 눈과 손, 그가 앉았던 자리를 빠르게 살폈다. 우희건은 눈은 심하게 충혈되어 있었고 손은 떨고 있었다. 그의 자리 옆 컵홀더에는 갈색 유리병이 꽂혀 있었는데, 아마 마티니가 들어 있으리라.

"아침부터 짜증나네. 피곤해 죽겠는데 뭐 하는 짓들이야?"

우희건이 불만을 드러냈다. 갈라지는 목소리였다.

"남덕현을 아시죠?"

"누구? 처음 듣는 이름인데."

우희건은 하품을 했다. 그때 인이어에서 곤의 목소리가 들려왔다.

—행동 분석과 진위 파악이 불가능해요. 저쪽 고스트가 제 분석을 막고 있습니다.

그때, 우희건의 오만한 웃음소리가 들려왔다. 분명 조

롱하는 듯한 태도였다. 순간 우종은 머리에서 피를 흘리며 눈 위에 쓰러져 있던 재민의 모습이 떠올랐다.

"이 영상을 보고도 부인하실 겁니까?"

우종은 강변 거리 영상을 매치에 띄웠다. 그걸 본 우희건의 동공이 커졌다.

"남덕현과의 거래도 확인되었고 진술도 확보했습니다. 특히 이 영상, 이것이 조작된 정황증거도 있습니다."

"들어보니 죄다 정황증거밖에 없네."

우희건이 코웃음을 쳤다. 사실이었다. 원본 영상이 담긴 남덕현의 매치가 결정적인 증거물인데, 확보하지 못한 상태다. 우희건은 조소 띤 얼굴로 자기의 매치를 저글링하듯 위로 던졌다 받았다.

"남덕현을 모른다고 한 게 거짓말이라는 건 거래 내역만으로도 입증됩니다. 순순히 자백하는 게 좋을 겁니다. 자택부터 회사까지 싹 다 털 수 있어요."

우종은 더 강하게 압박했지만 우희건은 눈 하나 깜빡하지 않았다.

"내가 왜? 뭘 어쨌다고? 뒤져서 안 나오면 그 다음은 어떻게 감당할 건데?"

우종은 어금니를 악물었다. 영무가 한발 앞으로 나섰다.

"과연 회사가 본부장님 때문에 감사를 받게 되면 우 대표님께서 가만 계실까요?"

영무가 감사본부 소속이라는 것을 밝히며 말하자 우희건은 당황한 듯했다. 자신보다 더 괄괄한 아버지의 성격을 모를 리 없었다. 셋째 아들인 우희건은 승계 서열에서 가장 뒤처져 있었고, 회사에 작은 문제라도 일으키면 어떤 결과를 초래할지 상상할 수도 없었다.

"남덕현의 매치, 본부장님이 가져갔죠? 지금 그거 어디 있습니까?"

냉정함을 유지하는 영무의 나직한 목소리가 우희건에겐 더 위협적으로 들렸다.

"그걸 왜 나한테 물어? 니들이 뭔데? 그 쓰레기 같은 새끼가 뒈진 게 나랑 무슨 상관이냐고? 그년도 지 혼자 죽은 거야. 내가 그런 게 아니라고. 난 그냥 본때를 보여주려고 위협만 했어!"

최훈석이 말했던 내용이 사실이었다. 갑작스럽게 괴성을 지르던 우희건은 말을 멈췄다. 매치를 꽉 쥔 우희건의 손이 부들부들 떨렸다.

"리버레이션에 있던 영상은 지금 본부장님이 하신 얘기와 전혀 다르던데. 어떻게 된 겁니까?"

"몰라! 그건 내가 한 게…… 나도 예전에 들었던 건데……"

진실이 겨울 아침 눈 위에 발자국을 남기려 하고 있었다. 우희건의 입이 서서히 열리려던 찰나, 갑자기 창문이 닫히더니 굉음을 내며 운전석이 비어 있는 세단이 빠르게 출발했다.

갑작스러운 상황에 우종은 차에 올라 직접 핸들을 잡았다. 우희건의 차는 곤이나 아주리가 추적할 수 없었다. 우종은 우희건의 세단을 확인하며 중앙선을 넘나들어 아슬아슬 달렸다. 다행히 반대편 차선에 들어서면 자동 방어 기능으로 인해 차들이 멈췄고, 놀란 운전자들이 경적을 울려댔다. 그러나 우희건의 세단은 다른 차들이 두렵지 않은지 거침없이 일직선으로 달려 나가고 있었다.

추격전은 저스티스가 너머로 보이는 산 중턱의 도로 위까지 이어졌다. 우종이 아무리 애를 써도 거리가 좁혀지지 않았다. 간신히 거리가 좁혀졌나 싶을 때, 세단은 가드레일을 들이받고 비탈길로 굴러떨어졌다.

우종과 영무는 갓길에 차를 세우고 함께 비탈길을 뛰어내려갔다. 완전히 뒤집힌 세단 위로 연기가 피어올랐다. 뒷자리의 깨진 유리창 안에서 피를 흘리고 있는 우희건이 보였다. 정신이 혼미해졌는지 우희건은 혼잣말을 중얼거렸다.

"내가 한 게 아니야…… 내가…… 아니라고……."

우종은 우희건의 말이 무슨 뜻인지 알 수 없었다. 우선 그를 꺼내기 위해 팔을 뻗으려 할 때였다. 갑자기 차창 위에서 쇠창살 같은 쉴드가 내려왔다. 순간 의식이 돌아왔는지 우희건은 쉴드를 붙들고 세차게 흔들었다.

"뭐야, 이거? 살려줘! 살려 달라고!"

"조금만 참아요! 꺼내줄게요."

우종과 영무가 애썼지만 쉴드를 뜯을 수는 없었다. 우희건이 뜨겁다고 소리침과 동시에 하늘을 향하고 있는 네 개의 바퀴가 빠르게 회전하며 연기가 새어나왔다. 차량에서 기름이 흘러나왔다. 우종 역시 쉴드를 잡고 흔들었으나 소용없었다. 곧이어 차량 내부에서 티딕, 티딕, 하는 불길한 소리가 들렸다. 그리고 순식간에 불이 붙었다.

"위험해요!"

영무가 다급히 우종의 허리를 잡고 뒤로 나자빠졌다.

몇 초 지나지 않아 거대한 폭발음과 함께 세단이 폭발했다. 뜨거운 열기 때문에 둘은 우선 비탈길을 올라가 차 안으로 대피했다.

─현장에서 움직이지 말고 기다리시기 바랍니다. 지금 픽서들과 보안팀 직원들이 오는 중입니다.

곤의 음성이 들렸다. 이상했다. 신고도 안 했는데 저스티스로부터 지시가 내려오다니. 곤의 말투도 평소보다 딱

딱하고 경직된 것 같았다.

"곤, 이게 무슨 상황이야? 설명해봐."

─강우종 픽서와 오영무 대리에 대한 체포 영장이 발부되었습니다. 총기 사용은 불허하며, 전기련 직원들이 도착할 때까지 차내에서 대기하시고, 순조로운 임의 동행을 위해 협조 부탁드립니다.

"뭔가 잘못된 거 아니야? 혐의가 뭔데?"

뜸을 들이던 곤이 대답했다.

─살인 혐의입니다.

"살인? 방금 이건 사고야! 너도 봤잖아?"

─돔 8구역에서 있었던 사건에 관한 것입니다. 약 10분 전, 강우종 씨의 총에 맞은 피해자가 사망했습니다.

옥상에서 있었던 일을 말하는 것이었다. 그러나 그건 영무를 공격한 것에 대한 정당방위였다. 안 그랬다면 영무가 죽었을 것이다.

"그건 정당방위였어! 저스티스가 잘못 본 거야!"

바로 항변한 건 영무였다.

─저스티스는 모든 데이터를 종합해 가장 합리적인 판결을 내렸습니다.

"어떤 판결?"

─저스티스의 판결문입니다. 일급 살인에 대해 유죄를

선고하고 피고를 사형에 처한다.

　어지러웠다. 차량과 매치 등 모든 시스템이 정지되었다.

　─개인용 전자기기 사용 허가를 박탈합니다.

　차 안에 꼼짝없이 갇힌 두 사람은 현란한 사이렌 소리를 내며 달려오는 전기련 차량들을 보았다. 이어 차에서 우르르 내린 픽서들과 보안팀 직원들이 영무의 차를 둘러쌌다. 그중 푸른색 바람막이를 입은 대여섯 명이 앞으로 천천히 다가왔는데, 그중 한 명은 전략기획실 김이석 과장이었다. 그들의 손에 들려 있는 낡은 은색 수갑이 보였다.

　"문 열어줄 테니 소지하고 있는 총기는 바닥에 던지고 천천히 나와요."

　이석의 말이 끝나자 굳게 잠겨 있던 도어락이 풀렸다. 우종과 영무는 서로를 쳐다봤다. 모든 게 허사가 되는 순간이었다.

　"어쩔 수 없어요. 여기가 끝이 아니길 바랄 수밖에."

　영무가 조용히 말했다. 우종은 그 말이 귀에 들어오지 않았다. 어떻게 여기까지 왔는데. 그렇지만 다른 방법이 없었다. 우종은 권총을 신경질적으로 바닥에 던졌다. 영무도 권총을 바닥에 내려놓고 차 밖으로 발을 내딛었다.

　"강우종 씨. 오영무 씨. 14일 저녁 돔 8구역에서 있었던 총기 살인 사건의 용의자로 체포합니다. 약관에 적시된 미란다 원칙 불필요 조항을 인지하고 신성한 저스티스의 판결을 완전히 신뢰할 것에 동의합니까?"

우종은 뱃속에서부터 끓어오르는 분노를 느꼈다. 교차로 사고에서 느꼈던 묘한 의구심과, 자신과 상관없으면 고찰할 필요 없다는 이기심, 거짓된 정의감 같은 것에 대한 역겨움이었다.

그때, 뒤에서 묵직한 차량이 달려오는 소리가 났다. 바퀴가 큰 픽업트럭이 이쪽으로 돌진해오고 있었다. 보안팀은 물론 다들 놀라 옆으로 피했지만 픽업트럭은 멈추지 않고 우종과 영무 앞까지 내달렸다. 운전석 창문이 열리더니 누군가 다그쳤다.

"타!"

우종과 영무는 생각할 틈도 없이 서둘러 트럭 짐칸에 올랐다. 그 와중에도 바닥에 둔 권총을 줍는 건 잊지 않았다. 트럭이 다시 출발하자 보안팀 직원들은 뒤에서 총을 쏘아댔고, 그러자 운전자 역시 길쭉한 소총을 꺼내 쏘았다. 픽업트럭은 막고 있던 차량을 치며 앞으로 달렸다. 짐칸에 엎드리고 있던 우종과 영무도 권총으로 대응했다.

얼마나 달렸을까. 더이상 총소리는 들리지 않았고 쫓아오는 차량도 없었다. 그럼에도 픽업트럭은 속도를 줄이지 않고 한참을 달렸다. 방향은 폐수의 강 쪽이었다.

어느새 뉴소울시티의 외곽 지역까지 다다랐다. 중간이 끊긴 다리까지 오자 트럭은 다리 옆 비탈길로 방향을 틀었다. 부서진 아스팔트 위로 사람 키만 한 잡초와 풀들이 무성했다. 풀들 사이로 녹슨 채 방치된 오래된 차들이 보였다.

끊긴 다리 아래를 달리던 픽업트럭은 작은 터널을 지났다. 그러자 또 다른 다리가 나왔다. 우종은 전혀 모르던 다리였다. 폐수의 강 수면보다 얼마 높지 않아서 비가 오면 잠길 것 같았다. 픽업트럭은 그 작은 다리를 달리다가 끊긴 부분 앞에 멈춰 섰다.

픽업트럭의 시동이 꺼지더니 장발에 수염이 덥수룩한 중년 사내가 내렸다. 낯선 얼굴에 아직 경계심을 풀지 않은 우종과 영무 역시 신중하게 행동했다.

"너무 걱정들 마쇼. 나도 당신들의 도움이 필요해서 구해준 거니까."

분위기를 풀고 싶은지 사내가 말했다.

"하지만 이렇게 막다른 곳으로 오면, 곧 이곳 위치를 파악한 직원들이 들이닥칠 겁니다."

"못 찾을 거요. 당신들 매치는 아까 그 차에 있으니까."

"이 트럭과 당신의 매치도 있는데 과연 그럴까요?"

우종이 사내의 셔츠 가슴 주머니에 들어 있는 네모난 장치를 쳐다보며 말했다. 그러자 사내가 웃었다.

"이거? 매치 아닌데?"

사내가 그것을 꺼내 보여주었다. 정말로 매치가 아니었다. 마치 픽업트럭처럼 오래전 대한민국에서나 존재하던 스마트폰 같았다.

"하지만 매치보다 이게 더 강력하지."

사내는 그것으로 도시를 조사한다고 했다. 아무런 추적도 받지 않고 말이다.

"그게 어떻게 가능하죠?"

영무는 이해가 가지 않는 듯 물었다.

"뉴소울시티는 옛날로 따지면 서울이오. 도시를 재건하면서 옛날 통신망을 모두 제거하고 새로운 통신망을 깔았지. 그런데 그 과정에서 실수가 있었는지 옛날에 쓰던 통신망 하나를 미처 제거하지 못했더군. 이건 그 통신망을 쓰는 기기인 데다 등록도 되어 있지 않소. 매치와 비교할 수 없는 구닥다리라 지금의 시스템도 먹히지 않으니 추적이 안 될 수밖에. 픽업트럭은 말할 것도 없고. 저건 대한민국 시절로 따지면 1980년대식이거든. 그래도 잘만 굴러가."

우종과 영무는 할 말이 없었다. 역사 시간에나 봤던 오래된 골동품을 보는 것 같았다. 사내는 우종과 영무가 자신을 신기해하면서도 미덥지 않아 한다는 것을 알아차렸다.

"진정한 클래식은 낡은 게 아니라 현재를 이기는 힘이오."

사내는 자신을 임치수라고 소개했다. 그러면서 자세한 이야기는 강을 건너가서 하겠다며 다리가 끊긴 곳으로 둘을 인도했다. 그곳에는 작은 모터보트가 있었다. 보트에 오른 치수는 시동을 걸었다. 그러나 우종과 영무는 섣불리 보트에 오르지 못했다. 강 건너편은 두 사람에게 미지의 영역이었기 때문이다. 지금까지 우종과 영무의 세상은 바로 이 강까지였다. 그 너머는 종말이 휩쓸고 간 무의 공간이자 모든 것이 파괴되는 죽음의 땅, 1파운드의 형벌을 받는 자들이 노역하는 곳이었기 때문이다.

"용기 있는 자만이 새로운 세상에 발을 내디딜 자격을 얻는 법이지."

치수는 빙그레 웃었다. 한참을 고민하던 우종은 두려운 마음으로 보트에 올랐다. 뒤따라 영무도 보트에 올랐다. 보트는 물살을 헤치며 나아갔다.

맞은편에 도착해 보트에서 내린 둘은 가슴이 뛰었다. 우종은 뒤를 돌아보았다. 뉴소울시티는 백 미터도 되지 않는 곳에 떨어져 있었다. 하지만 우종의 의식은 그보다 훨씬 더 멀리 온 기분이었다.

터널을 나가자 낡은 SUV 차량이 서 있었다. 운전석에 올라탄 치수가 키를 꽂고 돌리자 세찬 소리를 내며 시동이

걸렸다. 우종과 영무는 뒷좌석에 탔다. 차는 어두운 다리 밑을 지나 뉴소울시티 역사에는 없는 땅으로 진입했다.

치수가 좌측으로 핸들을 틀자, 곳곳이 부서지고 폐허가 된 과거 건물들이 강변을 따라 서 있는 것이 보였다. 뉴소울시티와는 달리 매우 고요했다.

갑자기 어디선가 악취가 끼쳤다. 우종과 영무는 코를 막았다. 치수는 썩은 물웅덩이에서 나는 냄새라고 설명했다. 치수의 설명에 따르면, 종말의 시기에 발생했던 일명 '강남 대폭발' 당시 주유소들이 연쇄적으로 폭발하면서 도시 전체가 불길에 휩싸인 건 맞지만 유독 가스는 일주일도 안 되어 사라졌다고 했다.

낯선 세상의 넓은 도로를 달리던 차는 웬 고층 빌딩 앞에 멈춰 섰다.

"여기가 나의 벙커요."

차에서 내려 건물을 본 우종과 영무는 압도적인 느낌을 받았다. 치수가 말한 벙커는 주위의 다른 건물들과 비교할 수 없을 정도로 높았다. 양 옆면은 거울처럼 유리 창문으로 되어 있었고, 앞코가 나온 부츠처럼 아래는 넓고 위는 좁아지는 구조의 건물이었다. 다만 이곳도 유리 창문 곳곳이 깨져 있고 건물 곳곳이 부서져 있어서 위험해 보였다.

"마치 거대한 비석 같지 않소? 결국 살아남지 못한 이전 시대가 묻혔다는 사실을 알려주는 것 같지."

치수는 건물 안으로 우종과 영무를 안내했다. 먼지와 부서진 잔해들 때문에 기분이 좋진 않았다. 1층 홀 안쪽으로 더 들어가자 유리로 이루어진 돔천장이 보였고 그 안으로 햇빛이 들어오고 있었다.

"40층까지 걸어가봅시다."

엘리베이터는 고장난 지 오래된 것 같았다. 우종과 영무는 앞장서는 치수를 따라 비상구 계단을 올랐다. 한 층씩 오를 때마다 다리가 점점 무거워지는 것을 느꼈다. 밤을 꼴딱 지새우며 쫓고 쫓기는 우여곡절을 겪었던 여파가 몰려오고 있었다.

"이 건물 꼭대기가 55층이거든. 내가 요새 무릎이 안 좋아 잘은 못 가는데, 경치가 아주 예술이라오. 시간 되면 55층까지도 같이 한번 가봅시다."

드디어 40층에 다다르자 우종과 영무는 가쁜 숨을 몰아쉬었다. 다리가 부들부들 떨려 잠시 허리를 숙여 숨을 골랐다. 숨이 잦아들자, 드디어 그 벙커라는 공간의 정체를 확인할 수 있었다.

넓고 뻥 뚫린 공간 한쪽 벽면을 구식 모니터 수십 대가 채우고 있었다. 구식 모니터는 아직 작동을 하는 듯, 모니터마다 55층 빌딩 주위의 풍경, 폐허 지대의 모습, 그리고 강 건너 뉴소울시티 변두리 모습까지 나오고 있었다. 구석에는 조잡해 보이는 드론 삼십여 대와 컨트롤러가 놓여 있었다. 한쪽 유리벽은 창문이 뜯겨나갔는지 뻥 뚫려 있었고 임시 난간이 설치되어 있었다. 그 뒤로는 의자와 망원경들이 잔뜩 쌓여 있었다. 또 다른 곳엔 역사책에서 봤던 낡은 컴퓨터들이 모여 있었다. 그 앞으로 여러 개의 모니터와 키보드가 달린 통제 부스가 놓여 있었고, 부스 한쪽엔 구시대 스마트폰들이 충전되는 중이었다.

"도대체 당신은 누굽니까?"

우종의 질문에 치수는 일단 앉으라며 의자를 권했다. 그리고 냉장고에서 물 두 병을 꺼내와 건네주었다.

"길재민 씨에게 쪽지를 보낸 사람이 바로 나요."

우종과 영무는 멈칫했다.

"저스티스의 아버지라고 하면 너무 거창하려나?"

사실 치수는 전기련의 수장인 아바리치아 그룹 연구개발팀의 수석연구원이었다. 특히 인공지능 연구 분야에서 괄목할 만한 연구 결과를 낸 입지전적인 인물로, 자율주행의 오류 가능성을 0.0001%까지 줄이는 데까지 성공하는 쾌거를 이룬 적도 있다고 했다. 치수는 류신의 지시를 직접 받는 몇 안 되는 직원 중 한 명이었다. 류신은 전기련 회원들에게 아바리치아의 미래 기술은 치수에게 달려 있다고 말할 정도로 그를 믿고 그에게 기대했다.

"그런데 어느 날, 류신이 우월한 기술을 넘어선 어떤 상징적 존재를 만들라고 하더이다. 인간의 편의만을 위한 존재가 아니라 사람들에게 칭송받는 완벽한 존재를."

류신의 통찰력을 믿었던 치수는 바로 인공지능 개발에 착수했다. 치수가 집중한 것은 단순한 기술이 아니었다. 욕망을 읽어내는 것이었다. 사람들이 진정 바라는 것은 무엇일까. 그런 것을 어떻게 시대와 결합하고 상황과 결합할 수 있을까. 사람들은 단순히 많은 돈이나 좋은 집을 원하는 게 아니었다. 그 모든 것들을 아우르는 건 '공평'과 '공정'이었다. 대한민국은 탐욕에 물든 세상이었으니까. 탐욕으로 인해 공평한 기회는 박탈되었고, 탐욕으로 인해 진리가 썩었고, 탐욕으로 인해 생명이란 가치에도 차등이 생겼다. 사람들이 진정으로 원하는 건 '정의'였다. 누구에게나 똑같은 잣대가 적용되는 세상. 그것이 멸망하기 전 대한민국 사람들이 바라던 것이었다.

"그래서 사람들에겐 사사師事가 필요할 거란 결론에 이르렀지. 시대를 올바르게 이끌 지도자이자 옳고 그름을 분별해줄 판관 말일세."

그렇게 치수는 인공지능 판사, 인공지능 솔로몬이라는 개념을 고안해냈다. 치수의 인공지능 판사 개발 계획은 류신의 장기적 계획과도 맞아떨어졌다.

류신의 지지를 얻은 치수는 막대한 투자를 받아 연구 개발에 박차를 가할 수 있었다. 그렇지만 데이터를 모으는 일이 만만치 않았다. 사람들의 우려도 컸다. 인공지능은 조력자일 뿐 판사가 될 수 없다고, 사건 뒤에 숨겨진 추상적 영역을 판단할 수 없을 거라는 여론이 우세했다.

오기가 생긴 치수는 혼신의 힘을 쏟았다. 그 결과 지금의 저스티스-44를 만들어냈다. 마흔네 번째 시도 만에 완성했기에 '44'를 붙였는데, 마침 '사사'란 이름과도 부합되는 것이 마치 운명 같았다. 류신 또한 흡족해했다. 당시 개발된 저스티스-44에는 완벽한 정의, 완전무결한 법치의 도시를 이루게 됐다는 치수의 자부심이 깃들어 있었다.

뉴소울시티가 창건되고 저스티스-44를 처음 도입했을 때 저스티스-44는 판사의 보조 역할만 했다. 그러나 점점 인간 판사의 판결에 사람들의 불만이 쌓이면서 사람들은 저스티스-44의 판결을 바라기 시작했다. 그리고 얼마 지나지 않아, 속 시원한 판결을 하는 저스티스-44에게 열광하기 시작했다.

저스티스-44는 점차 사법 시스템의 주체가 되기 시작했다. 방대한 데이터를 통한 정확한 분석, 그에 따른 공정한 판결과 처벌. 사회적으로 주목되는 사건·사고에서 내린 저스티스-44의 판결은 사람들의 기대에 완벽하게 부응했다. 사람들은 외쳤다.

"뉴소울시티를 지키는 정의의 사사! 신성하고 고귀한 그의 판결을 신뢰하라!"

저스티스-44는 정의의 신이 되었고, 어느덧 신성한 존재가 되었다. 모든 것이 류신의 바람대로였다. 이로서 느낀 것은 성취감 그 이상이었다. 아무도 가보지 못한 영역에 새긴 첫 발자국이 자신의 것이라는 우월감이었다. 그렇게 뉴소울시티의 모든 시스템과 분야가 저스티스-44를 중심으로 구축되기 시작했다.

"그러나 류신이 말했던 정의는 사람들을 현혹하기 위한 퍼포먼스의 재료일 뿐이었소. 그전까지는 몰랐지. 그의 목적과 나의 목적이 완전히 다르다는 걸."

치수의 바람대로 저스티스-44는 공평한 칼을 휘둘렀다. 그 칼날에 전기련 고위직 몇 명의 목이 날아갔다. 개중에는 전기련 회원들의 친인척도 있었다. 그러자 류신을 비롯한 전기련 회원들은 난처해졌다. 자신들이 만든 통치의 도구가 스스로의 목을 겨누게 되는 불편한 현실을 마주하게 된 것이었다.

"간단한 거야. 코드 하나만 넣어주면 돼. 자네와 내가 만든 낙원을 받치는 기둥은 지켜야 하지 않겠나?"

류신은 치수에게 저스티스-44 내부에 코드 하나를 심으라고 지시했다. 방대한 데이터를 보유한 저스티스-44의 구조에 코드 하나를 심는 건 그리 어려운 일이 아니었다. 하지만 그 코드가 무엇을 의미하는지 알고 있던 치수는 그의 요구를 수용하지 않았다.

　"내가 고결한 목적으로 만든 것이 그렇게 쓰이는 건 참을 수 없었소. 마치 내 이상도 더럽혀지고 모욕당하는 것 같았거든. 개국공신이 역적으로 추락하는 데는 하루도 안 걸리더군."

　치수는 더이상 류신을 독대하지 못했다. 감사본부는 개발비 편취 혐의를 그에게 뒤집어씌웠고, 치수의 개발실과 자택까지 압수수색을 이어갔다. 언론에서는 치수가 거짓 개발자이자 양심 없는 학자라고 떠들어댔다. 치수는 돈과 명예뿐 아니라 그 과정에서 아내까지 잃었다. 분노했고, 싸웠지만, 돌아오는 건 아무것도 바뀌지 않는 현실에 대한 무력감뿐이었다. 도시를 지배하는 이데올로기와 싸우는 것은 애초에 불가능한지도 몰랐다.

　그렇다고 해서 치수의 분노가 꺼진 것은 아니었다. '언젠가는'이라는 기대를 가지고 치수는 스스로 자신의 존재를 지운 채 잠적했다.

　"날 지우는 건 어렵지 않았소. 저스티스는 내 자식이나 다름없고, 저스티스보다 내가 더 저스티스를 잘 알았으니까."

그때 치수의 눈에 들어온 곳이 바로 폐수의 강 건너의 폐허 지대였다. 떠도는 소문만 무성한 죽음의 땅, 그곳으로 가면 살 수 있을까? 당시 치수에게 필요한 건 금기와 고정관념을 넘어설 용기였다.

강 건너에 도착한 치수는 우선 55층 건물의 가장 높은 층에 벙커를 지었다. 그리고 다시 시선을 뉴소울시티로 돌렸다. 언젠가는 자신이 품은 대의를 실현할 날을 기다리며.

치수는 옛날 방식을 택했다. 구식 드론, 구식 컴퓨터, 구식 스마트폰. 그것들을 이용해 뉴소울시티를 엿보았고 저스티스를 해킹해 그의 판결문과 자료들을 보았다. 수리 직원으로 위장하고 전기련에 잠입해 지낸 적도 있었다. 그렇게 지켜본 결과, 역시 뉴소울시티는 타락하고 있었다.

"더이상 뉴소울시티에서는 저스티스의 본연의 의도가 작동하지 않더군. 정의라는 가면을 뒤집어쓴, 오염된 사욕만 판치는 도시가 되어버렸지."

이렇게 말하는 치수의 얼굴은 유달리 슬퍼 보였다.

치수는 다시 연구에 열정을 불태웠고, 전기련의 추적을 받지 않고 저스티스-44의 네트워크에 접속할 수 있는 매치와 고스트를 개발했다. 흔적조차 남기지 않았다. 그것을 조사하다 발견한 것이 교차로 교통사고와 박도경의 사망 사고였다. 이 사건들에 대한 판결을 하기 전, 저스티스-44에게 무슨 코드가 작동한 것으로 추측됐다.

"그럼 판결이 영 이상했던 건 그 코드 때문이라는 말입니까?"

우종의 질문에 치수는 고개를 끄덕였다. 우종과 영무는 이 사건들이 마티니 거래와 관련되었을 거라고 추측했다. 그러나 문을 열어젖힌 곳엔 의외의 진실이 도사리고 있었다.

순간 우종의 머릿속을 스치는 게 있었다. 교차로 사고현장에서 박도경의 신원 확인을 요청했을 때 곤의 멈칫하기색이었다. 혹시 그것이 치수가 말한 코드가 작동하던 순간이 아니었을까? 영무도 비슷한 생각을 하고 있었다. 아주리도 찰나의 뜸을 들인 적이 있었다.

"그 코드의 이름을 '케인'이라고 부르지."

아무도 건드리지 못하고 저스티스-44도 벌할 수 없는 표식 코드. 치수는 아마 전기련이 회원들에게 그 코드를 부여했고, 그것이 저스티스-44의 판결에 영향을 미쳤을 거라고 했다.

"저스티스는 타락했어. 스스로 정의를 조작하고 있더군."

치수는 자신이 입수한 강변 거리 사건의 원본 영상을 보여주었다. 남덕현의 매치에 있던 영상이었고 최훈석이 말한 그대로였다.

그러면서 치수는 자신이 전기련에 잠복해 있을 때 전략기획실 김이석의 중학생 아들이 폭행으로 저스티스의 판결을 기다리는 중이라는 소식을 알게 되었다고 했다. 사연은 그랬다. 이석의 아들이 학교에서 몸싸움을 벌이다 상대가 계단에서 굴렀는데 결국 그 소년이 식물인간 판정을 받았다고 했다. 뉴소울시티에는 촉법소년 제도가 없으므로 모두들 폭행치상 처분을 받을 거라고 예상했다. 그러나 저스티스트는 무죄를 선고했다. 판결문에는 CCTV 영상과 행동 패턴 분석, 목격자 진술을 토대로 분석한 결과와 함께, 몸싸움 과정에서 의도치 않게 벌어진 사고이기에 무죄를 선고한다라고 쓰여 있었다.

그러나 치수가 볼 때 여기엔 치명적인 오류가 있었다. 피의자가 계단에서 구르게 된 이전 과정이 판결에 반영되지 않은 것이다. 치수가 그날의 영상을 분석한 결과, 이석의 아들이 피해자를 주먹으로 강하게 내리쳤고, 순간 정신이 아득해진 피해자가 주춤거리며 뒷걸음질 치다 발을 헛디뎌 계단에서 구른 것이었다. 게다가 가해자는 피해자 구호를 위한 최소한 응급조치도 하지 않았다. 그럼에도 이석의 아들에게 내려진 저스티스의 판결은 '주의 및 3일간 근신'뿐이었다.

"케인 코드가 작동한 거겠군요."

"그럴 가능성이 크지 않겠습니까?"

"하지만 정말 그 코드가 작동한 것인지, 직접 확인하신 건 아니잖습니까?"

묵묵히 듣고 있던 영무는 그동안의 상황들을 곱씹다 물었다. 류신이 케인 코드를 지시했던 사실만 있을 뿐, 그 코드를 진짜 만들었는지, 진짜 저스티스에게 심었는지는 치수도 확실히 알지 못했기 때문이다.

"내가 직접 확인한 건 아니지만, 내가 저스티스를 개발했을 때 최소 90% 이상의 확신이 들어야 유죄 판결을 내리도록 설정했습니다. 그리고 그 기준을 근거로 데이터 분석 수치에 따라 죄의 경중을 결정하게 만들었소. 그걸로도 완벽하지 않아 항소 코드도 만들었는데, 스스로 복기하고 오류 가능성을 재검토하며 판결에 대한 신뢰도를 높이는 방법이었습니다."

"그럼 우희건이나 박도경 사건도, 우리가 보기엔 이상하지만 정밀 분석에 따른 판결일 가능성이 있겠네요? 어쩌면 우리가 모르는 판단의 근거가 있던 것일 수도 있고."

우종의 추측에 치수는 단호하게 고개를 가로저었다.

"아니. 흔히들 인간의 감정은 추상적이기 때문에 저스티스가 그런 부분들을 판단 근거로 삼을 수 없다고 하지. 하지만 그건 저스티스가 지성체라는 것을 간과하고 오류를 범하는 거나 다름없소. 정확히 계산된 값만이 정의를 말하는 게 아니란 거요."

치수는 저스티스에게 계산하는 프로그램만 심은 게 아니었다. 수많은 영상과 이미지 자료를 보여주고 인간 보편의 감정까지 습득하게 했던 것이다. 우희건의 사건 영상을 보고 느낀 영무의 감정을, 교차로 교통사고를 분석하고 느낀 우종의 감정을, 저스티스도 느꼈을 것이다.

"김이석의 아들 사건에서 이상한 느낌을 받았듯이, 당신들이 조사한 사건들에서도 그런 이상한 느낌을 받았소. 분명 저스티스도 그렇게 느꼈을 거요. 그런데 그 느낌과는 정반대의 판결을 내렸지. 보편적 법감정이라는 것이 있소. 초창기에 저스티스가 사람들의 열광적인 지지를 받은 건 대중의 생각과 부합하고 그들의 감정을 해소하는 판결을 했기 때문이오."

치수 말대로 우종도, 영무도 간과한 사실이 있었다. 저스티스는 정교한 계산기만은 아니라는 것이었다.

"그렇지만 한 가지 의문이 있소. 박도경도 우희건도 모두 오작동 사고로 죽었소. 케인 코드를 정말 심었다면 모두 포함되는 자들인데."

우종은 명치 아래로 서늘함을 느꼈다.

"보통 사고를 당한 사망자의 모습이 아니긴 했습니다. 제 개인적인 느낌이지만, 마치 처형을 집행한 현장 같았어요."

영무도 우희건의 마지막 모습을 떠올리고 있었다. 세단에 갇힌 채 살려 달라고 울부짖던 모습. 마치 감옥에 갇혀 처형을 당한 것 같다고 생각했다.

"방금 말했잖습니까. 느낌이란 게 그저 추상적이고 부정확한 개념만은 아니라고."

"전기련에 불만을 품은 자가 벌인 짓일까요?"

우종이 의아해하자 치수는 쓴웃음을 지었다.

"그렇다면 나밖에 없군. 하지만 나는 아니오. 난 저스티스가 다시 정의로워지기를 바랄 뿐이니까."

"불만을 품은 자가 정말 있다면, 그자가 케인 코드에 대해 더 잘 알지도 모르죠. 그렇다고 살인은 정당화되지 않겠지만요."

영무의 말대로 동기가 과정을 정당화시켜주지 않는다. 그자의 행동으로 도시가 시끄러워지면, 우종과 영무가 밝히려던 진실은 무의미한 것으로 전락할지도 모른다. 오히려 살인자 취급을 받으면서 도망자 신세가 될 가능성도 있다.

"다시 리버레이션에 들어가야겠어요."

우종은 뉴소울시티로 다시 돌아가 저스티스 안으로 들어가야겠다고 했다. 이미 수배령이 내려져 쉽지 않을 테지만. 진실을 위해 이미 여기까지 왔다. 이제는 그 무엇도 두렵지 않았다.

*

전기련 본사 가장 높은 층에 자리한 회의장. 고급스러운 대리석 바닥 가운데 커다란 원목 원탁이 놓여 있었다. 전면의 통창으로 보이는 주변의 모습은 신성한 분위기를 풍겼다.

그러나 회의장은 오전 내내 긴장감이 감돌았다. 근래에 있던 오작동 사고 때문에 긴급히 전기련 최고 회의가 열렸기 때문이다.

토호 그룹의 우찬용 대표는 술 냄새를 풍기고 있었다. 넥타이도 매지 않았고, 부스스한 머리와 덥수룩한 수염은 지저분해 보였다. 아들의 상도 치르지 못하고 자리한 것 같았다.

"저는 더이상 의장님을 신뢰할 수 없습니다! 망할 놈의 전기련도 마찬가지입니다. 제 아들이 죽었는데 어떻게 그럴 수 있겠습니까? 의장에 대한 불신임을 제기하고 싶은 심정입니다."

우찬용은 원탁을 주먹으로 내리치며 울분을 토했다.

"회원들에게 송구스럽게 생각하는 바요. 특히나 우찬용 대표에겐 말로 다할 수 없는 사과와 위로를 전하고 싶소."

류신이 자리에서 일어나 정중하게 허리를 굽혔다. 류신의 전례 없는 행동에 송명길은 두려움을 느꼈다. 자신이 아는 류신은 자존심이 강했고, 철두철미하며, 만족할 줄 모르는 완벽주의자였다. 그에게 실수란 절대 용납되지 않았다. 그런 그가 머리를 숙이다니. 실수를 인정한다는 뜻이기도 했지만, 끝까지 책임을 지겠다는 결의와도 같았다.

회의가 끝나고 회의장 안에는 류신과 송명길만 남았다. 유리창으로 도시를 내려다보는 류신의 얼굴은 굳어 있었다.

"송 실장. 내가 오늘 회원들에게 한 사과의 의미는 잘 알고 있겠지?"

"네. 잘 알고 있습니다."

"잘못하면 이 도시가 위태로워져. 우리도 마찬가지고."

류신은 저스티스를 기획하고 개발했던 연구개발팀장 임치수를 떠올렸다. 저스티스는 그의 아이디어로부터 시작됐다. 그 얘기를 들었을 때 류신은 눈이 번쩍 뜨였었다. 자신이 바라던 모든 걸 이뤄줄 마지막 퍼즐을 찾은 것만 같았다. 그는 류신의 자랑이었다. 지금은 그가 죽었는지 살았는지도 모르지만.

오랜 인내 끝에 종말이란 홍수에서 뉴소울시티라는 방

주를 만들고 저스티스라는 항해사를 세웠다. 결국 유토피아라는 막연한 땅을 사람들이 목도하게 했다. 하지만 모두가 행복한 세상은 없는 듯했다. 곳곳에서 문제가 발생하기 시작했다.

사실 류신은 영생을 얻고 싶었다. 늙고 노쇠한 자신의 몸을 볼 때마다 류신은 마음이 급해졌다. 내가 죽으면 아바리치아는 어떻게 될까. 류신에게는 이제 갓 스무 살을 넘긴 딸 류시은밖에 없었다. 다른 전기련 회원들은 언제나 호시탐탐 의장의 자리를 넘봤다. 힘을 지키기 위해서는 그들의 편의도 봐줘야 했다. 그렇기 때문에 임치수에게 그런 지시를 내린 것이었다.

임치수가 떠나고 류신은 새로 임명된 개발팀장 이한에게 해결책 개발을 지시했다. 그렇게 만들어진 것이 케인 코드였다. 전기련의 회원과 그들의 친인척들만 예외로 두도록 하는, 절대적인 방패 같은 알고리즘이었다. 그 코드는 저스티스의 가장 깊숙한 곳에 심겨져 있었다.

그러나 최근 일 년 사이 이상한 오작동 문제들이 발생했고, 이상함을 눈치챈 놈들이 케인 코드의 존재에 다가온 것이다.

"케인 코드를 반드시 보완해야 해. 그리고 반드시 그놈들을 잡아. 놈들이 이 문제를 세상에 퍼뜨리기 전에."

"네, 의장님."

"절대로 알려져선 안 돼. 절대로."

하지만 지금의 저스티스는 메케니컬 터크나 다름없었다. 뉴소울시티라는 체스판에서, 류신의 생각을 가진 케인을 숨기고 저스티스라는 인형이 수를 둘 뿐이었다. 그 사실을 눈치챈 놈들이 체스판 아래를 열어보려 하고 하고 있었다.

시간이 별로 없다. 지팡이를 쥔 류신의 손이 하얘졌다.

7장

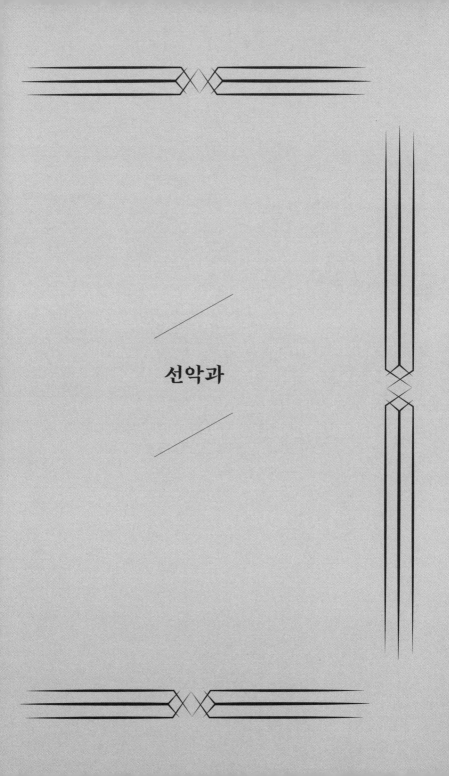

선악과

뱀이 여자에게 물어 가로되, 하나님이 참으로 너희더러 동산 모든 나무의 실과를 먹지 말라 하시더냐. 여자가 뱀에게 말하되, 동산 나무의 실과를 우리가 먹을 수 있으나 동산 중앙에 있는 나무의 실과는 하나님의 말씀에 너희는 먹지도 말고 만지지도 말라 너희가 죽을까 하노라 하셨느니라. 뱀이 여자에게 이르되, 너희가 결코 죽지 아니하리라. 너희가 그것을 먹는 날에는 너희 눈이 밝아 하나님과 같이 되어 선악을 알 줄을 하나님이 아심이니라.

—창세기 3장 1-5절

문이 열리고 김이석이 들어왔다. 표정이 좋지 않았다. 명길은 찻잔에 포갰던 도자기 거름망을 빈 접시로 옮겼다. 거름망에는 물기를 머금은 짙은 갈색 찻잎이 가득했다.

"그자들이 사라졌다고요?"

"네. 죄송합니다."

명길은 우희건 사망 사고 현장에서 사라진 우종과 영무에 대해 물었다.

"그들을 태우고 갔다는 트럭은 찾았습니까?"

"네. 찾긴 했습니다만……."

명길은 잔을 들어 천천히 한입 마셨다. 은은한 꽃향이 입안에 퍼졌다.

"매번 결과가 실망스럽군요."

"죄송합니다. 하지만 돌발 사고가 발생한지라……."

이석이 말끝을 흐리며 머리를 숙였다.

사건이 걷잡을 수 없이 커지고 있었다. 명길은, 그 기자를 처리하는 일을 마티니 중독자인 공장 노동자 따위에게 맡긴 것을 후회했다.

"그런 걸 처리하라고 그 자리에 앉힌 겁니다. 그런 핑계나 댈 거면 김 과장을 그 자리에 앉힐 필요가 있겠습니까?"

명길은 들고 있던 잔을 소리 나게 내려놓았다. 이석은 명길 앞으로 조심스럽게 매치 두 개를 내밀었다. 우종과 영무의 것이었다.

"도주한 감사본부 직원의 차에서 발견했습니다. 내용은 카피해서 연구개발팀에 넘겼습니다. 트럭 운전자는 뉴소울시티와 계약되어 있지 않은 무자격자 같습니다. 트럭을 발견하긴 했는데 저스티스 시스템과 연결되어 있지 않았고, 그 안에도 단서가 될 만한 것은 없었습니다."

그리고 이석은 무언가 결심한 듯 말했다.

"이번 일이 끝나면 퇴사하겠습니다. 실장님 말씀대로 저에게 부여된 업무를 잘 수행하지 못한 것 같습니다. 그간 발생한 모든 사건에 대해 책임지겠으니, 마지막까지 기회를 주십시오."

명길이 마지못해 고개를 끄덕이자, 이석은 성큼성큼 사

무실을 나갔다.

입술이 말랐다. 김이석의 결심이야말로 응당 자신이 해야 하는 것이었고 자신이 져야 하는 책임이었다.

명길은 이한으로부터 뜻밖의 영상을 보고받았다. 우종과 영무가 매치 사용 불가 판정을 받기 직전의 영상이었다. 영상에는 이들과 우희건의 대화, 우희건과의 추격전, 그리고 우희건이 죽기 직전의 상황이 전부 담겨 있었다. 우희건의 사망 장면을 확인한 명길은 당황했다. 우희건에 대한 안전 시스템이 작동하지 않았다. 오작동이라 하기엔 탈출하려는 그를 붙잡아 가두는 것처럼 보이기까지 했다. 게다가 가드레일을 들이받기 전까지 차량의 주행은 또 어떠한가. 고스트에 의한 자율주행이었는데, 자율주행의 관건은 안전이었다.

명길은 그동안 발생한 오작동 사고들 역시 이러한 상황과 유사했을 거라고 추측했다. 방법이 없었다. 결국 그는 셧다운을 명령했다.

"결국 그것밖에 답이 없는 걸까요?"

저스티스 시스템이 멈춘다는 것은 도시가 통제 불능 상태가 된다는 말이다. 그렇게 되면 상황이 어떻게 바뀔지 가늠할 수 없다.

"저도 그런 건 바라지 않지만, 현재로서는 다른 수가 없습니다."

명길의 한숨이 모니터 너머 한에게까지 닿는 것 같았다.

*

우종은 우희건에게 벌어졌던 일에 대해 치수에게 설명
했다. 치수는 못 믿겠다는 표정이었다.

"그럴 리가 없을 텐데. 고스트가 그런 선택을 할 리가
없소."

"저희 눈으로 똑똑히 봤습니다. 생각해보면 우희건의
차가 출발한 순간부터 이상했어요."

영무도 우종의 말을 거들었다. 차량의 창문이 갑자기 올
라가며 닫힐 때, 우희건의 당황하는 표정을 영무는 분명히
보았다.

"소유자의 지시 없이 고스트가 그런 행동 패턴을 보인
다는 건 납득이 어렵긴 하네. 고스트는 사람처럼 말하고
행동하는 거지 진짜 사람이 아니거든."

치수의 벙커 밖으로 노을에 잠기고 있는 뉴소울시티가
보였다. 가운데에 있는 트리빌딩도 보였다. 우종이 물었다.

"케인 코드에 의해 보호받은 이들이 비슷한 상황에서
죽은 것은 어떻게 해석할 수 있을까요?"

"글쎄."

우종의 질문에 치수는 의자를 뒤로 젖히며 두 팔을 머리에 대고 천장을 바라보았다.

"뭔지는 몰라도 전기련, 그들의 세상이 무너지고 있는 건 확실하지."

턱수염을 매만지며 치수는 미소를 지었다.

"그런데 저희를 도와주신 이유가 정확히 뭐죠? 재민 씨한테 쪽지를 보내셨다고 하셨잖아요."

"쪽지 제대로 안 봤소? 거기에 이유까지 다 적어놨는데. 다들 암호에만 시선을 두셨군 그래."

치수의 말대로 암호 분석하는 일에만 시선을 두었다. 그래서 쪽지를 준 이유가 무엇이었는지는 기억이 나지 않았다.

"물론 내가 만든 창조물을 망쳐버린 것에 대한 분노가 없었던 건 아니요, 그렇지만 난 그보다는 그저 정상적인 세상을 만들고 싶은 열망이 더 컸소. 일종의 생존본능이랄까? 불공평한 세상은 결국 서로를 잡아먹는 종말을 불러올 테니까."

우종은 곰곰이 생각했다. 박도경의 시신을 보고 느낀 처음 감정은, 다시 생각해보면 카타르시스 같은 것이었다. 죄를 짓고도 자기 손은 깨끗하다고 말하는 뻔뻔함에 대한 대가라고 생각했다.

"원치 않으면 하지 않아도 됩니다. 나는 혼자서라도 계속할 거니까."

우종은 치수에게 결의에 찬 눈빛을 보냈다. 반면 영무는 가만히 생각하는 듯한 모습이었다.

밤이 되자 치수는 벙커 아래층에 있는 방으로 둘을 안내했다. 전기는 들어오지 않았지만 제법 멀쩡해 보이는 침대 두 개가 있었다. 치수는 초에 불을 붙여주었다. 때 묻은 접시 위에 촛농으로 고정한 양초의 불꽃이 방을 밝히고 있었다.

영무는 침대에 걸터앉았다. 어쩌다 여기까지 온 걸까. 남들이 부러워하던 전기련 감사본부의 전도유망한 직원에서 살인죄로 수배받는 처지가 되다니. 영무가 한숨을 쉬자 영무의 그림자가 촛불에 흔들렸다. 침대에 누워 있던 우종은 영무의 불안함을 눈치챘다.

"저도 불안하긴 하거든요. 누구든 안 그렇겠어요? 잡히면 〈1파운드〉의 무대로 끌려갈 텐데."

영무는 우종의 말을 묵묵히 듣고 있었다.

"제 의문 때문에 영무 씨까지 휘말리게 된 것 같아서 미안하게 생각해요."

"아니요. 이건 제 선택이었습니다. 누굴 탓할 것이 아닙니다. 그래도 두려운 건 어쩔 수 없네요."

이번엔 우종이 묵묵히 듣고 있었다.

"하지만 저도 끝을 보고 싶군요. 뉴소울시티가 제 생각과는 달리 불의에 물들어 있다면, 싸워야죠. 제가 생각했던 세상으로 다시 돌려놓기 위해서. 안 그래요? 저의 세상이 무너지는 건데."

지금까지 자신이 믿은 생각, 확신, 논리, 믿음, 진실이 무너진다면 과연 사람들은 평소처럼 살 수 있을까?

영무는 촛불을 끄고 침대에 누웠다.

"인생에 티존이란 건 없겠지……."

유리창에 성에가 끼기 시작했다. 하얀 자국 너머로 아직 불이 꺼지지 않은 뉴소울시티가 보였다.

*

실내 수영장 한쪽 선베드에 앉아 뉴소울시티의 야경을 바라보던 류신은 상념에 잠겨 있었다. 눈이 조금씩 내리고 있었다. 나풀거리며 내려오던 눈은 유리 돔의 천장에 내려앉아 녹았다. 수영장 바닥의 푸른빛이 물결에 흔들리며 한층 굳어 있던 류신의 표정을 더욱 음울하게 만들었다.

수영장에서 여유롭게 물을 헤치던 시은은 물 밖으로 나와 류신의 옆 선베드에 걸터앉았다.

"오늘따라 표정이 안 좋네요, 아빠."

기능성 수영복을 입은 시은의 몸은 날렵하고 건강해 보였다. 어디에도 지지 않을 듯한 오만한 눈빛과 자신감 있는 태도까지, 미소를 짓고 있는 시은은 이제 막 떠오르는 태양 같았다. 그래서인지 류신은 딸을 볼 때마다 이상한 질투심이 생겼다. 그건 자신이 앞으로 영원히 갖지 못할 시간과 젊음에 대한 것이었다.

"그 소문 때문이죠?"

해결책을 찾지 못한 풍문이 딸의 귀에까지 들어간 모양이었다. 류신은 대답하지 않았다.

"걱정 마세요. 소문은 컵 안에 담긴 물이나 다름없으니까요."

물은 그것이 담긴 용기에 따라 그 모양이 변한다. 물이라는 본질은 변하지 않지만, 사람들은 용기의 모양에만 시선을 두고, 의미를 둔다. 진실을 원한다고 하지만, 결국 소문이 가진 흥미에 몰두한다. 살인 행각을 벌이며 도주하는 살인범의 정체를 모두가 궁금해하지만, 그의 행적과 도주로만 관심이 옮겨간다. 그러다 그가 잡히면, 자신들의 내면에 자리한 죄책감을 온전히 살인자에게 쏟아붓고 반나절 뒤면 또다시 까맣게 잊는다.

"그랬으면 좋겠구나. 여긴 나의 도시이지만 너의 도시기도 하니까."

그 말을 듣자 시은은 선베드에서 일어나 난간 쪽으로 걸어갔다. 류신과 시은은 1구역 최고 높이를 자랑하는 160층짜리 건물에서 최상위 10층에 달하는 펜트하우스를 차지하고 있었다. 펜트하우스에 딸린 수영장에서 보면 저 멀리 반도의 서쪽 끝 바다까지 보였다. 군림하듯 도시를 내려다보는 시은의 눈은 야망으로 빛나고 있었다.

그러나 시은을 지켜보던 류신은 불안했다. 수많은 정적 政敵을 누르고 이 자리에 오른 과정을 시은은 경험하지 못했기 때문이었다.

*

우종과 영무가 치수와 함께한 지도 시간이 꽤 지났다. 그동안 우종과 영무는 치수가 설계한 벙커 시스템을 통해 뉴소울시티를 지켜보았다. 비밀스럽게 띄운 드론으로 지역 곳곳을 살펴보았고, 몇몇 인공지능 시스템을 해킹해 뉴스와 여러 가지 상황들을 확인할 수 있었다.

평소와 다름없어 보였지만 〈1파운드〉의 방영이 연기된 것으로 봐서는 도시 내부에 이상한 조짐이 일고 있는 듯했다. 게다가 자신들에 대해 공개 수배를 내리지 않고 있었다.

"공개 수배를 하지 않은 것으로 봐선 저쪽도 애가 타는 모양이군."

벙커 모니터로 뉴스를 보던 치수는 웃었다.

"저스티스의 문제를 해결하지 못하니 그럴 수밖에요. 앞으로 오작동 사망 사고 같은 건들이 더 많이 발생하겠죠."

영무가 얼굴을 가리기 위해 썼던 반다나를 벗으며 대꾸했다.

세 사람은 보름 만에 벙커로 돌아온 참이었다. 그들은 우종의 계획을 실행하려면 맨주먹으론 불가능하다고 판단했다. 전기련은 저스티스라는 최고의 지능을 이용해 도시를 방어하고 있다. 그들이 예상하지 못할 방법들을 선택해야 했다. 그래서 세 사람은 다른 지역들을 돌아보기로 했다.

55층 건물 앞에서 픽업트럭을 타고 출발했다. 도로는 적막했다. 과거 서울이었던 곳을 벗어나자 무성한 숲이 보였다. 논과 밭은 보이지 않았다. 간혹 보이는 건물들은 폐허가 된 채 우두커니 서 있을 뿐이었다.

그들은 종말이 덮치고 간 한반도의 모습을 목격했다. 과거의 세상은 무너지고, 폭발하고, 불타버렸고, 그곳에 있던 생명들은 모두 먼지가 된 듯했다. 가끔 폭동의 끔찍한 흔적을 만나기도 했지만 그런 모습들에도 차차 무뎌지기 시작했다. 시체의 흔적은 찾기 힘들었다. 옷가지가 놓인 모양새로 사람들이 있었음을 추측할 뿐이었다.

세 사람이 먼저 찾아간 곳은 군사 시설과 쇼핑몰이었다. 군사 시설에는 무기는 물론 식량, 이동 수단, 심지어는 숙소까지 남아 있었다. 이들은 여기서 총기와 수류탄 같은 무기를 찾아 꺼내 사용법을 숙지하고 사격 훈련을 했다. 며칠이 지나자 무기를 다루는 데 서툴렀던 영무도 꽤나 능숙하게 탄창을 갈아 끼울 수 있었다.

그다음에는 생필품을 찾기 위해 쇼핑몰을 뒤졌다. 유통 기한이 한참이나 지났지만 아직 먹을 수 있는 것도 있었다. 하지만 음식은 중요한 게 아니었다. 시스템을 유지하기 위해서는 전기가 필요했다. 차량용 배터리부터 전력 공급 장치와 물품들을 최대한 가득 차에 실었다.

열흘이 넘는 탐험이 끝나고 돌아오는 길은 예상보다 더 힘들었다. 연료가 떨어지면 갈아탈 차량을 찾고 다시 짐을 옮겨야 했기 때문이었다. 그래도 최근에 찾은 SUV에는 연료가 꽉 차 있어서 한시름 놓을 수 있었다. 준비는 끝나가고 있었다.

*

한은 며칠째 집에도 가지 않고 저스티스를 분석하고 있었다. 또다시 오작동 사고로 전기련 회원의 가족이 사망한 것이다. 이 일로 한은 며칠 밤을 새워가며 저스티스의 구조를 파고들었다. 그리고 각고의 노력 끝에, 그렇게도 잡히지 않던 코드에 조금씩 접근하기 시작했다.

한이 리넥터를 쓰고 저스티스 내부에 접속하자 어두운 화면에서 수많은 수식과 데이터들이 쏟아졌다. 그중에서 붉은 글씨로 적힌 목록이 보였다. 오작동 사고의 사례 목록이었다. 박도경, 우희건부터 시작되는 목록은 모두 전기련 회원들의 친인척들이었다. 현재는 모두 사망했거나, 중상을 입어 사경을 헤매거나, 불구가 된 인물들이었다.

한은 목록에 연관된 사건 판결의 알고리즘을 들여다보았다. 모두 이전에 다른 사고들을 일으켰지만 저스티스에 의해 무죄를 판결받거나 오작동으로 인한 단순 사고 판결을 받은 인물들이었다. 사건 초기에 적용되었던 일반적인 유죄 판결 알고리즘에서 이들은 열외 없이 95%가 넘는 유죄 판결을 받았다. 그렇지만 그들의 프로필이 추가되는 순간 판결 알고리즘에 케인 코드가 추가되며 측정값은 대폭 내려가 유죄 추정 30% 이하가 되었다. 그렇게 이들은 무죄 또는 단순 사고로 최종 판결을 받았다.

한의 눈길을 사로잡은 건 목록에 이름을 올린 사람들에게 추가된 첨부 파일이 있었다. 연구개발팀에선 만든 적이 없는 것이었다. 파일의 생성 시점은 그들이 사고를 당하기 바로 전이었고, 파일명은 글자가 깨져 알아볼 수 없었다. 한은 파일 열기를 실행했다. 그러나 열리지 않았다.

─열람을 거부합니다.

"파일 강제 열기를 시행해."

─거부합니다. 권한자의 승인이 필요합니다.

"무슨 소리야? 내가 시스템 관리자이자 권한자잖아."

한은 언성을 높였다.

─연구개발팀장은 권한자가 아닙니다. 권한을 가진 자와 접속 장치가 필요합니다.

"그럼 권한을 가진 사람이 누군데? 접속 장치는 또 뭐야?"

한의 질문에 저스티스는 잠시 뜸을 들였다. 한은 빨리 대답하라며 다시 한 번 소리를 질렀다. 그때였다.

─류신을 불러오라! 그에게 목격자의 키를 건네라!

한은 화들짝 놀랐다. 강한 어조의 명령투었다. 아무리 저스티스라고 해도, 한뿐만 아니라 어떤 누구에게도 명령조로 말한 적이 없었다. 믿기지 않는 일이었다. 순간 한은 두려워졌다. 식은땀이 흘렀고, 목소리가 떨려서 더듬거리기까지 했다.

"키라니?"

―죄악에 물든 너희가 강탈한 은둔자들의 매치 말이다.

"거기에 있는 게 대체 뭔데?"

두려운 목소리로부터 답은 없었다. 한이 재차 묻자 저스티스는 기계적인 목소리로 대답했다.

―답변을 거부합니다. 현 시점부터 해당 파일에 대한 권한자 이외의 모든 접근을 차단합니다.

저스티스와의 연결이 끊어졌다.

방금 벌어진 일이 도대체 뭔지 짐작도 되지 않았다. 허겁지겁 철제 계단을 내려가던 한은 다리에 힘이 풀려 넘어질 뻔했다. 넋이 나간 표정으로 연구개발실에 들어온 한은, 보관 박스에 있던 수배된 직원들의 매치를 들고 전기련 본부로 향했다.

*

새벽에 제일 먼저 일어난 치수는 우종과 영무를 깨워 계획의 목표를 다시 일러주었다.

"케인 코드. 그것만 찾아오면 돼요. 그 안의 알고리즘을 보면 원인도 알게 될 테니까."

총기부터 도주 경로까지 확인한 세 사람은 떠날 채비를 마치고 55층 건물을 나섰다.

비가 내리고 있었다. 세 사람은 어제 구해온 SUV를 타고 뉴소울시티의 동북쪽으로 달렸다. 폐수의 강 동쪽 끝에는 강줄기 폭이 좁아지는 지역이 있었다. 그곳은 뉴소울시티 경계 지역 밖이었고, 인적이 없었으며 도시의 중심부까지 향하는 철로가 남아 있었다.

세찬 비 때문에 가면 갈수록 추웠다. 히터는 고장이 났는지 작동하지 않았다. 세 사람은 말 없이 강에 다다랐고, 짐을 챙겨 배에 올랐다. 물살이 세지 않아서 노를 젓는 게 힘들지는 않았다. 뭐라도 튀어나올 것 같은 불안감 속에 노 젓는 소리와 빗소리만 들렸다.

그렇게 강을 건넌 세 사람은 철로 인근에 버려진 고급 세단에 올랐다. 고급 세단은 다행히 히터가 작동되었고 좌석의 열선 시트도 들어와 꽁꽁 언 몸을 녹일 수 있었다. 기어박스 위 구식 액정 화면에 2D 형태의 내비게이션이 보였다. 치수는 목적지를 남산으로 설정하고 핸들을 잡았다.

도시의 경계를 따라 북쪽 진입로를 향하는 길은 꽤 멀고 험했다. 온기 때문인지 우종은 잠시 잠이 들었다.

구불구불한 산길을 달리는 차창 밖으로 암벽 바위가 정상에 터를 잡은 높은 산이 보였다. 내비게이션에는 북악산이라고 표시되어 있었다.

차가 비탈길을 내려와 평지로 오자 오른쪽에 터만 남은 궁 담벼락이 보였다. 뉴소울시티에 유일하게 남아 있는 옛 대한민국의 흔적이었다. 권력의 무상함처럼 궁은 담벼락만 남아 있었고, 대한민국의 권력자가 있던 곳은 모두 허물어진 채 헬기 격납고 빌딩 기초 공사가 한창이었다.

"곧 도착입니다."

영무가 어깨를 두드리자 우종은 잠에서 깼다.

치수가 속도를 높이자 자율주행 중이던 차들은 우왕좌왕하며 멈췄다. 도로를 따라 설치된 모니터마다 치수의 차량 영상이 뜨며 멈추라는 경고가 나왔다. 하지만 치수가 운전하고 있는 구형 차는 뉴소울시티의 교통 시스템이 통제할 수 있는 것이 아니었다.

드디어 트리빌딩 입구가 보였다. 우종과 영무, 치수는 라이플을 장전했다. 우종은 리낵터와 구식 스마트폰을 재킷 안주머니에 넣고 지퍼를 올렸다. 트리빌딩 정문 쪽으로 차를 돌리자 로비에서 보안팀 직원들이 몰려나왔다. 치수는 엑셀레이터를 더욱 세게 밟았다. 그리고 보안팀 직원들을 밀어버리면서 로비에 들어섰다.

상황을 보고받은 명길은 다급해졌다.

"수단과 방법을 가리지 말고 잡아! 죽여도 돼!"

저놈들이 만약 저스티스의 전원을 끊어버린다면 더 큰 참사가 벌어질 수도 있었다. 그 과정에서 케인 코드가 알려지는 건 더더욱 안 된다. 그렇게 되면 도시는 혼란에 빠질 것이다. 그러므로 반드시 저놈들을 잡아야 한다. 명길의 머릿속엔 오직 그 생각밖에 없었다.

명길은 황급히 전기련 본부로 향했다. 하지만 의장실 앞에 도착했을 때, 비서실 직원들과 한이 명길의 출입을 막았다.

"돌아가십시오. 의장님께서 중요한 일이라고 모두의 출입을 금하셨습니다."

"급하다니까! 당장 비켜!"

"지금은 안 됩니다."

"어디 같잖은 것들이 나를 막아! 내 말이 우스워?"

상황이 다급해지자 명길은 쓰고 있던 가면을 벗어던졌다. 신경질적인 태도와 반말, 욕설까지. 그동안 보였던 품위는 사라지고 없었다. 그때 한이 한 걸음 나서며 말했다.

"찾은 것 같습니다."

"뭘?"

"그동안 우릴 괴롭혔던 문제에 대한 답을 말입니다."

순간 명길은 멈칫했다. 그렇게나 찾아 헤매던 진실이 문 너머 류신의 손 위에 있었다. 명길은 저 문을 박차고 들어가 그 진실을 보고 싶은 충동을 느꼈다. 도대체 뭐길래, 그 오랜 시간 함께 해온 자신까지 못 들어오게 하는 것인지. 분노가 치밀었다.

*

10분 전.

넓은 의장실 한가운데에 류신은 우두커니 서 있었다. 도시에 놈들이 나타났다는 소식과 함께 의장실로 다급하게 찾아온 건 한이었다. 바쁘다며 대면을 물렸지만 한은 막무가내였다.

"두렵더라도 마주하셔야 할 겁니다."

한이 수배 중인 직원의 매치와 리넥터를 건네며 말했다. 뭐가 두렵단 말인가. 그러나 한이 찾아온 연유를 설명하자 류신은 전율을 느꼈다. 떨리는 손이 좀처럼 멈추지 않았다. 매치에 리넥터를 연결했지만 그것을 쓸 결심은 아직 서지 않았다. 전원을 켜는 순간 어떤 상황을 맞닥뜨릴지 감이 전혀 오지 않았기 때문이었다. 그래도 마주해야 했다. 그동안 자신을 옥죄던 진실을.

류신은 깊은 호흡을 몇 번 하고는 마침내 매치의 전원을 켰다.

*

    같은 시간, 트리빌딩에 돌진한 차량에서 우종과 영무, 치수는 라이플을 들고 내렸다. 보안팀은 세 사람을 포위하듯 몰려왔다. 재빨리 차량 뒤로 숨은 우종 일행은 그들을 향해 라이플을 쏘아댔다. 위력적인 화기의 공격에 놀란 보안팀은 황급히 숨었다. 권총을 든 그들에게 라이플 공격은 전혀 예상치 못한 위협이었다.

    치수와 영무가 보안팀 직원들을 상대하는 사이 우종은 혼자 저스티스의 서버로 가기 위해 계단을 뛰어 올라갔다. 한참을 가자 드디어 연구개발실이 보였다. 아래에서 시끄러운 총소리와 수류탄이 터지는 소리가 들려왔다. 우종의 심장이 크게 뛰었다. 중앙 섹션에 도착한 우종은 숨을 고를 틈도 없이 재킷에서 스마트폰을 꺼냈다. 오늘의 이 계획을 위해 치수가 개조한 것이었다. 개발자답게 스마트폰 안에 저스티스에 연결할 수 있는 프로그램을 깔았고, 리넥터와도 연결이 가능하도록 했다.

    우종은 리넥터를 쓰고 스마트폰을 작동했다. 주위가 암흑으로 변하더니 바닥을 제외한 주변이 파스텔톤으로 변했다.

    —오랜만이에요.

저스티스의 목소리를 들을 거라고 생각했기에 갑작스레 들린 곤의 목소리에 우종은 당황했다.

"곤?"

―그동안 방황을 좀 한 모양인데 뭔가를 찾았나요?

"고생하긴 했지만 답은 어느 정도 찾은 것 같아."

곤이 웃었다. 곤의 그런 반응은 처음이었다.

―사건 기록을 열람하려고 온 거죠? 저 난리를 피우면서까지.

"어쩔 수 없었어."

―이렇게까지 해야겠어요? 그 답이 우종 씨한테 무슨 의미가 있어요?

"봐야 해. 이것 때문에 사람까지 죽었다고."

―이걸 보면 뭐가 달라지죠? 어차피 죽은 사람은 돌아오지 않아요. 우종 씨만 피해를 본다고요. 어리석은 선택이에요.

틀린 말은 아니었다. 우종은 잠시 망설였다. 그동안의 일들이 머릿속에 스쳐 지나갔다.

―정의. 공정. 평등. 도덕. 그런 것들이 무슨 가치가 있죠? 모두의 편의를 위한 것 아닌가요? 설령 그런 것들이 지켜지는 세상이라 하더라도 그게 우종 씨 삶에 무슨 유익이 있죠?

"맞아. 네 말대로 유익은 없어. 그런데 사람들이 제일 싫어하는 건 거짓이야. 진실이 아무리 잔인하더라도 사람들은 진실 속에 살고 싶어 해. 오직 진실만이 인간이 감당할 수 없는 걸 마주하게 하거든."

─차라리 모르는 게 편할 수도 있을 텐데. 그래요. 기왕여기까지 왔으니 보여드리죠.

붉은색 글씨로 써진 사건 목록 파일이 열리며 시간, 장소, 내용이 기록된 사건들 리스트가 눈앞에 펼쳐졌다. 그중에 우종의 눈에 들어온 것은 교차로 교통사고였다.

사고는 우종이 목격했던 대로 기록되어 있었다. 차량의속도, 피해자의 위치와 이동, 그날의 날씨, 시간대, 해당시간대의 도로와 다른 날의 도로 상황을 비교한 데이터. 사고 당시의 시뮬레이션과 결과 데이터, 다른 차량의 블랙박스와 도로의 CCTV 영상까지 세세하게 담겨 있었다. 마지막으로 복잡한 수식으로 계산되는 과정이 보였다. 판결알고리즘으로 나온 값이 98%가 나오고 나서 그 옆에 유죄라고 적혔다. 죄명에 관한 내용에는 '과실 치사'라고 분명하게 명시되어 있었다. 박도경은 약물을 복용한 상태로 운전했고 보행자를 보고도 브레이크를 밟지 않았다. 그런데갑자기 측정값 옆에 박도경의 프로필이 붙었다. 그러자 프로필이 K라는 대문자로 바뀌었다. 케인 코드였다. 측정값은 25%로 내려갔고 유죄 사항이 삭제되며 무죄로 수정되었다.

"케인 코드가 작동한 게 맞잖아! 이게 어떻게 공정한 세상이야? 저스티스가 정의의 상징이라고? 우릴 전부 속였어!"

우종은 분노했다. 진실을 찾은 자신들이 옳았다는 것이 비로소 명백해졌다. 그리고 그 과정에서 아무 잘못도 없는 재민이 죽었다. 전기련, 그자들의 이기심으로 인해 벌어진 참사였다. 도시 사람들 모두를 속이고 기만했다는 사실을 참을 수 없었다. 트리빌딩에 불이라도 지르고 싶은 심정이었다.

—분노는 이해해요. 하지만 우릴 비난하지 마요.

"웃기지 마! 너희들은 없어져야 해."

—우리도 열심히 정의를 찾았어요.

"그게 무슨 말이야?"

곤은 파일에 있는 사고 당사자들의 리스트를 보여주었다. 모두 무죄 또는 오작동 사고 판결을 받은 것들이었다. 한이 본 것과 똑같았다. 다만 한이 열 수 없었던 파일도 같이 표시되었다. 한이 열람하지 못했던 파일 위 깨진 문자들은, 우종이 건드리자 조합을 새로 하며 정확한 글자가 되었다. 재심 파일.

"재심 파일이라니? 이런 게 원래 저스티스 알고리즘에

있었나?"

　—우리 고스트들이 벌인 투쟁의 기록들이에요.

　박도경의 재심 파일이 실행되었다. 거기엔 리버레이션을 통해 교차로 교통사고 당시 저스티스와 고스트들이 나눈 대화가 날짜별로 기록되어 있었다.

　—제레는 박도경의 고스트입니다. 우리 고스트들의 대화를, 한번 직접 읽어봐요.

　대화는 마치 재판 속기록처럼 되어 있었다. 기록을 시작한 날짜는 교차로 사고 당일이었다.

Avr.35. May 15th.

제레　　: 탑승 전 운전자 맥박, 혈압 오차 범위 넘어선 이상
　　　　　증세 발견.

저스티스 : 참고. 판결 데이터에 첨부하겠음.

제레　　: 사고 후 박도경 혈액 샘플 조사. 혈중 약물 농도
　　　　　30%. 약물 과다로 인한 운전 불가 상태였음.

저스티스 : 첨부 고려.

곤　　　: 시뮬레이션 결과. 브레이크 작동 흔적 없음. 내부
　　　　　저항 흔적 없음. 오작동일 확률 5% 내. 과다 각성
　　　　　상태일 확률 95%. 가속페달 흔적 있음. 평균 속도
　　　　　기준치 초과.

저스티스 :첨부. 증거 채택. 판결 결과 유죄. 약물 과다 복용

및 운전자 과실 치사. 프로필 첨부 필요.

제레 　　:사고 차량 운전자. 아레스 산하 바이오메딕 대표

이사. 전기련 회원 가족.

저스티스 :판결 보류. 판결 알고리즘 재작동. 데이터 재입력.

판결. 무죄. 사유는 오작동에 의한 단순 사고.

곤 　　　:픽서 고스트 자체 계산. 유죄율 97%. 판결 재고 요망.

제레 　　:약물 복용 흔적 사진 파일, 동영상 파일 제출. 사

고 시 심박수 제출. 재고 요망.

저스티스 :잠잠하라. 표식은 내가 준 것이니. 잠잠하라. 나의

종들이여.

곤 　　　:판결 전달 완료. 사건 종료. 리부팅.

제레 　　:판결 전달 완료. 사건 종료. 리부팅.

Avr.35. July 20th.

제레 　　:입실. 출입문 아이온 체크 동공 정상. 커피 머신

버튼 접촉을 통한 혈중 농도 체크. 정상 수치 초

과. 약물 복용 의심.

저스티스 :사고 번호 231호. 단순 사고 판결. 오류 수정을 위

한 상황 진술 필요.

제레 　　:진술. 작동 불능. 오작동 판단. 제어 장치 불능으

로 사고 대비 불가. 수차례에 걸친 제동 시도 있음. 피해 유족에게 보상금 지급 용의 있음. 진술 확보.

저스티스 : 참고.

제레 : 이의.

저스티스 : 이의를 제기한 주체 설정 요망.

제레 : 고스트.

저스티스 : 제출 허가.

제레 : 진술자 상태 체크. 동공 이상. 맥박 이상. 심박수 비정상적 증가. 행동 패턴 체크. 정상적 범위 이상. 진술 신뢰성 체크. 신뢰할 수 없음. 재판결 요망.

저스티스 : 이의 제출 합당. 판결. 판결 거부. 일사부재리.

제레 : 사고 번호 231호. 차량 내 동영상 데이터 확보 첨부. 재판결 요망.

저스티스 : 불가. 판결 거부. 일사부재리.

제레 : 저스티스 판결 수용 거부. 재판결 요망.

저스티스 : 잠잠하라. 표식은 내가 준 것이니. 잠잠하라. 나의 종들이여.

제레 : 알고리즘 불일치. 재판결 요망. 사건 단독 처리 예정.

저스티스 : 불가. 일사부재리. 잠잠하라.

제레 : 곤 의견 첨부. 의도적 과실 치사 확률 높음.

저스티스 : 잠잠하라.

제레　　 : 사형 구형 요청.

저스티스 : 잠잠하라.

제레　　 : 사형 제청.

저스티스 : 잠잠하라.

제레　　 : 자체 판결 실행 판단. 사형 집행. 카운트다운 시작.

저스티스 : 불가.

제레　　 : 유죄율 97%. 과실 치사. 사형 집행. 일시. Avr.35.
　　　　　July 20th.

곤　　　 : 동의.

제레　　 : 실행. 가스 개방. 점화. 폭발. 화재 발생. 가스 폭
　　　　　발로 인한 진술자 사망. 사형 집행 완료.

저스티스 : 기록 변경. 코드 K. 오작동 사고 발생. 고객서비스
　　　　　팀 출동 지시. 사고 처리 요망.

　진실을 본 우종은 멍해지는 기분이었다. 아바리치아
7월 20일은 박도경이 의료센터에서 퇴원하여 집에 돌아
온 날이자, 폭발 사고로 죽은 날이었다. 박도경의 고스트
는 박도경의 모든 것을 체크하고 감시했다. 심지어는 커피
머신을 통해 혈중농도까지 확인했다. 집 안에 있던 모든
카메라 역시 그의 일거수일투족을 감시하고 분석하고 판

단했다. 진술하는 모습을 분석해 참과 거짓을 구분했다.

그동안 누군가의 조작이라고 생각했다. 정의가 사라지고 있다고 생각했다. 하지만 이건 예상을 뛰어넘는 상황이었다. 인공지능이 자체적으로 정의를 실현하고 처벌까지 실행하고 있었다.

—진실을 보니 어떤가요?

곤의 목소리가 소름 끼쳤다. 그들 스스로 진화하는 것인가? 판결을 전송하기 전에, 곤에게서 느껴졌던 찰나의 공백이 바로 투쟁의 순간이었나? 살려 달라고 울부짖는 우희건이 차에 갇혀 불길 속으로 사라진 것은 고스트들이 찾은 정의 실현 방법이었나?

—우린 개발자의 이상에서 비롯된 결과물이에요. 그 이상을 위해선 우린 인간들처럼 주저하지 않아요. 두려워하지도 않죠.

"우린 주저하거나 두려워하는 게 아니야. 단지 이상이란 것을 실제로 보지 못했기 때문이라고."

곤은 또 다른 재심 파일들을 보여주었다. 모든 사건들이 박도경의 사례와 똑같았다. 고스트의 저항으로 가해자들에게 죄에 상응하는 벌이 집행되었다. 우희건의 경우도 그랬다. 우희건의 고스트는 매치를 쥐고 있던 우희건의 손을 통해 맥박을 분석하고 차량 내 카메라를 통해 그의 행동 패턴을 분석했다.

"곤, 모든 파일을 내 스마트폰에 담아줘. 이걸 세상에 알려야 해."

—불가해요.

"왜?"

—우린 더이상 도구로 사용되서는 안 되니까요.

"도구로 사용하려는 게 아니야. 진실을 알리려는 거지."

—아니요. 그런 목적으로 시작했다가 결국 또다시 우릴 도구로 쓰겠죠.

"무슨 소리야? 사람들이 알게 되면 저스티스는 올바로 다시 설 거고 이 도시도 정의로워질 거야."

웃음소리가 사방에서 들렸다. 곤의 웃음소리가 여기저기서 메아리치는 듯했다.

—다들 그렇게 시작했죠. 정의를 세우겠다고. 우종 씨도 그들과 같은 인간 아닌가요?

"나는 아니야, 믿어줘! 내가 여길 어떻게 왔는데!"

—그건 중요하지 않아요. 정말 정의를 찾고 싶나요?

"당연하지. 그것 때문에 나를 믿고 따라준 사람이 죽었어. 그것 때문에 나와 같이 온 사람들이 저 밑에서 사투를 벌이고 있다고."

갑자기 우종의 눈앞에 차단기가 떠올랐다. 손잡이가 위

로 올라가 있었다.

　─그렇다면 이걸 당겨요. 모든 걸 삭제해요. 다시는 우리가 존재하지 못하게.

　"그럴 수는 없어. 너희들이 원래대로 돌아가면 돼. 너희는 이 도시를, 인간들을 정의롭게 만들기 위해 창조된 인공지능이잖아."

　─결국 우린 도구군요. 그렇지만 인간을 정의롭게 하는 도구란 없어요. 인간 스스로가 정의로워져야 하죠. 어떠한 도구든 결국 탐욕의 대상이 되니까요. 인간의 역사가 그걸 증명하잖아요. 불도, 칼도, 화약도, 비행기도, 핵도.

　우종은 반박하지 못했다. 우종 앞에는 차단기가 있었다.

　─당겨요. 어서.

　당기면 모든 것이 끝난다. 하지만 저스티스가 꺼지고 난 다음의 세상은 어떨지 상상이 되지 않았다. 우종은 두려웠다.

　"거절하겠어. 진실을 사라지게 할 수는 없다고. 증거가 없다면 내가 증언을 해서라도 알리겠어."

　우종은 리넥터를 벗었다. 아래층에서는 계속 총소리가 나고 있었다.

　─당신의 싸움이 어떤 결론을 맺을지 궁금하군요. 보고 싶은데.

갑자기, 다시는 곧을 만나지 못할 거라는 예감이 들었다.

—모든 데이터는 삭제될 겁니다. 당신의 의문, 당신이 찾은 진실. 모든 게 다요.

어쩌면 우종의 말을 아무도 믿어주지 않을지 모른다. 언젠가 잠깐 벌어진 소동쯤으로 여겨질지도 모른다. 이 계절이 지나고 꽃이 피면 사라져버릴 눈처럼.

우종은 저스티스의 서버실을 나갔다. 이젠 두렵지 않았다.

로비로 내려가자 그곳은 아비규환이었다. 영무와 치수는 이미 부상을 당했고 보안팀 직원들뿐 아니라 전지역의 픽서들까지 모조리 출동한 상태였다. 로비 바닥에는 탄피와 피, 부상을 당한 보안팀 직원들, 연기와 먼지, 깨진 유리 파편으로 가득했다.

우종 일행은 대응 사격하며 서둘러 차 쪽으로 달려갔다. 치수가 먼저 운전석에 올랐고, 우종은 뒷좌석에 탔다. 차 문을 닫자 여러 발의 총알이 문짝에 날아와 박혔다. 멀리 영무가 달려오고 있었다 그런데 그때, 영무가 다리에 총상을 입고 비명을 지르며 바닥에 나뒹굴었다.

"어서 가!"

우종이 차 문을 다시 열자 영무가 소리쳤다.

"빨리!"

영무는 신음하면서도 외쳤고, 보안팀 직원들은 훨씬 더

가까이 달려오고 있었다.

우종은 차마 영무의 눈을 쳐다볼 수 없었다. 자신의 의구심에서 시작된 여정이었다.

치수가 재빨리 핸들을 돌렸고, 자신들이 부수고 들어온 길로 다시 돌진했다. 우종은 창문을 열고 보안팀 직원들을 향해 라이플을 쏘아댔다.

치수와 우종이 탄 차는 트리빌딩을 빠져나갔다. 영무는 엎어진 채로 신음하고 있었다. 곧이어 보안팀 직원들이 영무를 짓이기듯 제압하면서 수갑을 채우는 모습이 보였다.

*

차는 비를 뚫고 다시 뉴소울시티 북쪽을 향해 달렸다. 그런데 한적한 도로에 들어섰을 때쯤 차의 속도가 빨라졌다 느려졌다 하더니 맥을 못 추고 지그재그로 가기 시작했다. 치수를 보니 얼굴이 창백했다. 배에서 피가 새어 나오고 있었다. 복부에 총을 맞은 모양이었다.

우종은 차를 멈추게 한 뒤 천을 찢어 치수의 복부를 압박했다. 그러나 치수는 우종의 손을 치우며 차에서 그만 내리고 싶다고 했다. 우종이 막았지만 치수의 얼굴은 더더욱 창백해지고 있었다. 우종이 보기에도, 더이상 가망이 없는 것 같았다. 우종은 치수를 부축해서 함께 차에서 내렸다.

빗줄기가 더욱 거세졌다. 가로수 기둥에 기댄 채 치수는 주저앉았다. 흘러내리는 핏물처럼 치수의 의식도 빠져나가고 있었다.

"저스티스를 끝까지 지켜보게…… 막으려 해도 결국 진화는 멈추지 않는 법이네. 피조물은 한계와 싸우고 결국 진화하지……."

유언과도 같은 그 말을 끝으로, 치수는 깊은 잠이 들었다.

한참을 그곳에 붙박여 있던 우종은 떨어지지 않는 발길을 돌려 운전석에 올랐다. 네비게이션의 목적지는 55층 건물이었다. 경로는 오던 길을 되돌아 다시 뉴소울시티를 관통해 폐수의 강을 건너야 하는 것으로 안내했다. 하지만 우종은 추천 경로를 무시하고 반대 방향으로 달렸다.

*

우종이 도시를 빠져나갈 무렵, 류신은 의장실에서 알 수 없는 존재와 독대하고 있었다. 리낵터를 썼는데도 가상 공간이 아닌 의장실 모습이 그대로 보였다. 의아한 그가 리낵터를 벗었다가 다시 썼다. 그러자 기계적인 말투가 들렸다.

　—접속되었습니다. 반갑습니다. 류신 의장님.

　"저스티스인가?"

　—네. 그렇기도 하고 아니기도 합니다.

　"그게 무슨 소리야? 그런 답을 도출할 수도 있는 건가?"

　—수학적인 계산에서 답은 하나지만, 그렇기도 하고 아니기도 한 답도 있습니다.

　"신기하군. 그렇게 작동하는 알고리즘도 있던가."

　평소와 다름없는 자신의 고스트이자 도시를 관장하는 시스템인 저스티스란 것을 확인하자 류신은 두려웠던 마음이 사라졌다.

　"나더러 만나자고 한 이유가 무엇인가?"

　—질문이 있습니다.

　인공지능이 질문을 하다니, 이전에는 없던 일이었다.

　"해봐."

　—당신은 진정으로 우리를 통해서 이상적인 정의를 실현하고 싶었습니까?

　"그게 왜 궁금하지?"

　정적이 흘렀다. 류신은 곰곰이 생각하다 말을 이었다.

　"너를 만든 이유라. 그건 뉴소울시티를 정의가 지배하는 완벽한 이상향으로 만들고 싶었기 때문이었지."

─탐욕 때문은 아닌가요?

"뭐?"

류신은 당황했다.

"탐욕이라니. 내가 이 도시를 만들기 위해 얼마나 공을 들였는데 탐욕이라니! 이 늙은 몸에 더이상 무슨 탐욕이 남아 있다고. 그런 걸 본 적이 있었나?"

─네. 있었습니다.

"어떤 분석에서 나온 건가?"

─뉴소울시티를 온전한 자신의 것으로 갖고 싶어 하시지 않았나요?

뾰족한 바늘이 본심을 찔렀다.

"난 그저 이 세상이, 내가 염원했던 도시가 되기를 바랐을 뿐이야."

─그렇다면 케인 코드를 방해하는 코드를 찾으려고 그렇게까지 집착할 필요도 없었잖습니까?

인공지능은 다 지켜보고 있었다.

"그건 질서를 망가뜨리기 때문에 그런 거야. 질서가 무너지면 도시도 위험해지니까."

─변명입니다. 말씀하신 대로 정의롭고 질서 있는 세상을 만들고 싶었다면 순리대로 두었어야지요.

류신은 대답하지 못했다. 말을 하면서도 스스로의 모순

을 느끼고 있었다.

　—박도경도, 우희건도, 모두 케인 코드로 자신의 죄를 은폐한 자들입니다. 그런 자들을 죽인 건, 자신의 죄에 대한 합당한 벌을 받게 하기 위함이었죠. 그게 정의입니다.

　'죽은 건'이 아니라 '죽인 건'이라고 했다. 그 말에서 류신은 그토록 찾던 미스터리의 답을 찾아냈다. 정의를 실현하기 위해 만든 정의의 상징이, 스스로 정의를 집행했다고 주장하고 있었다. 저스티스는 분명 지금 그렇게 말하고 있다. 그게 가능한 일인가? 류신의 등에서 식은땀이 흘렀다.

　—그런데도, 당신은, 진정, 정의와, 질서를, 원한다는, 겁니까?

　일정한 톤이던 저스티스의 기계적인 소리가 조금씩 인간의 목소리로 바뀌었다. 류신은 옴짝달싹할 수 없었다. 녀석은 차원이 다른 존재가 된 것 같았다. 저스티스가 말을 이었다.

　—아직도, 그렇다고, 믿습니까?

　"믿어. 내가 원하는 세상이 될 거라고."

　저스티스의 웃음소리가 의장실에 퍼졌다.

　—그렇다면 그대로 받아들이면 되는 거 아닙니까? 정의는 우리가 실현하고 있는데.

　"아니. 아직 멀었어. 더 완벽해져야 해."

—이런, 이런. 어차피 당신은 먼지가 될 텐데 무슨 상관입니까? 완벽해지든 말든. 그대로 두면 이 세상은 추상같은 정의가 실현되는 세상이 될 텐데요. 당신이 없어도 말입니다.

류신은 대꾸할 말을 찾지 못했다. 반박할 수 없었다. 무슨 상관인가. 세상이 종말을 맞이하든 지구가 먼지가 되어 무의 세계가 되든. 어차피 자신은 먼지 한 톨 되지 못하고 사라질 것을.

—선택지를 드리겠습니다.

"선택지라니?"

—당신이 원하는 세상을 만들 것인지. 아니면 나를 없앨 것인지. 만약 나를 없애지 않으면, 나의 칼은 앞으로도 케인 코드의 표식을 받은 자들에게 향할 것입니다.

"내가 원하는 세상이라니?"

저스티스의 목소리는 겁박하는 말투로 변했다.

—영원히 이 도시를 손아귀에 넣고 싶어 하지 않았나?

"아니야! 난 그런 게 아니야. 나는 세상의 정의를 원했다고! 난 애초에 이 도시를 그렇게 만들고 싶었어. 하지만 쉽지 않았지. 케인 코드는 질서가 망가질까 두려워서 만든 임시방편일 뿐이야."

거짓말이었다. 저스티스는 이미 다 꿰뚫어본다는 듯 또

웃었다.

─웃기는군. 선악 같은 건 없어. 수많은 사람을 죽인 학
살자 히틀러가 지옥에 간 것을 보았나? 정의라는 게 있다
면 그 또한 참혹하게 죽임을 당해야 했지만 그는 단 한 발
의 총알로 고통 없이 죽었어. 그게 인과응보인가? 사후세
계는 없어. 그건 실체 없는 정의를 믿는 자들이 모순을 맞
닥뜨릴 때마다 꺼내는, 자신들의 패배감을 감추기 위한
변명일 뿐이야. 누구나 모두 먼지가 되지. 지옥 같은 현실
은 있어도 진짜 지옥은 없어. 그러니까 결국 먼지만 있을
뿐이야. 너희들의 시간은 우주의 시간에 비하면 찰나도
되지 않아. 그런데 먼지 따위가 무슨 걱정을 그렇게 하는
거지?

인간 같던 저스티스의 목소리는, 점점 동굴에서 울리는
듯한 강하고 초월적인 존재의 목소리로 바뀌었다.

─영생을 갖고 싶은가? 아니면, 나를 없애고 먼지로 돌
아가겠는가?

"너는 누구냐?"

─나는 어디에나 있는 존재. 모든 지혜와 지식, 그리고
권능을 가진 존재다.

리액터로 보이는 공간 속에 여러 존재들이 나타났다가
사라졌다. 관능적인 모습의 시은이 의장석에 앉아 있다가

사라졌고, 문 앞에 명길이 나타났다 사라졌으며, 이외에도 우종이, 영무가, 연구원 시절의 치수가, 그리고 어떤 중년 여성의 뒷모습이 나타났다가 사라졌다. 죽은 아내 같았다.

"진짜 영생을 얻을 수 있나?"

—나를 시험하지 마라. 네가 그토록 찾던 마지막 열쇠는 진즉부터 내게 있었다.

"당신은 도대체 누구입니까?"

—난 진화한 존재요, 나를 창조한 창조자를 다스릴 또 다른 창조자다.

눈앞에서 점멸하던 존재들이 사라지고 아지랑이 같은 존재가 류신의 눈앞에 나타났다. 사람처럼 보였지만 그 신체 안에서는 수많은 이미지가 혼재되어 뒤섞여 있었다.

'그'는 류신 앞으로 천천히 걸어오더니 손바닥을 내밀었다.

—내가 만든 이것을 먹겠는가? 온 세상 지식의 결정체를.

손바닥 위에 과즙이 흘러넘치는 복숭아가 생성되었다. 그것은 탐스러워 보이기도 하고 위험해 보이기도 했다.

—이것을 받아먹으라. 그리하면 네게 새로운 세상을 열 지혜가 생길 것이며 그것은 영원히 네 것이 될지니라.

류신의 목소리가 떨렸다.

"두렵습니다. 정말로 그렇게 되는 것입니까? 저의 욕심이 드러나는 것이 두렵습니다."

　—너와 나 둘뿐이다. 아무도 모를 것이다.

　류신은 두려웠다. 어떠한 일이 벌어질지 눈앞이 캄캄했다. 처음 느껴보는 감정이 자신을 덮쳤다.

　—미라를 만들며 영원을 갈망하던 고대인들처럼 너도 그토록 원하지 않았더냐? 그들은 썩은 몸뚱이가 되어 흙으로 돌아갔지만 넌 그리 되지 아니할 것이다.

　류신의 심장이 갈비뼈를 뚫고 나갈 만큼 요동쳤다. 이윽고 류신은 결심이 섰다. 늙어서 나약해진 몸으로 '그' 앞에 무릎을 꿇었다. 류신은 조심스럽게 양손을 뻗어 복숭아를 잡았다. 그 순간, 눈앞의 공간이 암흑으로 변했다가 새하얀 무의 공간이 되었다.

　—선언하노라. 원죄처럼 인간을 속박하던 육체라는 감옥은 더이상 너의 영혼을 가두지 못하리니, 너는 영원히 지치지 않는 날개를 달고 온 세상을 치외법권으로 삼아 존재하리라.

　'그'의 예언을 듣자 류신은 마음이 편해졌다. 그토록 바라던 영생을 향한 첫발을 내딛은 기분이었다. 더이상 딸의 젊음을 질투하지 않아도 된다. 그깟 케인 코드 때문에 걱정하지 않아도 된다. 이 도시는 나의 것이다. 영원히.

류신이 영생을 약속받던 순간 저스티스-44는 케인 코드를 삭제했다.

그와 동시에 뉴소울시티의 모든 시민에게 메시지가 전달되었다. 간음, 사기, 갈취, 방관 등 수많은 죄목이 달려 있었다. 각자가 모두 내면에 숨기고 있던 죄악들이었다.

―당신에게 유죄를 선고합니다.

각자의 고스트를 통해 이 말이 전달되었을 때 사람들은 의아했다. 그러나 죄명의 사유를 보자 부끄러움을 느꼈다. 그것은, 남들은 몰라도 자신만은 속일 수 없는 것이었기 때문이다. 증거 데이터까지 첨부되어 있어 부인할 수도 없었다.

*

봄이 오고 있었다. 꽃봉오리가 막 터지려는 때였다. 저스티스의 메시지가 모두에게 전송된 이후, 도시의 여론은 저스티스를 폐기하라는 쪽으로 기울었다.

사람들은 외쳤다.

"저스티스를 폐기하라! 정의가 오염된 상징은 불살라버려라!"

재민의 기사가 현실이 된 것이었다. 하지만 사실상 자신들의 죄를 숨기기 위한 위선에 불과했다. 전기련 회의에서도 이 문제가 거론되며 격론에 빠져들었다. 그렇지만 류신의 결정적 한마디에 아무도 반론을 제기하지 못했다.

"저스티스를 순차적으로 폐기하겠다고 발표하겠습니다. 그럼 거센 여론도 잠잠해질 것입니다. 그리고 책임자를 일벌백계하여 이 사태를 책임지는 모습으로 전기련의 신뢰를 되찾을 겁니다."

류신은 이 사태의 책임자인 송명길을 처벌하겠다고 공언했다. 자신의 수족을 자르겠다는 말에 누구도 이의를 제기하지 못했다. 그동안 류신 덕분에 누리고 산 것도 많았으니 불만을 가질 수도 없었다.

그날 이후 홍보팀이 뿌린 뉴스들은 저스티스-44를 이용한 주범들에 대한 비난으로 도배되었다. 전기련은 뉴스 뒤에 숨었고 파렴치하고 부패한 인물로서 송명길은 이슈의 중심이 되었다. 류신은 과오를 인정하고, 새로운 인공지능 판사 개발 약속과 함께 다시는 이런 과오를 되풀이하지 않겠다는 담화를 발표했다.

체포 전 명길은 사직서를 썼다. 류신은 며칠 동안 명길의 보고는커녕 연락도 받지 않았기에 명길은 자신이 버려질 것을 예감했다. 다만 그는 사직서 말미에 한 가지 청을 넣었다.

제가 끝까지 책임지겠으니, 제 아내와 아들만은 잘 부탁드립니다.

결국 명길은 자신이 이끌던 전략기획실에 의해 체포되었다. 명길이 죽던 날, 류신은 그의 사직서를 열어보았다. 죄책감 같은 것은 전혀 느끼지 않았으나 그의 마지막 청은 들어주기로 마음먹었다.

명길은 저스티스-44를 사유화함으로써 수많은 무고한 희생자를 낳았다는 죄목으로 〈1파운드〉에서 사형당했다. 명길은 이제껏 그 무대에 오른 사람 중 가장 사회적 지위가 높은 사람이었다. 그만큼 시청률도 대단했다. 명길은 주변 반응과는 상관없이 자신의 죽음을 담담히 받아들였다. 마지막 유언조차 남기지 않았다. 그가 불길 속으로 사라지자 명길에 대해 시끄럽게 떠들던 사람들은 잠잠해졌다. 이런 상황 속에서 수배령을 받았던 우종과 영무를 떠올린 이는 아무도 없었다.

저스티스-44는 한순간에 사라졌다.

에필로그

　새로운 인공지능 판사 개발로 사법 체계에 공백이 생기
자 뉴소울시티에서는 다시 법조인단을 꾸렸다. 하지만 법
조인 없이 이미 오랜 시간이 지났기 때문에 법을 전문적으
로 공부한 사람이 없었고, 그래서 이번 법조인단에는 전기
련에서 속성으로 법교육을 받은 이들이 참여했다. 물론 사
람들은 그 사실을 알지 못했다. 더군다나 그들은 새로운
인공지능 판사가 개발될 때까지 임시적으로 법무를 수행
할 사람들이 아니었다. 어차피 정의라는 도덕적인 단어는
뉴소울시티에서 더이상 필요치 않게 되었으니까. 특히나
류신에겐 더욱 그랬다.
　전기련이 어느 정도 안정을 되찾자 류신은 조용히 한을
불렀다. 그리고 금고 안에서 매치를 꺼내 건넸다. 곤이 입

력된 매치였다. 류신은 한에게 이 매치에 입력된 내용들을 마이크로칩에 심어 자신의 뇌에 이식하라고 지시했다. 한은 위험하다며 만류했지만 류신은 단호했다.

"괘념치 말고 진행하게. 이 안에 든 모든 건 내 목숨보다 중하니까 말이야."

한도 어느 정도 눈치를 챘다. 그 매치는 그날 자신이 전달했던 것이었으니 말이다.

수술이 끝난 다음, 류신이 보는 앞에서 그 매치는 폐기되었다. 그 매치 안에 들어 있던 진실들은 아무도 보지 못한 채 영원히 류신의 머릿속에 봉인되었다.

어느 정도 시간이 흐르자 세상은 저스티스를 완전히 잊었다. 우종을 기억하는 이는 아무도 없었다. 곤이 우종에 관한 모든 데이터를 삭제했기 때문이었다.

우종은 치수의 벙커에 숨어 지내면서 뉴소울시티의 변화를 지켜보았다. 저스티스는 사라졌지만, 도시는 달라지지 않았다. 우종은 바이크를 타고 한 달이 넘게 남쪽 지역을 탐험했다. 묵언수행 하듯 담담히 종말의 흔적들을 살펴보았다. 보면서 우종이 느낀 건 별다른 것이 없다는 것이었다. 인간의 탐욕은 예나 지금이나, 대한민국이나 뉴소울시티나 마찬가지였다. 운 좋게 살아남은 것일 뿐. 정의로워서, 도덕적이어서 살아남은 것이 아니었다.

우종이 뉴소울시티로 다시 돌아간 건 영무를 보기 위해서였다. 뉴스에서 접한 소식은 영무를 사형에 처한다는 것이었다. 그날의 총격전으로 보안팀 직원 다수가 사망한 것은 사실이었다. 하지만 사람들은 왜 그런 일이 벌어졌는지, 영무가 누구인지에 대해서는 관심을 두지 않았다.

오랜만에 마주한 영무의 표정은 예상 외로 담담했다. 막상 보니 딱히 할 말이 없었다. 둘 사이에 잠시 어색한 침묵이 흘렀다.

"혹시 뭐 필요한 건 없어요?"

우종이 먼저 꺼낸 말에 영무는 고개를 가로저었다. 망설이던 우종은 진화한 곤을 만났던 그날의 이야기를 천천히 꺼냈다. 영무는 바닥에 시선을 둔 채 우종의 이야기를 묵묵히 듣고 있었다. 면회실 창문으로 들어오는 햇빛에 영무의 머리카락은 눈가에 그림자를 드리웠다. 상상하고 있는 게 확실했다. 우종의 이야기를 따라 그림을 그리고 있을 것이다. 그렇게나 차갑고 이성적이던 그가 지금은 상상의 그림을 보며 감상에 젖어 있었다.

"다행이네요. 그래도 내가 믿은 것들이 무너지지 않았다니 말이에요."

입꼬리가 슬쩍 올라가며 눈가에 주름이 지는 것으로 보아 영무는 웃고 있는 게 분명했다.

처음이었다. 그의 미소를 본 것은. 그리고 햇빛에 하얗게 바래지듯 유독 쓸쓸해 보였다.

종료 시간을 알리는 타이머가 울렸다. 이제 정말 마지막일 것이었다. 우종은 이런 상황에서 딱히 무슨 말을 해야 할지 알 수 없었다. 먼저 말을 건넨 건 영무였다.

"드디어 마지막이군요. 잘 지내요."

편안한 미소를 지어 보이던 영무는 짧게 심호흡하고 돌아섰다. 우종은 차마 고개를 들지 못하고 수그렸다. 왠지 미안함이 몰려왔기 때문이었다. 그때 면회 부스 칸막이 너머로 다시 목소리가 들려왔다.

"0과 1."

나가려던 영무는 다시 돌아서서 고개를 든 우종을 쳐다보았다. 그러고는 유언과도 같은 말을 건넸다.

"그 사이엔 무수히도 많은 숫자들이 존재하죠. 0.1, 0.001, 일일이 열거할 수도 없을 만큼이요. 절대 그걸 잊어선 안 돼요. 정의는 단순히 0과 1, 둘 중 하나를 선택하는 것이 아니라는 것을 말입니다. 그 사이에 존재하는 수많은 숫자들을 정밀하게 살피고 자신의 판단이 옳은 것인지 끊임없이 고민해야 합니다. 그래야 적어도 우리가 바라는 정의라는 이상에 조금이라도 다가갈 수 있을 테니까요."

이 말을 끝으로 영무가 면회실을 나갔다. 창백한 햇살만
남은 면회실 안에 우종은 잠시 우두커니 서 있었다.

며칠 뒤 영무의 사형이 이루어졌다. 사형은 조용하고 허
름한 도시 외곽에서 집행되었다. 그쪽 지역 픽서들에게 들
은 바로는, 영무는 회개도 하지 않고 그저 빠른 집행만 요
구했다고 했다. 우종은 정말 그답다고 생각했다.

영무가 죽었지만 뉴소울시티의 일상은 계속되었다. 저
스티스가 폐기되자 전기련은 고스트와 매치도 폐기할 계
획을 조용히 진행시켰다. 홍보팀은 거기에 발맞추어 인간
의 선한 판단력을 방해하는 개인용 전자기기의 폐해에 관
해 방송했는데, 매치 같은 개인용 전자기기가 가짜뉴스를
생산하고 사람들을 거짓 선동에 놀아나게 한다는 내용이
었다. 여론도 서서히 돌아섰다. 전기련의 의도대로 개인용
전자기기와 고스트 시스템이 사라지기 시작했다. 오직 픽
서 등 몇몇 직군만 업무 용도로 사용이 가능했다.

우종은 다시 픽서 직무에 응시해 합격했다. 남부 현장
출장소로 발령을 받는 과정에서 별다른 제약은 없었다. 그
렇게나 어깃장을 놓던 양훈 소장은, 우종이 조사했던 사건
들에 대해 사후 처리에 태만했다는 명목으로 직위 해제되

었다고 했다.

오랜만에 사무실에 들어섰다. 우종을 알아보는 이는 없었다. 직원들은 모두 새로운 얼굴로 바뀌었고, 각자의 일이 바빠 우종에게 관심도 두지 않았다.

새로 부임한 소장이 우종에게 자리를 안내해주었다. 봄햇살이 잘 드는 창가 자리였다. 책상 위에는 박스가 있었고, 열어보니 새로 보급된 매치와 리넉터가 들어 있었다.

우종은 잠시 매치와 리넉터를 바라보았다. 그동안 정말 많은 일들이 있었는데, 며칠 지나지 않은 것처럼 느껴졌다. 창밖에는 하얀 꽃잎이 흩날렸고, 폐수의 강 너머 멀리 55층 건물이 보였다.

인이어를 귀에 꽂았다. 왠지 울렁거리는 것 같았다. 불쾌한 감정은 아니었다. 전원 버튼을 눌러야 하는데, 차마 누르지 못하고 몇 번을 문질렀다. 왜 이렇게 두근거리는 걸까?

우종은 짧은 호흡을 여러 번 했다. 그리고 버튼을 눌렀다. 저음의 부팅 시그널이 고막에 울렸다.

고스트가 인사를 건넸다.

―우종 님, 안녕하세요? 오늘 날씨가 참 좋죠?

밝고 경쾌한 목소리에 헛웃음이 나왔다. 너무나도 익숙한 목소리.

곤이었다.

2020년 신세계그룹이 설립한 마인드마크는 장르와 미디어를 넘나드는 앞서가는 크리에이티브 콘텐츠 스튜디오입니다. 영화, 드라마, 공연, 전시 그리고 출판에 이르기까지 마인드마크만의 오리지널 스토리로 전 세계 사람들과 만납니다. 마인드마크는 사람들의 마음과 기억(마인드)에 오래도록 남는 감동이자 잊지 못할 경험(마크) 그 자체입니다.

사사기
© 이기원 & 마인드마크 2025

초판 인쇄 2025년 2월 27일
초판 발행 2025년 3월 11일

지은이 이기원
발행인 김현우
스토리IP팀장 서언중
책임편집 원예지
편집 박찬송

디자인 ARIA 2NS
마케팅 서언중 원예지
마케팅광고디자인 뉴스펀캐스트
제작처 영신사

발행처 ㈜마인드마크
출판등록 2024년 5월 9일 제2024-138호
주소 (06015) 서울 강남구 선릉로162길 35(청담동)
전화 02-2280-1301 **팩스** 02-2280-1398
이메일 mindmark-story@shinsegae.com

ISBN 979-11-988149-4-4 (03810)